盛宴

程青 / 著

人民文学出版社

图书在版编目(CIP)数据

盛宴/程青著. —北京：人民文学出版社，2021
ISBN 978-7-02-016738-8

Ⅰ.①盛… Ⅱ.①程… Ⅲ.①长篇小说—中国—当代 Ⅳ.① I247.5

中国版本图书馆CIP数据核字(2020)第236119号

责任编辑	孔令燕　秦雪莹
装帧设计	李思安
责任印制	宋佳月

出版发行	人民文学出版社
社　　址	北京市朝内大街166号
邮政编码	100705

印　　刷	三河市鑫金马印装有限公司
经　　销	全国新华书店等

字　　数	162千字
开　　本	850毫米×1168毫米　1/32
印　　张	9　插页2
版　　次	2021年5月北京第1版
印　　次	2021年5月第1次印刷

书　　号	978-7-02-016738-8
定　　价	45.00元

如有印装质量问题，请与本社图书销售中心调换。电话:010-65233595

一

我和老唐结婚的第七个年头他终于决定买房,房价在当时看已经是涨上了天,但和后来相比其实才刚刚爬到山坡上。出乎我意料的是一向以理性著称的理工男老唐头脑一热竟然看中了沁芳园的房子,那可是刚开盘不久的崭新小区,位于城市的东北部,既是上风上水,又离机场和CBD都不算太远,周边不仅道路通达,河水流淌,树木茂密,建筑疏朗,而且设施一流,购物中心、大型超市、私立医院、国际学校应有尽有,用老唐的话说"绝对是顶配的"。据说沁芳园的每一座房屋皆由名师设计,坚固美观,空间合理,节能环保,无论是营造理念还是材料选取都是国际最先进的。我知道"先进"这个概念是最能打动老唐的心的,其实我也跟他一样。然而,就像俗话说的,一分钱一分货,这里的房子贵得厉害,比周边看上去差不多的小区均价要高出三到五成，而且因为是新近开盘，连二手房都没有。如此之高的价位无疑令我们望而却步，但老唐却像是陷入恋爱一般痴迷于这个楼盘不能自拔，其实他恋爱之时也未见得如此头脑发热。不知有多少次下班之后他开着他那辆从刚工作时就买的二手宝来带我到这里来看楼，那些雨后春笋一般拔地而起的房子，对我和老唐而言，简直不是工人们建造起来的，而是我们两个一眼一眼愣给看起来的。我们不仅看见了房子，看见了心目中未来的家，还看见了两个人共同的美梦——我一直认为自己和老唐没有什么共同之处，如果非要找出什么共同之处的话，想有个自己的小窝安定下来大概就是我们最大的共同之处吧。而实际上我们在对沁芳园一往情深的同时并没有忘记货比三家，我们踏遍了方圆十几甚至几十公里的售楼处，想找到一个性价比更胜沁芳园的楼盘。然而相比之下，老唐竟对沁芳园执念更深，而我则完全丧失了独立思考和判断的能力。每次听他嘴里念念叨叨"要买就买个好的"，我比听他说情话还要心荡神驰。

我们最终决定买下沁芳园的房子除了它是我们心仪的小区，梦中的小区，还有一条最大也是最坚实有力的理由就是这里的房子带有巨石国际学校的入学名额——只要买这个小区的房子，我们心爱的女儿小糖果儿就能顺理成章进入那所万千望子成龙家长梦寐以求的高大上的学校，为了小宝贝儿我们自然是在所不惜。我们拿出所有积蓄，包括双方父母的无私援助，加上积攒多年一分未动的公积金，又去银行申请了最大额度的贷款，才算在这个有湖有花风景如画的小区里买了一套面积最小的公寓。—— 在这个以别墅为主的小区里，只有这唯一的一栋公寓楼，还有个听上去既雅致又动听的名字叫"花间美庐"，楼书上介绍说这样的建筑突出材质的本来风貌，多用木料石料，并将自然风景引入到室内，注重自然光的运用，达到人与自然的对话。翻译成我和老唐的话就是"哇，好美的房子"，"窗户又大又多"，"看，树枝都快长到屋里来了"，"光线真不错，别人家开灯了咱家还用不着开灯"。我们家在顶楼，除了阳台特别大，还能看见碧波荡漾的湖水，和那些豪华气派的大宅子相比只是离得远点而已。最让我们乐不可言的这是全小区价格最低的房子，简直就像是为我和老唐量身定制的。

一年之后我们一家三口搬到了这个楼书上写着"享受阳光湖水，生活犹如度假"的与我们经济实力相比更加显得奢华无比的高档小区，小糖果儿刚好满七周岁，如愿以偿进入了巨石国际学校读一年级 —— 所谓"如愿"当然是老唐和我的心愿，她自己肯定是更愿意抱着她那堆百玩不厌的毛绒玩具陶醉在稀里糊涂的世界中。至此，老唐时常会露出志得意满的神情，完全是一副功成名就人生赢家的姿态，下班回到家除了在网上逛逛打打游戏释放自己，似乎没有更多的事情要做。他不再像从前那样珍惜分秒读书查资料,也不再点灯熬油通宵达旦做项目,甚至连家务活儿都不怎么动手。他松弛而平和,各个角度都显出怡然自得,简直像是准备安度晚年。搬来的第一个冬天,他的体重噌噌上升,直奔一百公斤,成了一个十足的胖子。原先玉树临风的老唐变成了心宽体胖的老唐,不过在我眼里他依旧光彩照人,甚至犹如明星般耀眼,谁让他是我们家决定买房的功臣呢?

刚搬到沁芳园时这里的邻居我们一个也不认识,也无从得知我们的芳邻都是些什么人。小区院子很大,甬路很长,我们的家在最后面的西八区,背靠的是一个一眼望不到头的大果园,不管是不是挂果季节,西门总是关闭的,就没见开过,我们外出要穿过整个园子。这也许就是房子便宜带来的小小不便吧,但我们毫不介意,还乐在其中,无论开车还是步行,正好可以欣赏园子里的美景。因为居住密度低,平常进出也不怎么遇得到人,老唐对此解释是还没有完全入住,我暗笑他思维还没有跟上。我们出门大多时候遇到的邻居都是开车的,很显然,他们的车差不多都比我们的要好。某天,老唐终于狠狠心卖掉了伴随他多年的二手宝来,咬咬牙买了一辆宝马,不过仍然是二手的。

在沁芳园住了一阵子我们渐渐和邻居相熟起来,我们的通讯录里陆续有了邻居们的姓名和电话,微信流行起来之后我们也被拉进业主群里，和街坊四邻的接触逐渐多了起来。我们发现这里的邻居都很不一般，他们要么有很好的教育背景，几乎都是名校毕业，很多是在欧美留过学的，不少都有博士甚至双博士的头衔，要么有令人羡慕的工作，他们工作的单位和公司都名头响亮而体面，令无数人向往，要么两样皆有，是名副其实的社会精英。他们最突出的一点是看上去都非常有钱，远比我们富有得多。我和老唐都不是嫌贫爱富之人，以前我们还得意自己不是金钱的奴隶，没什么钱过得也挺开心自在，购房和换车两项支出不但令我们背上了几百万房贷，而且现金流几近枯竭。很快老唐就不再沉醉于买房带来的骄傲和得意，他改成了通达和恬淡。

黎先生和黎太太是我们入住沁芳园最早认识的邻居。黎先生叫黎明睿，黎太太叫朱莹莹，他们夫妻两个都曾在国外留学，他们大学本科都是在美国读的，两人同样是在清华大学学术桥上了一年预科之后去的马萨诸塞大学波士顿分校。黎先生读的是数学，之后又在纽约大学获得金融硕士学位，本来打算继续读博，因为回国结婚改变了计划。黎太太本科读的是管理，毕业之后去英国威斯敏斯特大学读了硕士，因为英国一年就能拿到硕士学位，对于像她这样又想有高学历又不想花太多时间和精神读书的人无疑相当合适。他们夫妻二人一个英俊潇洒，一个秀丽娟媚，都是气质出众，举止优雅，连笑容都透着高级和洋气。他们有一个七岁的儿子，名叫黎鼎鼎，也在巨石国际学校上学，和我们家小糖果儿同年级不同班，是个大眼睛长睫毛长得非常好看的孩子，既聪明又讨喜，经常会说出一些天真幼稚又貌似世事洞明的令人捧腹的妙语。他们一家三口个个出彩，简直就像电视广告里走出来的那种完美家庭。

黎家的房子是沁芳园最大最好的户型，两层带阁楼的欧式别墅，卧室和书房外面有很大的露台，地理位置也是小区中最优的，坐落于东一区的核心，离大湖最近，房子三面朝湖，落地窗前是修剪得整整齐齐的草坪和树形低矮的花木，视野一无遮挡。门口是开发商送的将近一百平方米的花园，他们打理得别致漂亮，一看就是下了很大一番功夫的，一年当中有大半年各种花卉次第开放，既错落有致，又绵绵不断，就像排练过的一样有条不紊。这个花园最大的特点是几乎所有的花都颜色淡雅，绝少看得到浓艳的。那种纯净内敛的美格调很高，会让我情不自禁联想到织工考究的古代丝绸和某些素洁珍贵的宝物。这个小花园在我们的邻居中也是有口皆碑，有懂行的说当中不少花草还是不太常见的稀有品种。我听说这花园名声在外，不止一次上过园艺和生活方式杂志。有时黎太太会剪下园中刚刚盛开和将开未开的花朵扎成花束或是装在篮子里送给相识的邻居，我们也有幸领受过她的美意。虽然各家搬来不久，但黎家已然在沁芳园颇有名气。据我观察，不少邻居都以结识黎先生和黎太太并与他们交往为荣，包括我和老唐。

老唐不像我那么喜欢与人来往，他性格内向，也许是理科的训练，他习惯于讲逻辑，喜欢清晰明确的人际关系，比如家人就是家人，亲戚就是亲戚，朋友就是朋友，同事就是同事，像邻居这样的关系他总觉得有点拿捏不好分寸，不知道是该近点好还是远点好，他既生怕自己拘谨了让对方误以为冷淡，又生怕自己热情了让对方误以为有啥企图，所以他和以前的邻居极少往来，不是迫不得已，他不和他们发生接触，用他的话说是"多一事不如省一事"。从前所有需要和邻居打交道的事情他都推我去，然而，搬到这里之后他却一反常态，或者可以这样说，遇到黎先生和黎太太之后他对邻居间的交往变得积极起来，连和街坊打招呼都热情了许多，有事没事还会和人家聊上几句，这在他以前简直是不可能的。尤其是碰见黎先生或者黎太太，他会格外高兴，有时我没在场，他回到家甚至会当个话题对我说。

住到沁芳园之后老唐养成了散步的习惯，只要不在外应酬，每天吃过晚饭他都要拉我一起去院子里散步，如果晚饭后因故没有散成步，夜里临睡前他也要补上这一课。我们散步的路线逐渐固定下来，出楼门右拐经过果园前的凉亭，然后一路朝南沿鹅卵石小径穿过竹林到大湖边，再顺着湖岸兜一圈到会所的咖啡馆，在那里喝上一杯热咖啡，之后往东一直溜达到黎先生和黎太太家的花园前,季节合适的时候欣赏一番他们家吐蕊含香的花草。有时天色已暗,其实啥也看不清楚,老唐和我仍然会流连于他们家的花园前,认真地驻足观望。即便是寒冬腊月,草树凋零,花园里多数花木被精心包裹起来不见庐山真面目,我们也还是要去那里绕上一圈,就好像这是一个仪式。

刚搬来不久某个乍暖还寒的春日,老唐和我闲步到黎家的花园前,正是夕阳西下时分,没有什么热力的太阳散发着橙黄的光芒,连空气都染上了金色。黎太太扎着头发,细碎的发丝在风中飞扬,正埋着头在花园里忙碌。她偶一抬头,看见了我们,马上停下手上的活儿和我们打招呼,我和老唐站下来和她说话。

这是我们第一次交谈。我们问她在做什么,她说在给花草施肥,我和老唐都有点吃惊,我们只知道庄稼要施肥,没想到花草也要施肥。大概是为了干活利索,黎太太穿得很单薄,卡其色帆布七分裤,短短的卡在腰间的薄绒套头衫,显得格外苗条和瘦弱,双颊却是白里透粉,水灵灵的大眼睛在浓密的睫毛下闪闪发亮,美得就像刚开的海棠花。她随随便便地把两只沾着泥土和肥料的手在裤子后面擦了擦,兴致勃勃地指给我们看她那些得意的花草,脸上放射着毫不掩饰的骄傲和喜悦的光芒,完全是一副美而不自知的样子。

我们正聊着,黎先生下班回来,他停了车,快步走过来加入我们的谈话。

"你们的花园太漂亮了！"我由衷地夸赞。

"都是她的功劳。"黎先生笑意盈盈地说。他走向黎太太，当着我们的面，轻轻拢了拢她的肩膀，在她脸颊上亲吻了一下。那般爱意泛滥，令我和老唐两个有些不适应。

黎先生同样饶有兴味地跟我们聊起这个小花园。他说当初正是因为一眼看上了开发商赠送的这个花园他们才下决心买下这座房子的，原本他们打算买个小点的，因为家里人口不多，为了这个赠品他们等于多花了好几百万，可见确实是天下没有免费的午餐。黎先生引用茨威格的话说："所有命运馈赠的礼物，早已在暗中标好了价格。"

听他说出这句话，我心头不由得一喜，看来他也是个文学读者。

黎太太笑着接嘴道："他老想着要改造这个花园，他的想法千奇百怪，一会儿想要挖个池塘，一会儿又想要搭个藤萝架，一会儿又想要支个风车，最匪夷所思的是他想造个很高的过山车，我的天，他居然一点不觉得荒唐。"她仰脸望着黎先生，眼波流转，笑眯眯地问他，"嗳 honey，是这样吧？"

我和老唐听了不由笑起来。

黎先生却一本正经地说："不，honey, 你没有明白我的意思，我只是想做点什么让咱家这个花园变得更加漂亮。"黎太太正要反驳,他立刻又说,"其实真要是按我的想法去做也会挺不错的,你说呢? 我设想中这个花园应该更加立体,更加新颖,让人耳目一新。我确实想过挖个小湖,旁边用石块垒起假山,让瀑布顺着数重岩石倾泻而下,然后汇入小湖之中。湖里种着荷花、睡莲、菖蒲,再有几茎芦苇,开花的季节水中漂着一朵朵雅洁的小花,不开花的季节岸边是一丛丛随风飘摇的纤细植物,想一想,如果水面上再点缀着浮萍,水里还长着莼菜,是不是美得不可描述?"

我和老唐又一次忍不住笑起来。

"听上去很不错。"黎太太带着嘲讽说,"这个园子里那么大的湖还不够你观赏,还要在家门口再挖一个? 这得多大的工程,只恐怕你这个计划实现起来不太容易。"

"一点不难。"黎先生口气肯定地说,"只是要看谁提出来的,如果是你想要这样做,那就很容易实现,我就能帮你办到。"

他有点扬扬得意。

黎太太听了咯咯笑起来,笑得那样娇俏妩媚,就像一个受宠的小姑娘。她摇摇头,执着地说:"我就喜欢花园自自然然的样子。"

他们请我们到家里去坐,我们不想打扰他们,便说改天再来拜访。

往回走的路上，老唐显得意犹未尽，他带着诡异的神情问我："你听到他们相互怎么称呼吗？"

我当然听见啦，他们互称"honey"。我反问老唐："那又怎样？"

老唐突然哈哈大笑，他收住笑说："人家多洋范儿，跟他们比比咱俩土得掉渣。"

我也笑了。可不是嘛，他们叫对方的爱称是"honey"，我们相互之间的称呼除了直呼其名之外不是"蠢货"就是"傻瓜"或者是"猪"，还有更加难听更加不登大雅之堂的。

"你是不是被黎太太迷住了呀？"望着老唐脸上尚未消退的倾慕之色和初中小男生般兴奋羞赧的神情，我忍不住挖苦他。

老唐没理会我，他一本正经地说："我感觉你和她会成为好朋友的。"

我没想到他会说出这么一句。

随即他感慨道："他们两口子倒真像是书里说的'天作之合'。"

二

　　我和黎太太因为接送小孩熟悉起来，我们给孩子报了相同的课外班，在等孩子下课的时候我们时常会聊聊闲天。最初的话题几乎都是关于小孩的，我们相互交流育儿经验，给孩子吃什么穿什么，要不要让孩子学才艺，要不要请家教，要不要补英语，报什么班，周末带孩子去哪里玩，孩子不听话怎么办，等等。我发现她在这些问题上面很有章法，也很有办法，而且她带孩子比我精心得多，方方面面都能引经据典，似乎很有理论依据，看来她是钻研过的，因此在面临选择时我经常不动脑子照抄她的，心里对她也确实是相当信服。

　　除了在育儿方面我认为她比我专业和高明，她讲究的穿着和优雅的谈吐也给我一种无形的压力。和她说话我自觉不自觉出语规范，不像平常那样口无遮拦，也不随便开玩笑，生怕冒犯了她。聊过多次以后，我们两个的话题开阔了一些，在孩子之外也说些别的，比方周边哪家餐馆好吃，哪个瑜伽老师不错，哪家店做头发时尚，哪个品牌的化妆品好用，某某大牌推出的新款好看或者不好看，甚至某些牌子徒有其名，等等。尽管我们在一起聊得很开心，笑得也很欢畅，但我还是明显感觉到她良好教养下的端庄和矜持，换句话说就是不放松。我们在一起所有稍微尖锐或者冒失一点的话都是我说的，而她只是柔声附和"就是""对啊""可不嘛"，如果我措辞过于犀利刻薄，她会用缓和的话语来回旋和冲淡。我觉得她就像我们在学校读书时遇到的那种严于律己又自视甚高的好学生一样，总是会高超地立于不败之地，他们懂得机敏地回避矛盾和窘境，也绝不出头，善于把自己框定在某些说不清道不明的规矩里，就像是有意无意在自己周围竖起一道看不见但能感觉得到的屏障，或者说就好像把自己包裹在一层膜里。我发现表面看好像她总是端着，实际上她是自觉不自觉和别人保持着一定的距离，大概是她所需要的安全距离吧。和她频繁见面了一个学期，我们的关系也没能更近一点。

忽然有一天黎太太对我亲近起来，令我很感意外。那天我们照例在孩子的学校里遇见，同样是去接孩子放学，然后送他们到陶艺教室上课外班。看见我她当即停下车，打开车窗热情奔放地和我打招呼，这是从来没有过的，和她一贯端庄矜持的样子完全不一样。等我们各自把孩子送到陶艺教室，她在不远处等着我，一副有话要对我说的样子。她提出请我去喝杯咖啡，可惜附近没有咖啡馆，新建的街道好多商店还没有开张，她去街头的售卖亭买了两瓶矿泉水，我们就在教室外面的花坛边席地而坐。

她跟我建议说以后小糖果儿和黎鼎鼎日程相同的时候我们一个人接送就可以了，她略停了片刻又说如果我信得过她的话，就由她来接送。我听了真是非常感动，一是感动于她的好心和体贴，更为感动的是她竟然甘愿来承担这份责任。虽然她笑嘻嘻地说反正一个孩子是接两个孩子也是接，捎带手的事儿，我知道这已经不仅仅能用"热心"两个字来形容了，她是那样稳妥的一个人，说出这番话肯定是经过深思熟虑的，绝不会是随便一说。

我不知道她为什么对我这么好，更不知道她怎么一反常态变得如此主动，我自然是感谢了她一番，也对她承诺同样欢迎她有事找我帮忙。

她侧过头望着我，绽露出孩子气的神色，好几次忍不住偷偷地笑，羞涩地说出无意间在网上翻到我的博客和微博，她连着看了好几个晚上。

"我好奇心太强了，是不是？"她掩口而笑，"我把你的博客和微博翻了个底朝天，你害我熬了三个通宵。"

我也笑起来，开玩笑说真对不住，浪费了她宝贵的睡眠时间。

其实我的博客和微博也没写啥吸引眼球的东西，连八卦都没有，就是记些日常琐事，还有一些小感触，再就是晒娃，小糖果儿和我顶牛的事情我都敝帚自珍写下来，不过就是一时兴起写着玩的。

她却一本正经地说："不，我很有收获，有好多事我不知道别人是怎么想的，也不知道别人遇到时会怎么做，现在我至少知道你是怎么想的和怎么做的。"她两眼闪闪发亮，"特别是看到我们想得一样我太开心了。我没想到，有时候从别人身上认识自己反而会更加清楚。"

我也没想到那些随手写下的文字会让她这么感兴趣，尤其是看到她放下淑女的架子，那样自然随和，我就像小时候找到玩伴一般惊喜和欢悦。

在这段等孩子下课的时间里，我们坐在树荫底下喝着矿泉水聊了很多。之前极少谈论自己的黎太太对我说起她去美国读本科后来又去英国读研究生的一些事情，读完硕士之后她回国在大学里找了一份工作，不久就结婚了。她做过三年多的行政秘书，怀孕之后辞职回家当了全职主妇，再没有去上过一天班。

"怎么就下决心辞职了呢？"我对她留学美英工作又很不错却毅然辞职很感好奇。

"我怀孕反应特别大,几乎从头吐到尾,大部分时候需要卧床静养,根本没有力气去上班,学校倒是对我很好很照顾,同事帮我做了许多事情,但我也不好意思老请假,干脆就辞职了。"她含羞带笑地说。

"当全职主妇感觉如何?"我问她。

"嗯,挺好的呀。"随后是一个甜美的无懈可击的微笑——完全是我预料中的标准答案。

"真的吗?"我没忍住脱口而出。

她似乎迟疑了一下,说:"也许是习惯了吧。"她笑得十分温柔。

我想到前不久刚看过一档电视节目,主持人让四位全职主妇谈谈感受,我印象最深的是节目中有很大的篇幅在谈论家里的钱由谁来管,其中三位主妇都表示辞职之后内心有不安全感,比辞职前更想掌管家里的财政,但要把老公的工资卡拿过来并不是一件容易的事。只有一位嘉宾说她没有不安全感,也不想掌控家里的财务,是她老公非要把钱交给她。这是一位既漂亮又时髦的女子,也是四位嘉宾当中最美最有现代感的,她衣着讲究,举止优雅,谈吐风趣,人很有味道,辞职之前有很好的职业。我一下子就联想起这个节目,心里很想知道黎太太辞掉工作回到家里会不会有不安全感,我也有点好奇像她这么一个文雅高傲的人儿会不会以管住老公的钱包来获得安全感。

我当然不会直接问她。看她轻松自在的样子,我其实还挺羡慕她能在家当全职主妇,如果老唐挣得足够多,也有那个经济实力,我还想像她这样呢。

黎太太还真说到做到,果真好多次帮我接送小糖果儿。不过我也就是在出差和加班实在忙不过来的时候才麻烦她。小糖果儿非常喜欢她,我看她甚至更乐意跟着这位漂亮温柔的阿姨——显然黎太太比我更和蔼可亲,比我耐心更好,不仅不会为任何事责骂她,甚至不会高声对她说话。小糖果儿起先管她叫"阿姨",后来又在阿姨前面加上了她的名字,管她叫"莹莹阿姨",不知从哪天起她跟着黎鼎鼎叫她"妈咪",但她喊她"妈咪"时总会配上一个略带夸张的淘气或者撒娇的表情,显然她很清楚这并不是她应该的称呼。然而她越来越偏向黎太太却是真的,她特别肯听她的话,黎太太让她做什么就做什么,她对她言听计从,比对我的指令执行起来要利索多了。而且她有意无意喜欢模仿她,比如黎太太喜欢把头发绾在脑后,她也要求梳她那样的发髻,黎太太穿一条白色的裙子,她也要穿白色的裙子,她看见黎太太有一双金色的细高跟鞋,竟然提出要一双一模一样的。有一天她从黎太太那边回来,面颊上涂了一层淡淡的胭脂,嘴唇上擦着西柚红的唇膏,那副喜滋滋的样子,简直要美上天了。黎太太成了她心目中的时尚标杆,甚至只要是黎太太的都是好的,都令她艳羡,她那颗小小的爱美之心完全被美丽典雅的莹莹阿姨俘获。

我承认黎太太照顾孩子真是细心周到，无微不至。有两次我出差在外，学校临时组织春游和参观，是她替小糖果儿准备的午餐。我从老师发来的照片看到那两份午餐，都是既丰盛又美观，让我感动得差点掉下眼泪。小糖果儿极度挑食，猪肉不吃，鸡鸭不吃，河里的鱼不吃，动物内脏不吃，蔬菜中不吃的更多，那是一份长长的名单，菠菜、芹菜、香菜、香菇、茄子、扁豆、蚕豆、豌豆、白萝卜、胡萝卜、西红柿、西葫芦等等都不吃，真难为黎太太知道得一清二楚，而且还记得住，她做的东西都是小糖果儿爱吃的。我能想象小糖果儿有多么开心，我也充分理解了她为什么会那样喜爱她的莹莹阿姨。许多个我和老唐手忙脚乱自顾不暇的日子，当我们回到沁芳园，小糖果儿已经在黎家吃过晚饭写完作业，安安逸逸地和黎鼎鼎一起看电视或者打游戏呢。

"有你真好！"好多次我满怀感激由衷地对黎太太这样说，她听了都是甜甜一笑，略带羞涩。她的笑容那样明艳灿烂，让人暖到心里。我心中理想的好太太无疑就是她这个样子——温柔体贴，善良美丽。真不知道在男人的眼里她是多么的可心可意。

看得出来黎先生无疑是很爱她的，他对她非常好，说话和颜悦色，散步的时候和她手拉手，或者搂着她肩膀，偶尔有车经过的时候他会挡在她外侧保护她，从外面回来总是他提着东西，有时很晚了还看见他出来遛狗和扔垃圾，总之一句话，他看着就是一个地地道道的好丈夫。而实际上，据我看来，黎太太对他的满意度显然更高。从她小鸟依人般娇滴滴的姿态，和看丈夫时温柔如水的眼光，就能感觉到她是一个对自己这桩婚姻称心如意的幸福女人。

和黎太太聊得多了，有一次她跟我说起当初她母亲主张她早点结婚，明明白白关照她出国读书不要耽误了自己的终身大事，反反复复跟她说不要错过生儿育女的黄金年龄，她听妈妈的话，对学业并不十分较劲，倒是花了不少精力在梳妆打扮和交友择偶上。

"回头想想，自己的青春倒是没有虚度。"她笑嘻嘻的，一脸得意。

"你母亲真是英明，所以你才这样称心如意。"我说。

"也不是没有走过弯路呢。"她抿嘴而笑，却收住话头不往下说。

她不说我自然也就不再问。

"那么你呢？"她却俏皮地反问我。

我跟她说结婚之前其实是非常犹豫的，我不相信婚姻，我对两个毫不相干的人过到一起在一个屋顶下不仅要朝夕相处甚至还要白头偕老充满了怀疑和忧虑。我也不知道多少人跟我一样，但我从读过的书里不断印证了这个想法——那些书从古至今记录了无数睿智的感悟和深邃的思想，有许多还是大师写的，无论是在世的还是已故的，他们关于婚姻的至理名言绝大部分都是不乐观的。比如，"你所结婚的对象是你在最脆弱时觉得最适合你的人"，"结婚之前要睁开眼，结婚之后要睁一只眼闭一只眼，聪明的人是把两只眼睛都闭上"，"婚姻的难处在于我们是和对方的优点谈恋爱，却和对方的缺点朝夕相处"，"恋爱像发高烧，结婚像发神经"。还有，"婚姻是人生的一大考验"，据说是易卜生说的；还有，"婚姻是因误解而成立的"，据说是王尔德说的，还有很多，不胜枚举。这些了不起的大人物他们自己甚至也同样经历过婚姻的折磨，或者干脆不结婚。这令我几乎不由自主陷入了恐婚，而且年龄越大恐婚越甚。

不过我父母的想法跟我不同，他们虽说也上过大学，但他们安天乐命随波逐流，尤其是我妈妈，她的生活理念似乎就两个字——"应季"：吃应季的食品，穿应季的衣服，做应季的事情，一句话，就是尽量像植物一样随时节生息，或者说像机器一样按部就班地运行，她不但自己这样做，也要求我这样做。我爸爸不像她这么刻板，但同样要求我像有轨电车一样运行在某个轨道里，不能有偏差。在我上中学的时候他们紧紧地盯着我，生怕我学习不好考不上大学，还怕我早恋，怕我被别的孩子带坏，上了大学他们也不时叮嘱我要把心思放在学业上，不要因为别的事情分心。他们尽管并不明说，但我明白他们的意思就是让我不要花太多时间在谈情说爱上，别因为恋爱分了心，或许他们还有其他方面的担心。然而，重点来了，我硕士一毕业，刚工作不久，他们就暗示我可以找对象结婚了，很快暗示变成了直言不讳的催促。我一过二十五岁生日他们开始替我着急，而且完全不加掩饰。似乎一夜之间他们变得焦虑不堪，随时准备抢收抢种。他们不仅自己费尽心思为我寻摸男朋友，还四处托熟人朋友给我介绍对象。一时间我家三亲四戚七姑八姨都被惊动起来，茶几上面那个除了诈骗电话久已不响的座机和他们俩的手机铃声此起彼伏，他们的情绪也忽喜忽忧，喜怒无常。不过他们的目的却清晰明确，就是要尽快把我，他们唯一的女儿嫁出去。他们的那种坚毅和果断是我前所未见的，仿佛多留我在家一天他们面临的风险就会增加。他们让我觉得我不再是他们经常忍不住要向人炫耀的掌上明珠，而是他们手上一个烫手的山芋，甚至是安装在他们家里的一颗定时炸弹。

黎太太听了忍俊不禁。她问我："后来呢？"

"后来大救星老唐出现了。"我说。

我告诉她老唐是我父母从大量的推荐名单里经过层层审核筛选出来的，甚至比单位选拔领导干部还要严格得多。就像俗话说的，老唐出现在对的时间和对的地点——那是在我听从爹妈的安排见过近五十位候选人已经越来越失去耐心快要到达崩溃的边缘不想再见任何人的时候他就像一颗熠熠生辉的启明星一样出现了。倒不是说老唐有多么完美，也不是说我和他一见钟情，实在说是我爹妈的库存快见底了，这件事已经折磨得他们疲惫不堪心力交瘁，他们也希望速战速决，好赖凑合凑合完事算了。老唐当然不爱听这样说，他认为我是终于摘到了人生中最大的那根麦穗——不是麦穗，简直就是金子。所幸，老唐也把我相中了。我也问过他之前见了多少人，他那个人倒是实诚，说见过不少。我问他不少是多少，他说不少就是挺多。我问他挺多是多少，他说大概有一百来个吧。后来我们两个除了找别扭就再不提这话茬儿了，被人像箩筐里的菜那样翻来拣去，也不是一件多么光彩的事儿吧。我和他也不彼此嘲笑，那不是五十步笑一百步嘛。

黎太太听了又忍不住笑，直笑出了泪花。

"我爹妈要是有你母亲那样的先见之明，就不会弄得如此手忙脚乱狼狈不堪了。"我自嘲。

她嘻嘻笑着说："说实在话，你和老唐真是天生一对，明睿和我总说你们是神仙眷侣。"

"还'神仙眷侣'呢！"我笑说，"就是两相将就，互不嫌弃罢了。"

回到家我把黎太太的这个评价说给老唐听，他一拍大腿，得意扬扬地说："这是五星好评啊！"

我说:"你还挺美,真听进去啦?"

他一脸正色地说:"那当然,别人说我不一定信,但我相信黎太太,她一看就是心口如一的人,现在这样清澈纯净的人已经很少了。怎么说呢,我觉得她纯洁得就像水晶一样。"

我望着老唐笑。

他瞟我一眼说:"难道你不这么看?"

我说:"看来你是真让黎太太迷住了。"

老唐一脸严肃,不表态。

我问他:"哎,你说实话,黎太太算不算你心目中女性的典范?"

他居然想了一下,认真地回答我说:"当然可以这么说。"

"那我呢?"我追着问他。

他就像没听见一样跳过了这个问题,说:"黎太太那个人一看就是力图完美事情做得很好的,不说她自己走出来大方得体,她家孩子也聪明可爱,一看就是家教极好的。"

我一直以为小糖果儿迷黎太太,这才知道原来老唐也迷她。我对他说:"你看这样好不好,不如你拿我和小糖果儿去黎家换了他们娘儿俩来。"

老唐嘿嘿一笑说:"你当人家黎先生傻呀!"

三

我们一家人都非常喜欢黎太太，她的美丽、优雅、善良和恬静都令我们由衷地欣赏。她的好是那样显而易见，除了对家人对朋友一片诚心，处处替别人着想，还热心公益，无论是社区还是学校，只要有事情或者有活动，她都是积极的参与者，出钱出力十分踊跃大方。逢上捐赠，她一定会慷慨解囊，每年沁芳园有义卖活动，她都会从家里拿出许多东西义卖，社区需要义工，总能看见她的身影，她不声不响给园区捐赠了不少花木，下雪天她会一大清早主动去清扫小区路面的积雪……她做这些都特别自然，就像出于一种本分甚至是本能，令我们赞叹和感动。

我和黎太太很熟了，和黎先生却仍很陌生。我跟他碰面的机会不多，几次匆匆的照面他给我印象是彬彬有礼，对人十分客气，但也仅限于热情地打个招呼、随意聊上几句而已，虽然没有像传说中的老外那样只谈论天气，却也没有说到什么具体内容。因此我很主观地认为他是一个骄傲自负的人，即便是去他们家里接小糖果儿碰到他，也不和他多说话，只要看他在家，我也从不会在他们家久留。有关黎先生的所有资讯我都是听黎太太说的，她说他在美国已经找到了薪酬丰厚的工作（也说过他本来还想继续读博士，听上去似乎并不矛盾），因为要和她结婚才回国的，听她口气他为她做出了巨大的牺牲。因为回国是仓促决定的，没有找好合适的工作，回来之后他先在朋友的公司打工，一年之后和两个同学一起在中关村开公司创业，因为准备不足，加上没有经验，公司做得远不如预期，一直半死不活，后来情况越来越差，只得关闭。他想方设法，费了一些周折，终于找到机会进了银行，再之后跳槽到了现在这家投资公司，算是稳定了下来。除此，我对他所知甚少，不过也并不想知道他什么。

一个偶然的机会我听见黎先生和邻居在谈论小区的园艺，那天我去会所咖啡馆，黎先生也在那里，正和几位邻居随意地围坐在长条桌边闲谈。他说从前建园子种花植树是很考究的，挑什么树选什么花，种一株还是种几棵，建花畦还是垒花台，都是经过考量的。除了树与树搭配，花与树呼应，树木花草还要和山水、建筑、路径等等相得益彰，既不喧宾夺主，也不是可有可无，无论是借景点缀，还是烘托渲染，一草一树要依循章法，随心所欲不逾矩，美观之外，还需恰当。古人喜欢松、竹、梅、兰、菊、芭蕉，桃、李、杏、海棠，他们把花木看作是园林的一部分，花木长好了，园子才算真正造成。他还说到我们这个小区用"沁芳"两字做名字，《红楼梦》里就有"沁芳亭"，"绕堤柳借三篙翠，隔岸花分一脉香"，贾宝玉题写的这个对联很是传情达意，柳临水而翠，水照花更香，小区里湖水清碧，花花草草也借得上神采。他说得不紧不慢，平平淡淡，我听了深以为然，觉得长了不少见识，暗暗感叹没想到他看上去那么"商务"的一个人，居然还有这样的闲情逸致在花花草草上，可见除了博学还很浪漫。

一天我从外面回来走在湖边的小径上，听见黎先生叫我，他满脸笑容，站在自家的花园前面，远远地对我说他知道我是谁了。我很惊讶，一时没明白他是什么意思，也不知道他何以显得如此兴奋，他那种就像小孩获知了谜底一般的神情让我颇觉意外。

他快步朝我走近过来，依然是笑容满面地说："听人说你是个作家，我上网搜了，原来你真的是个作家。"他在"真的"两字上加重了语气，边说边哈哈大笑。

我不过就是发表了几篇小说而已，自己都不知道自己算不算是个作家，让人当面称我为"作家"，真有点不好意思，一时不知道说什么好。

"之前我竟然一直不晓得你的名字,你们都是'张太太''李太太'这么叫,真瞎耽误工夫。"他说话的口气就像个很近的朋友,大有那种相见恨晚的感觉。

他站在小路上和我聊起了文学,一口气向我提了一堆写作上的问题。比如:你是怎么想起来要写小说的,是不是要等有了灵感才能写,是想好了写还是一边想一边写,怎么知道一个小说写到哪里就算结束了,自己写的小说不看原稿再写一遍还能不能写成那个样子,自己能知道自己的小说好还是不好吗,等等等等。没容我回答,他又问:你怎么看待想象力的问题,想象需要有依据吗,依据什么,你喜欢脱离现实的作品吗,一个作家是怎样从居住的世界抵达想象的世界,每个作家的路径是一样的还是各不相同,你相信平行宇宙吗,你信神吗?他一个问题接一个问题,问得兴味盎然,不容我喘息,从写作的技术层面一直问到了信仰。这简直就像是一场突如其来的采访,或者说面试,让我对他的印象一下子改变了 —— 原来他并不像看上去的那样高傲自负,竟然也有着如此强烈的好奇心。

他好像突然之间意识到了礼貌的问题,问我:"你是不是正在忙,我和你说话会耽误你吧?"

我说我这会儿一点不忙什么也不耽误,他露出愉快的神色说:"那太好了,我就可以没有心理负担地再和你聊几句。"

他问我当一个作家是不是要读很多的书,他的这个问题令我羞愧,因为我本人读书并不很多,而且我大部分时间都在重读那些令我爱不释手的书。我说:"应该是,但我并没做到。"

"我这个人有个毛病,只要拿起一本书,就想一口气读完,所以一看起书来就废寝忘食,其实我真不是用功,也不光是想知道书中的结果,我就是想了解写书的作者大的思路。而当我把书读完,我又很快会把书里的内容忘得一干二净,很可能连一句话一个词都不记得,所以我一直怀疑自己,即使读许多书,到头来仍然是腹中空空。"

他的话让我不由笑起来,我对他说我也一样经常是读过便忘,有时候甚至连读没读过某本书都不记得。我还引用了不知是从博尔赫斯还是哪位作家的书里看来的一句话做借口:"'上帝赋予我们大脑以便让我们具备遗忘的能力。'"

他笑道:"说得太对了,这样的话似乎专替我这样的人说的。"

"所以即使读过便忘,书里写到的那种感觉和经验多少还是会存留的。"我说。

"是的。"他飞快地点了一下头说,"其实人和书的缘分也是深浅不一的,有的书读过还是能记得的,特别是某些故事和人物,留下的印象还是相当深的。我自己小时候的事情绝大部分都忘记了,也记不清一年一年是怎么过来的,就是那些自以为记得特别清楚的事情也记不得到底发生在哪个日子，前后经过和细节也是错乱的，但我记得美人鱼，记得小红帽，记得豌豆上的公主，记得卖火柴的小女孩，还记得小王子，这些都是我年纪不大的时候就读过的，我还记得那些内容更加复杂的，那是我成年以后读的。所以，我明白你的意思，也同意你的说法，为阅读花费时间怎么都是值得的，哪怕读后便忘，读过和没读肯定是不一样的。"

虽然聊的话题这么严肃，但我们却聊得兴高采烈，我觉得和他很说得到一起。

"我有个奇怪的想法，从来不好意思和别人说。"他露出迟疑和羞怯的神情，仿佛下了决心才说，"我觉得自己的生活没有主题，充满了随机性，就像一盘散沙，每天起床，吃饭，出门，回家，睡觉，明天又重复前一天的事情，就这么日复一日，年复一年，把一生的时间消耗光，一辈子也就过完了——也不光是我吧，别人我看也差不离。有时候我从一个房间踱到另一个房间，感觉自己是在虚度光阴，可是不虚度光阴又能怎样？谁能来告诉我，我生活的主题是什么？而文学就不一样了，不管是一部小说，一篇散文，一首诗，哪怕是一个短小的寓言，都有各自的主题，不但有主题，而且有意义，不然就不成立。相比之下，那人生到底又是什么呢？"

他瞪着一双茫然的眼睛望着我，不仅显得天真，甚至显得十分呆气，我不由得哑然失笑。

他接着说："从内心说，我不想做行尸走肉，我尽量保持对事物的兴趣，而且还总想在平平淡淡的生活里榨出一点意义来，那些好书，尤其是文学书，真的是在我眼前打开了一扇豁亮的窗户。"

他对文学如此有兴趣引发了我的好奇，我试探地问他："您也写吗？"

他一个劲儿摇头，一脸羞涩地说："没有没有，我就是喜欢而已，我可写不了小说。"

隔了两天便是周末，一大早上我就接到黎太太打来的电话，她是从来不在这个时间给我打电话的。她在电话里柔声细语地问我下午有没有空去她家里喝茶，她轻快地笑着，特别强调是黎先生要请我，他自己不好意思跟我说，非让她来邀请我。她边笑边说黎先生其实是个资深文学爱好者，他做小学生的时候就开始写诗，刚上初中就加入了学校的文学社，从入校到毕业一直是最踊跃的黑板报作者，而且他青少年时代最大的理想就是当作家。黎太太说："我们谈恋爱那会儿他给我写过好多首情诗，写得可浪漫了。他的诗稿有好几大本，现在还堆在我们家的阁楼上，你快来跟他聊聊吧，说不定他真的也能成为一个作家呢。"

我欣然答应，和她开玩笑说："那你可得好好鼓励黎先生，说不定你们家阁楼上就藏着文学名著呢。"

黎太太听了欢快地说："你不知道我多么希望他能成为一个作家！我最喜欢读小说了，从小时候起我读到喜欢的书就会迷上写书的作家，作家在我心目中都是又高深又有魅力的人，我从不追星，唯有作家例外。"她嘻嘻笑着说，"他要是能成为作家，那我就是作家的太太，天哪，太酷了，想想都美得心醉。"

她在电话那头很响地笑，我还从来没有听她笑得这样欢悦。

下午我如约去了黎家。

暮春时节，难得如此一个风和日丽的好天气，天空湛蓝，空气纯净，而且不冷不热。黎太太把茶桌摆在花园里，上面铺了雪白的桌布，整齐地放好了茶碗茶碟和几盘细巧的点心，还有一束一看就是从自家园子采摘的颜色素雅的鲜花。他们夫妇穿着浅色的亚麻衬衣和水洗布长裤，打扮得舒适悦目，两个人都是笑容粲然神采奕奕。

"我们把你约出来，老唐没事儿吧？"黎太太柔声问我。

我说老唐有他自己的事情要做，他要带小糖果儿去游泳。

"下次我们请你们一起到家里喝酒。"她笑盈盈地说。

"我们把小朋友打发出去了，难得这么舒服自在。"黎先生却毫不客套，他一脸轻松，显得特别开心。

"谢谢你让我们有一个悠闲的下午。"黎太太愉悦地应和他。

他们夫妇男的潇洒女的漂亮，都有一种形容不出的优雅。黎太太头发松松地盘在脑后，耳朵两边披散着长长短短的发丝，就像河边的缕缕垂柳，她戴着两只弯弯曲曲的银白色耳环，在耳鬓间一闪一闪发亮，敞开的领口露出好看的锁骨，真是风情万种。她用那双戴着Tiffany钻戒和Cartier手镯的纤纤素手给我们泡茶，她一边斟茶一边说："今天我特意拿出了这套Wedgwood野草莓茶具，还是我读研究生的时候明睿去英国看我送给我的生日礼物。"

她含情脉脉地望一眼黎先生，脸上的笑容无比甜蜜。黎先生听她这么说，即刻露出笑容，手在她肩膀上轻轻抚了一下——眼前的这幕温馨图景让我感觉自己就像在看一部好莱坞的爱情影片。他慢悠悠地纠正她说："好像是情人节的礼物吧。"

黎太太吐了下舌尖，低眉一笑，小声说："那我记错了。"她转向我，既像是羞愧又像是炫耀地说，"我们家弄错事情的那个人总是我，你看出来学霸和学渣的区别了吧？"

这是十足的炫耀嘛，不过她这样不加掩饰地秀恩爱，显得纯真可爱，也并不让我感到尴尬。我感谢他们对我的盛情，夸赞他们下午茶弄得这么有格调，又夸奖了他们美不胜收的花园——细细观赏之下，我情不自禁地对这个精心侍弄的小园子越发喜爱。他们夫妻两个不约而同露出由衷的笑容，这显然是一个令他们相当愉快的话题。

"我们都喜欢漂亮而不张扬的花。"黎先生说,"所以我们花园里种的花都得是雅致的,那些开得姹紫嫣红热热闹闹的俗艳之物跟我们不对味儿。"

黎太太没有马上接话,她嘿地笑了一下,轻轻摇了下头。她就像是没忍住,发表了不同意见:"那只是你自己的看法,并不包括我。花当然是五彩缤纷才好看,大红大绿在一起也很相配,我其实还是喜欢颜色鲜艳的花,越鲜艳越喜欢。"

"真的吗?"黎先生皱起眉头微笑着,似乎听她这么说很出乎意料。

"当然是真的。"黎太太娇俏地说,"你没看出来我一直是在将就你吗?"

"不会是所有的事情吧?"黎先生一本正经地问她。

我们一起哈哈大笑。

喝着茶聊着天,悠闲而惬意。黎先生就像是十分由衷地感叹道:"现在就是我一生中最好的时候——"

黎太太打断他说:"你的一生还长着呢,这会儿说这话是不是太早了点?"她用一种就像是哄孩子的口气说,"你一生中会有更好的时候呢。"

黎先生两手交叠放在脑后,脊梁舒适地靠在椅背上,他微微摇了摇头,口气肯定地说:"不会了,这就是最好了。"他含情脉脉地望一眼黎太太说,"因为我心满意足。"

黎太太姣美白皙的面颊上飞起幸福的红晕。

黎先生就像是沉浸在某种思绪里,慢条斯理地说:"有时候我觉得自己是另一个人,或者说我不得不做某个人,我不得不做得像真的一样。我按那个人的日程表做着每一件事情,见他要见的人,说他要说的话,做他要做的事,负他的责任,尽他的义务,过属于他的每一天。而我自己的日子却荒废着,就像有两条平行的路,我走了这一条,就不能同时去走那一条,因为走了别人的路,所以自己的路空着并没有走,如果路面覆盖着白雪,那么我自己的那条路上没有一个脚印。有时候我定下神来能看到伸展在我面前的原本我该走的那条路,不过,那是一条虚线。"

他停下来,望着我,似乎期盼得到我的呼应和认同。

黎太太却微微变了脸色,直言不讳地问他:"你是什么意思,你是在否定自己吗?"

"我没有否定自己。"黎先生老老实实地说。

"那我想知道你到底是觉得高兴还是不高兴?"黎太太认真地追问。

"不是高兴不高兴这么简单,或者这样说,这就不是一个高兴不高兴的事儿,我无可奈何,别无选择。"黎先生说得心平气和。

"那我就弄不明白了。"黎太太微微绷着脸,两眼紧盯着他说,"刚才你不是还说现在是你一生中最好的时候吗?你这么自相矛盾,让我听不懂。"她似乎有点不悦。也许是怕我尴尬,她转向我,带着一丝愧意,就像一个替孩子辩解的家长一样说,"他这个人,时不常要说些奇奇怪怪的话。"

"没事。"我说,"我大概能明白。"

黎先生看她不快,就像忽然醒过神来,做出顺服的样子笑着对她说:"别理我,有时候我思考一些事情,不知不觉就会走火入魔。我忘了是从哪本书里看到的,当我寻找自己时,我其实从来没有找到过那个熟悉的自己。"

我听了笑起来,黎太太也笑起来,不过略微显得有点勉强。她说:"你还在为你的梦想纠结。"

我感觉她还是飞快领会了黎先生表达的意思,一点也没有误会。而且她那样直接和坦率地表露自己的不解和不悦,在我看来恰恰是她太在乎黎先生了,说心里话,他们彼此间这种热恋般的亲密包括计较真的很令我艳羡。这与我和老唐是很不一样的,我们好像更多的时候是相敬如宾,某些时候是休战和搁置争议。我不是说相敬如宾不好,休战和搁置争议肯定是不得已而为之,我想这大概是由感情的基础决定的吧。

"能说说写作有什么秘诀吗?"黎先生忽然兴味十足地向我提出这样的问题,"作为一个作家,你是不是总想把读者带到某个你自己也不曾去过的地方？"

"你是说想象吗？"我问他。

"虚构。"他说，"我想知道是怎么做到的。"

我笑说："也许一百个作家有不止一百种答案。"

他笑，说："你呢？"

我说："我觉得虚构可能并不纯粹是从虚空中来的，也有是出于经验的，有些是直接经验，有些是从别人身上获得的经验，还有是从书中得到的启发，还有一些是通过积累突然悟到的，此外，也可能是最不寻常的，是从梦境中得到的，这部分经验我说不好算直接经验还是间接经验，往往特别新奇，难以定义，因此弥足珍贵。"

"太神奇了！"黎先生感叹道，"我觉得大家的生活从大的方面笼统地说都差不多，白天黑夜，一天二十四小时，饿了要吃，困了得睡，差不多的一日三餐，大同小异的穿衣打扮，都有喜怒哀乐，连社会礼仪、休闲娱乐方式都大差不离，关键是每个人的生活范围都是有限的，作家怎么就能写出人生百态？"

这个问题我还真没有想过，我觉得他的视角很独特。

他在椅子里坐正了身体，郑重其事地问我："能透露一下你是怎么成为一个作家的吗？或者我能这样说吗——你是怎么交上当作家的好运的？"

黎太太抢先笑起来,她饶有兴趣地望着我说:"说说吧,我也想知道。"

"真说不清楚。"我说,"写作是一种冲动吧,就好比树要发芽,花要盛开。"

黎先生说:"我也很想有这样的感觉。"

"最早受到什么触动真是不记得了,也许是读到了某首诗,看见了某个词,或者是听了一段音乐,看了一幅画还是一个电影,心里的某个开关就啪地打开了,或者说心里的那只小动物忽然苏醒了。然后再看世界就不同了,空气有了颜色,阳光有了形状,水流有了经纬,人心也有了光影,仿佛可以看见另一个时空。"

他们两个极其专注地听着。

"然后呢?"黎先生问。

我只好再继续说下去。

"最初出现在脑子里的有时是一个人物形象,有时是一个想法,有时是一句话,有时是一个精彩的开头或者结局,有时就是一个词,它们自己能成长和生发。"

"然后呢?"他们异口同声地问。

"坐下来,打开电脑就可以开始了。"我说,"手边最好有杯滚烫的热茶,再有点好吃的零食。"

黎太太瞪大了她那双水汪汪的美目:"就这么简单吗?"她

笑着推了推黎先生,"哈哈,honey,你也可以的。"

"这就是所谓的灵感吧?"黎先生叹了口气,随即大笑道,"比不了,比不了,这不就是传说中的老天赏饭吃吗?这可完全没得比。"

他一边摇头叹息,一边却兴致勃勃地讲起自己高中那会儿曾想报考艺术院校的事儿。他说他从小就爱好艺术,在家到处写字画画,把地板墙壁都写遍画遍了,没少被父母呵斥。后来他跑到外面去画,口袋里总是揣着粉笔、油画棒和喷瓶,看见桥洞和废弃的围墙可激动了,可以大展身手涂鸦一番。他说写字画画能让他沉入其中忘记周围的一切,他梦想当一个艺术家,他想成为画家、诗人、小说家、剧作家、作曲家,也想成为导演和演员,只要能让他搞艺术就行,不管做什么都行。然而,他的艺术梦被他父亲扼杀了。高中文理分班前他去找父亲商量,想让他同意他上文科班,可结果并不如愿。

他说:"我父亲要我去他办公室跟他谈,我去了,他板着脸问我:'你会什么呀?'我说我学过钢琴和画画,没敢跟他说我一直在悄悄写诗,偶尔还尝试写武侠小说,其实也说不上是小说,就是胡编乱造的打打杀杀的故事。他听了说,'你知道学过钢琴和画画的人有多少吗?你有自信水平不在他们之下吗?你有把握在考试的时候一定能发挥得很好吗?即使你水平真的不错,艺术是需要天赋的,不然的话你再努力也走不远的，你确信自己这方面的天赋很好吗？'他这几句话说得我心里一下子虚了，没敢回话。这还没完，他又说，'就算你有天赋，学得也还不错，考试发挥得也很好，你知道跟你同场竞赛的都是谁家的孩子吗？你知道人家家里的背景吗？我能告诉你的是，我不懂艺术，和那个行业离得很远，我帮不上你。我就说一句话，我是不会拐好几道弯托了人通关系提着礼物和钱去看别人脸色的。'最后他直截了当地说，'我不同意你去学什么艺术，除非你不需要我出一分钱学费，那我不会来干涉你。如果你肯听我的话，我劝你趁早打消这个念头，就去读一个能吃饭的专业，你要不肯听，那就随你的便。'他口气冷漠，说得很决绝，没有商量的余地。我记得特别清楚，他坐在很大的一间办公室里一张后背很高的老板椅里对我说话，脸硬得像钢铁，眼神冰冷，就像一个黑社会老大。毫不夸张地说，假如他手里有一把枪，可能随时会举起来朝我开上一枪。我站在他面前，完全想不到我是他的儿子，他像大山一样高耸在我前头，我恐惧，心慌，小腿肚子直筛糠。那是我一生都忘不掉的恐慌时刻。我小心翼翼地问他希望我读什么专业，他还是板着面孔，有点不耐烦地说，'什么都行，只要离钱近一点。'我听了很受打击，心情十分灰暗，从他办公室出来都不知道是怎么走到大街上的，外面阳光灿烂，我看阳光是灰色的。"

　　黎太太一只手托腮，专注地凝望着他，脸上带着惊讶说：

"你从来没有说过这些。"

"都是过去的事,平常也想不起来。"黎先生笑了笑,"其实我也差不多忘记了。"

我说:"我家也差不多,我爹妈也希望我读实用的科目,最好是技术方面的,理由就是毕业以后好找工作。我以为就我父母把饭碗看得很重呢,看来不光是他们这样。好在我爸爸后来在我的软磨硬泡下妥协了,我妈妈也就随着他妥协了。"

黎太太笑起来,黎先生一点没笑,他仿佛还沉浸在自己的思绪里。

他说:"我觉得我父亲一点不为我着想,他根本就不在乎我。那是我第一次经历的印象深刻的挫败,不单是因为他拒绝了我,还有那种来自最亲的亲人的决绝和冷漠,让我委屈和伤心……到现在我看到别人感恩父亲说什么'父爱如山',我心里都会冷笑。对我来说父亲是压在心上的一座大山,尽管后来他为我花了很多钱,甚至还给过我很多钱,我不要,他执意给我,但我感情上却没法依恋他,我心里也从来没把他当成真正的靠山,也许这对一个父亲要求太高了。"他停了一下说,"我最不能原谅的是他在我年少的时候跟我妈妈离了婚。"

他停下来,一时我们沉默了。

黎太太打破沉默说:"我们爷爷确实有点冷面,他话少,也不怎么笑,挺有威仪的,有股子说一不二的劲头,不过他并不是个冷心的人，给起钱来特别大方。"

我觉得她有替丈夫打圆场的意思。

黎先生却冷笑一声毫不留情地说："他不知道有些东西是金钱买不来的。"

气氛略微有点紧张和尴尬，但很快归于平静。黎太太一边斟茶一边用开玩笑的口气说："要说爷爷也没错，他让你读一个能挣钱养家的专业，至少我们不用跟着你饿肚子。"

黎先生脸色缓过来，雨过天晴一般瞬间变得透亮起来。

"养家糊口算是我对自己最低的要求，我还是应该做到的吧。作为丈夫和父亲，这点责任心我总是有的。"他带着自嘲说，"这些年我最大的业绩就是挣钱养家，如今我也快成百万富翁了——如果股市跌得再狠点的话。"

黎太太丝毫不怕露富地提示他："还有房产呢。"

他点头笑着说："那要等还清了银行贷款看看房价有没有狂跌。"

黎太太对我说："他比我悲观，总有不安全感，这算不算是童年阴影？"

我还没说话，黎先生说："我不是悲观，我是居安思危。"他突然有点气恼地说，"我不喜欢'童年阴影'这个词，感觉就像是一个痛处。"

"所以我说得没错——"黎太太刚说了一句，赶紧收住，说,"好的,我不说。"她转得那么快,就像是哄孩子一般。

黎先生突然哈哈大笑,黎太太也跟着笑起来,他们两个笑得那样心领神会。所有的理解、通融、宽和、慰藉似乎在那一阵大笑中晕染开来,他们是那样心意相通,我感觉到了他们辐射出来的那种心心相印的温情和暖意。

黎先生情绪很好,他提议喝点威士忌,但话一出口就遭到黎太太的反对,她认为这个钟点不是喝酒的时间,而且这一阵子他在外面应酬太多,已经喝得过量了。黎先生没有坚持。

黎太太起身进屋去换茶,黎先生在片刻的沉默之后陷入沉思一般说:"现在这样的日子真的挑不出毛病,我不清楚是不是我梦寐以求的,应该说我甚至都没想到会这么好。物质方面应有尽有,对我来说不但足够,甚至有点太多,家庭和工作也都相当不错,可是我觉得生活变软了,软得都没有形状,就像快化掉了一样。"他皱起眉头,"有时候我感到十分迷茫,仿佛人生失去了目标。"

我听着,没有说话。我不知道该说什么。

他望着我,露出孩子气的笑容问我:"你说,写作能治我的毛病吗?"

我脱口说道:"说不好。"

他微微一笑说:"我知道这种问题不该问别人,应该问自己,或者问上帝。"

黎太太端着茶壶走出来，她似乎听见了我们的对话，脸上挂着笑容对我说："我跟明睿说，我发现他近来有点颓唐，以前他可不是这样的，他精力充沛，总像充足了电一样，做什么事情都兴致勃勃。"她替我们重新斟了茶，拉近椅子挨着黎先生坐下，一只手搭在他肩上，娇声问他，"Honey, 是这样的吧？"

黎先生不置可否。他抻直胳膊默默地伸了个懒腰，一脸严肃地说："估计我是陷入中年危机了。"

"不至于吧。"我讶异地说，"像你这样的，还会危机？"

他眼神定了一下，一本正经地点了点头。

黎太太飞快地接一句："你怎么会中年危机？你还是个孩子呢。"

我们三个一起哈哈大笑。

四

这次愉快的下午茶之后,我和黎先生黎太太闲聊的机会多起来,有时偶尔碰面,也会说上几句。渐渐地,不光是我,老唐也加入到与他们的聊天中,他似乎比我还要兴致勃勃。记得我第一次到黎家喝茶,回到家他问我怎么去了那么长时间,喝个茶有那么多话要说吗?我说大家聊得高兴,不知不觉时间就过去了。他竟然还满腹狐疑,说我就是为逃避做家务带孩子找借口呢。到了他自己,有一天他去黎家借电钻,和黎先生黎太太闲聊起来,竟然把老板召开视频会议的事情给忘得一干二净,等想起来已经晚了二十多分钟。老唐是一个以工作为重的人,而且在他们公司是以靠谱著称的,出了这种掉链子的事情,甚至连他自己都觉得不可思议。不过有了这件事情之后,他出于对自己的认同和宽容,对我去黎家聊得时间长也不再苛责。

我回到家他还会饶有兴味地问我都聊了些什么。

我和老唐与黎先生黎太太往来日渐密切，除了平常见面闲聊，周末也经常一起出去吃饭，一起去市场采购，一起带孩子去游乐场，还一起去郊区的山里住过几次。我们两家在一起很合拍，大人小孩都玩得到一块儿，彼此日渐亲厚起来。

我们四个在一起似乎总有说不完的话，我们海阔天空，没有主题，经常是东一句西一句，想到哪扯到哪，上一句还说着家门口的事儿，下一句可能就说到大洋对岸了，不仅聊的话题宽泛，而且深度方面也在不知不觉间不断拓展，就连黎先生黎太太这样两位受西方教育特别注重个人隐私平常跟别人谈话分寸感极强的人，跟我和老唐在一起也变得越来越口无遮拦。有时聊得欢畅，我们仿佛在比谁的嘴巴和脑洞更大。

不知是谁起的头，我们聊起各自的恋爱史，包括走进婚姻之前的"前恋爱史"。通常说来夫妇在一起不怎么聊这些，而我们却总是谈得津津有味，那种就像是突破某道防线或者说仿佛越过雷池的感觉让我们十分畅快。尤其是喝了点酒，大家更是兴致高昂，无话不说。有些不会轻易和别人说起的细节甚至"黑历史"也吐露了出来，有些事情翻来覆去叨咕过好几遍，说的和听的依然兴味不减。

我们四个人经常围坐在黎家的餐桌边吃饭喝酒，天气好温度适宜的时候我们坐在他们家花园里吃喝。作为回报，我们也经常请他们到家里吃饭喝茶。虽然我们的公寓小得多，远不能与他们家的豪宅相比，但我们有一个还比较说得过去的阳台，就像他们因为喜欢花园买下了那座大别墅，我和老唐可以说是因为看中了这个转角阳台买下了这个小房子。我们的这个阳台占了东南两面，面积和挑高都非常理想，成了我们家当之无愧的景点。尽管老唐对家庭事务不太爱操心，但他对阳台却是很下了一番功夫。他买了不计其数的绿植，高低错落布置起来，还发挥他理工男的优势，装了高级的喷淋和滴灌系统，弄成了一个貌似现代化程度挺高的立体花园。他在阳台最西面贴墙安了书架，书架前放了一张不大的电脑桌，用几棵高大壮硕的巴西木配着瓜栗和菜豆树将这一角落完美遮挡，在南面正中间摆上了一张圆桌和几把舒适的椅子，在东面放上了跑步机和划船机，把阳台打造成了集工作生活休闲娱乐为一体、也是我们家利用率最高的区域。

　　黎先生和黎太太坐在我们家的阳台上很有一种宾至如归的感觉。有一天我们四人又坐在阳台上喝酒，那天学校组织学生外出游学，没有小孩子在家我们倍感轻松。天还没黑，我们已经喝掉了一瓶墨西哥的金标龙舌兰酒，开了第二瓶。

　　那天大家兴致特别好，就像是自然而然地，又聊到了恋爱结婚的话题。老唐讲起在认识我之前和一个富婆相亲的事情，当时他正被一个棘手的项目压得喘不上气来，内心烦躁，状态不好，他大姨妈却一定要他去见面，他抵挡不住她的软磨硬泡，没有好好收拾一下就去了。没想到他胡子拉碴不修边幅，富婆却一眼把他看上了。老唐说："她很直爽，聊了没一会儿就说她心里决定要和我好好发展，问我怎么想。我还在吞吞吐吐，她又直截了当表示反正她不打算见别人了。随后一个星期，她每天约我见面，热情得不得了。没过几天她就说她爱上我了，我以为她要骗我呢，可我一穷二白，也没什么值得她骗的，我根本就不信。"

老唐相亲的案例很多，故事也很多，这一段我忘了以前有没有听过，我们三个都听得有滋有味。

老唐接着说："她送了一堆礼物给我，电脑、手机、衣服、皮鞋，我收也不是不收也不是。我求她别送东西给我，我这种粗人，好东西到我手上怕糟践了，她不听，还是送。又过了没多久，她问我想好没有，愿不愿意跟她结婚，我一听立时蒙了，不是觉得她唐突了我，我是惊奇自己哪来的如此巨大的魅力，一天恋爱没跟人家谈过，居然就被求婚了。我定了定神问她到底看上我什么，知道她怎么说吗？她说看上我老实，我问她怎么看出我老实，她说因为我对她一点不热情，也不关心她的财富。我问她还看上我什么，她说不挑剔，我问她怎么看出我不挑剔的，她说像我这样不温不火的人，肯定就是慢热的，慢热的人一般都肯将就，他们即使有什么不乐意不高兴也自己消化了。然后她说出了心里话,她说自己在生意场上摸爬滚打,见的人多了,像我这样稳当不花哨的,如果结了婚会很顾家的,而且是不会轻易离婚的,她等了这么久就是想找一个不盯着她财产,能够全心全意对她好的男人。"

我们不厚道地大笑。

老唐不受干扰地说下去:"她这个结论或许是对的,但她推导的过程太诡异了,这是我相了那么多次亲碰到的最热烈最无私最真诚的爱情,而且不讲一点逻辑性。也正因为逻辑混乱,我相信她真就是那么想的。我不知道碰到这样的爱情你们怎么办?"

"那不是爱情,那是一厢情愿。"黎先生说得一针见血。

"也不能完全这样说,对她来说也许是爱情吧,不过是她一个人的爱情。"老唐说。

在老唐的抛砖引玉下,黎先生也兴致勃勃地讲起了他追求黎太太的故事,以前他也不止一次说起过,不过常常只是只言片语,从来没有像这一次讲得详细。

那时候他们都在波士顿的马萨诸塞大学上学,都租住在昆西,不过好长时间没有机会遇见。黎先生在见到黎太太之前——那会儿还不是黎太太,是朱莹莹,就听说过她。他听住在一个房子里的室友说这学期新来的一个学妹如何如何漂亮,人也特别好,他不过是一听而已,他不相信周边真有室友嘴里说的貌若天仙的女孩，也根本信不过室友的审美品位。

黎先生第一次见到朱莹莹纯属意外。那天他在校园里碰到一个名叫麦克李的学哥，是他刚到学校时迎接他的，跟他关系一直不错。那天麦克李开着车正要出校门，看见他停下来邀他上车，他以为就是顺路带他回家，以前也有过许多次。他上车之后麦克李说教授打电话给他，要他傍晚到家里去一趟，教授没说什么事，他得去教授家看望一下，他让他跟他一起去，他没有拒绝。

他们沿海边开了很远，那是个很冷的季节，已经是十一月底了，波士顿连续下过好几场雪，铲雪车把雪推到马路两旁，堆得有一人多高。没来波士顿之前他只见过下雪之后地上有厚厚的积雪，来到这里之后他才知道不仅地上有积雪，天上都有积雪。汽车终于在一座板条形墙壁刷成灰白色的孤零零的房子前停下来，房子很大，除了窗框是暗绿色的，和四周白茫茫的积雪以及光秃秃的树融为一体，阴郁得就像色调幽暗的油画。他忽然为自己天寒地冻跑这么大老远还要进去见完全陌生的人感到忐忑和畏难，心里有一阵阵的孤寂感袭来，他后悔没问问清楚就草率地上了学哥的车。

他跟着麦克李进了椭圆形的门厅，他只记得那个门厅大而无当，空空荡荡，几乎没有家具，尽头有一个螺旋式的楼梯，通向二楼。穿过门厅是一间方方正正的客厅，里面聚着很多人，除了麦克李说的那位教授，绝大部分都是中国学生，只有极少几个白人和黑人，看上去也都是学生模样。麦克李去和教授交谈的时候他就坐在客厅的一角，有人主动跟他说话，他才知道今天是感恩节，在美国这是一个家庭团聚的传统节日，教授因为负责过中国的交流项目，经常去北京、上海等地，对中国感情很深，他怕这些海外游子思乡和孤独，所以特意请他们到家里来吃火鸡。他一听还要在这里吃饭，更加觉得尴尬和局促。他知道在美国到人家里做客不能空着手去，而他却毫无准备。麦克李和教授说完话走过来在他旁边坐下来，他悄悄对麦克李说想走，学哥却让他放轻松，既来了就吃过饭再走，要不然会让教授不开心。

他只好留下来吃火鸡，尽管他一点也不想吃火鸡。想着还要在这里待上至少一顿饭工夫，吃完饭也未必马上能走，他很无奈地定下神来。屋里非常暖和，让他有点昏昏欲睡，三四十个人的低语声和笑声就像波涛一样一波一波向他涌来，嗡嗡嗡的，包围着他，不时有女孩的笑声像鸟一样凌空飞起，让他不知不觉有一种融入其中的错觉。他渐渐不觉得不自在了，而且他知道只要自己不说话，包括主人在内不会有人注意他。他心里轻松了不少，开始打量起客厅里的男男女女。

来聚会的人大部分都穿着正装，一看就是有备而来。男人深色衣服之间，夹杂着一抹抹女装亮眼的色彩，那些柔美秀气的颜色吸引着他的目光。他看到朱莹莹是快到开饭的时候，之前她没在客厅里，估计一直在厨房帮忙，因为她是从厨房走出来的。她出现的时候手里端着几个闪着银光的淡青色碟子，她神情严肃，面颊和手中的碟子一样闪着冷光。她颀长，轻盈，走起路来只看见长长的裙摆摇曳，就像漂在水上的一朵莲花，漂亮那是不言而喻的。她头发蓬松，腰身纤细，小小的一张鹅蛋脸十分标致，眼睛好看，鼻子好看，嘴巴好看，样样好看。他实在不知道该如何形容她的美丽，面对她他感到前所未有的词穷。在他眼里她是从碧蓝海水中的蚌壳里诞生的美人，是灵河三生石畔绛珠仙草幻化而来，是一个不食人间烟火的仙女，她就是美的化身。他看了她几秒就收回了目光，当时心里想的是这样的美女肯定倾慕者如云，追逐者如云，自己就不要去凑这个热闹了吧。

虽然他不再去关注这个女孩，但奇怪的是一晚上他总是能看见她窈窕动人的身影，隔得那么远，他也总能听见她柔声细气的说话声从喧闹嘈杂的欢声笑语中传过来，直接钻进他的耳膜。只有一个瞬间，他远远地朝那个正低着头给邻座斟茶的女孩看去，她恰好抬起头，那一瞬间两个人的目光碰在了一起——尽管隔着好几米，他感觉那一眼就像一道闪电一样，不光是他很惊动，他相信她也有所感应。他们好了之后他追问她，果真如此。

那个时候他和上一任女朋友分手不久,还没有从低落中缓过来,所以他看见了她,甚至为她惊艳,却并没有想要和她认识一下。那天晚宴结束之后他搭麦克李的车回家,出门的时候他再次看见了这个漂亮女孩儿,她裹在一件长长的奶油色大衣里站在屋子前面的小路上像是在等谁,大衣看上去很薄,他想她应该很冷。他心里闪过一个念头,想邀请她上车,但马上想到车不是自己的。他暗暗希望麦克李会带上她,可学哥却关上了车门,一脚油门飞驰而去。麦克李是个极聪明的人,看出了他的意思,嘀咕一句:"人家名花有主,你别瞎操心,会有人送她的。"

回去之后他并没有忘记这个姑娘,她一直在他心上萦回,睁眼闭眼都是她俏丽的样子,不过他没有任何行动,甚至都没向别人打听她。他花了几个月才算把她忘掉。他刚把她忘了不久,有一天下午,他开车去上学——那时他刚买了一辆二手本田,迎面看见她从超市购物出来,提着两大兜子东西在阳光直射无遮无挡的路上走着。那时正值盛夏,她穿了一条带波纹的白色长袖连衣裙,浑身裹得严严实实,头发比冬天见到时更长了,被风一吹散乱地飞扬着。他想象她一路走回去肯定又热又累,不由动了恻隐之心。尽管他赶去上课时间并不宽裕,但还是当机立断掉转车头在她旁边停下了车。他怕她会拒绝,但她显然认出了他,笑一笑就上车了。他想可能人家遇到这种献殷勤的事情也多，并不当回事儿。一路上他们简单聊了几句，都是最平常的话，他把她送到家，唯一的收获是她主动和他交换了电话号码。

那天他上课迟到了，多年以后回想起来那是他一生中最有意义的一次迟到，没有之一。这天之后，他和她加了QQ和MSN，经常闲聊几句。他和她由生而熟，越来越近，但他并没有表露出追求她的意思。

他慢慢摸清了她的情况，果然她很受男同学欢迎，朋友不少，也不乏爱慕者。她有一个来自台湾的男朋友，准确说那个台湾男孩一直在追她，追得很紧，但她对他却是若即若离的。不久他就见到了她的男朋友黄有有。某天他应邀去她家里玩，她和他一样也是和几个中国留学生合租一座小楼，那天那个台湾男孩也在，大家一起做饭吃饭，谈谈说说挺高兴的，后来不知怎么她和男友吵了起来，他很尴尬，留也不是，走也不是，而她的同屋们都劝他放轻松，别管他们，他们常常争吵，两个人就像小孩一样。又有一次，她和屋里的几个女孩约朋友出去游玩，她请了他，而每次都不离她左右的黄有有却没有出现。他忍到最后还是没忍住问了她，她沉默了片刻，一笑，说没叫他。

他们之间迅速升温。不过那种温度十分微妙，似有若无，令他既相信又怀疑，但也正是这种没把握和不确定，勾着他的心，让他就像丢了魂一般。他清楚自己爱上了她，而且爱得欲罢不能。而在现实中,他们两个人却仍是普通朋友。有时在MSN上聊得火热,他觉得铺垫得差不多,约她出去吃饭,可等见了面,两个人还是礼貌得当,一点没有网聊时的亲密,仿佛网上的热情完全是平行宇宙的事情。他试过几次,结果吃饭就是吃饭,散步就是散步,她矜持,冷静,或者说冷淡,眼神中能看出来跟他保持着相当的距离,仿佛有一条鸿沟横亘在他们之间,令他无法跨越。他当然不敢贸然和她亲近,如果被她拒绝,对他来说不光是尴尬和难堪,他知道自己是没有勇气再来一次的。所以他在约她吃过几次饭之后就遁身了。

他并非欲擒故纵,当时他就是觉得自己没有力气了,就好像一个渴望登顶的人不得不停下来。在这之前,他以为自己对女孩还是挺有办法的,他知道女孩普遍爱美,浪漫,渴望得到保护,有些女孩还喜欢听赞美的话,当然慷慨大方这样的优良品质是必不可少的,大大方方,该花钱就花钱,通常来说更能俘获她们的心。他认为自己懂得怎么去迎合她们,打动她们,也懂得怎样去笼络她们,甚至如何哄骗她们,应该是可以所向披靡的。他还以为自己这方面的武功挺高呢,可这一回却并不像他想象的那么简单。朱莹莹和他以前遇到的那些女孩子不一样,她美丽却恬淡,浪漫又很质朴,在他看来她率真到没有什么虚荣心,连和他一起吃饭都会抢着埋单。面对一个如此真实,不装,有点不像女孩的女孩,他整个儿蒙了。他知道自己的那套常规打法不灵了,而他心里却越发迷恋这个水晶般晶莹剔透的姑娘。

很快他就要大学毕业去纽约读研究生,他决定不再浪费在波士顿的时光。在他离开前最后的那个寒假快结束时,他在 MSN 上问清了朱莹莹回波士顿的日期和航班,表示想去机场接她,她客气了一番居然痛快地答应了,他觉得这是一个好兆头。他狠狠心,随即便蒙着脑子,以一种不计后果的气概在网上订了去迈阿密的机票和酒店 —— 之前他曾借口看看她的"竖版驾照"早就暗暗记下了她的驾照号。他开车去了爱德华·劳伦斯·洛根将军国际机场,他是一路扯开嗓门高唱着歌去的。

他顺利地接到了她,把她送回家。在她下车前他对她说回去放了箱子洗个澡休息一下再跟他走,她以为是要带她去吃饭,说在飞机上已经吃过,不想再吃,他这才说出是请她去迈阿密度个短假 —— 多少年后他还记得当时她吃惊的神情,说到此处他笑个不住。

但当时说服她其实是相当费劲的,有一度他都快绝望了,差点放弃,用他的话说是最后连蒙带骗才把她哄上车。他们再次往洛根机场开去,简直就像折返跑一样,不过这次他没有一路高歌。因为驾驶副座上坐着她,他故作镇定,专心致志稳稳当当地开着车,开得格外小心,而他胸腔里跳着的一颗心却因激动而超速。

然后,他们谁也没有想到,这竟是一段异常艰难的旅程。因为堵车后半程他们紧赶慢赶,几乎赶不上航班。可等他们踩着钟点到达机场,还没来得及庆幸,却被告知暴雪即将来临,航班晚点,延误多久未定。因为很快就要开学,他们没有时间更改行程,为了不使这个度假计划泡汤,他们坐在机场等待。

他内心非常紧张,生怕她变卦。好在两个人一直有话说。一个小时过去,又一个小时过去,他们还是没有等来起飞的消息。他们已经说了太多的话,她飞行了十几个小时从上海来到波士顿,又是这一大通的折腾,他看她累得两只褐色的大眼睛都没神了,脸色变成了象牙白,皮肤就像透明的一般,嘴唇也没了血色,但还在强撑着,令他既心疼又不安。他暗暗自责,觉得自己有点太自私了。天黑下来,她看上去疲惫极了,他让她在座椅上躺下休息会儿,可她还是坚持端端正正地坐着,不肯失了仪范。

他们等了八个多小时航班才起飞,终于还是赶在暴雪到来之前飞离了波士顿,抵达了阳光明媚的迈阿密。原本两夜两天的旅程,只剩下两个白天和一个夜晚。好在接下来的行程还算顺利,他们入住了同一个房间(他征求她意见时她没有异议),一起度过了非常愉快的短假。

回到波士顿,两个人各自忙于开学,有两三天他们没有见面,甚至也没有联系。等到了周末,他想约她,发现她电话打不通,MSN 和 QQ 头像也没亮,给她发了短信她也没有回复,他只好给她写 E-mail,结果也是石沉大海。整整一个礼拜,他没有她的消息。

他不放心,跑到她住处去找她。他去了几次都没有见到她,一次是整幢房子黑着灯,没有一个人在,另外几次她的同屋在,告诉他她出去了,让他打电话联系她。他给她打电话,不是打不通,就是打通了她没接,就这样又一个礼拜过去了。

他忽然意识到她是在躲着他。他悔恨自己反应太迟钝,本该早想到这一点的,尽管他不明白好好的她为什么要躲他。至少从迈阿密回来她还是挺开心的,他们之间一切正常,而且非常甜蜜。他以为有了迈阿密那一夜他们之间的恋爱关系算是确定了,这应该是毫无疑问的,虽然他并没有向她承诺什么,也没有要求她承诺什么,他认为那是不言而喻的,用不着这么急急匆匆一五一十直白地说出来。可这个时候他心里却慌了起来,觉得自认为稳操胜券的事情未必真的尽在掌握之中,煮熟的鸭子一样可以飞走。

他打算豁出去了,到学校去堵她。他终于在图书馆找到了她,她坐在角落里,埋着头伏案奋笔疾书。他正要上前和她说话,发现那个台湾男生就在她不远处席地而坐,靠着书架翻书,真像个尽心尽责的护花使者。他早已经把这个人给忘了,看见他不由吓了一跳，意识到情况远比他想的要复杂，不是他忽略了这个黄有有他就不存在的。他进退两难，有生以来第一次尝到了嫉妒的滋味。他不想让她为难，也不想让自己难堪，悄悄地离开了。

他过了坐卧不安的几天，有两三夜通宵失眠，那几乎是他一生中最难熬的日子。他终于还是向自己妥协，决定再去找她。他总算在她去洗衣房的路上等到了她，只有她自己，没有别人。他就像劫持一般一声不吭用力把她拉到车上，将她带到了自己的家里。

他和她彻夜长谈。头几个小时她一直默不作声，他向她倾吐衷肠，诉说这些日子对她的思念和内心受到的煎熬，对她说了无数缠绵的情话，他说是用尽了他一生的储备。他自己都不知道怎么会说出那么多动情的句子，放在以前他的自尊心是不会允许他这样做的。说到后来他几乎出现了幻觉，似乎自己像是在念莎士比亚的台词。最后她哭了，扑进他怀里，软弱地抽泣。他抱紧了她，为重新赢回了她的芳心暗自庆幸——他不知道是自己的真情还是莎士比亚式的情话打动了她。

黎先生讲得十分细致，也十分动情，季节、气候、环境、情绪甚至光影都渲染到了，令我们有一种身临其境之感，仿佛能真切地跟他一同体会（回味）追求黎太太那个过程中的忐忑焦灼与兴奋激动。相反，黎太太听他说这些显得很平静，她慢慢啜着杯子里的酒，有点超然物外。她一边不住给我们斟酒，还及时地递上我切好放在碟子里的薄薄的柠檬片，她这种反客为主的劲头让我几乎产生错觉，误以为她才是当之无愧的女主人，或者这么说，即便不在自己家里，她也同样有一种女主人的派头。我这么说没有一点不悦的意思，我只是想说像她这样既富有女性魅力又散发着母性光辉的女人，无疑是男人眼里的宝贝，她恋情局面复杂也就没有什么可大惊小怪的。

等黎先生讲完停下来黎太太才开始说话。她补充了一些细节，纠正了他的一些说法，但她的讲述跳跃性很大，我和老唐因为不清楚那些背景，觉得她讲得支离破碎，听上去藏头露尾，脉络不清，甚至是前言不搭后语，好像要故意隐藏或掩盖什么。老唐好几次与我悄悄交换眼色，我朝他摇头也没能阻止他发问。他一向讲究逻辑，终于没忍住向她刨根问底，一口气问出了一大堆的问题。

我倒认为黎太太讲得比黎先生更加生动，他们在讲述同一件事情时有些地方甚至说得南辕北辙，但我恰恰认为他们说的都是真话，是他们各自的真实感受。我觉得黎太太的讲述方式颇为有趣，不光是出于女性的感性，她有那种火花四溅般的恣肆和随意，率性本真，有啥说啥。她补充讲述的内容往往更加劲爆，有时简直让你不敢相信她娇花弱柳般的躯体中竟隐藏着那般充沛的能量和勇气。

比如之前就曾有过一次，黎先生说到他们恋爱之初的某些事情，黎太太立刻用抨击的口气说他这个人太善于伪装，轻易不袒露自己真实的想法，还喜欢故意虚晃一枪，用错觉来误导别人。我们问她此话怎讲，她说当初她怎么也没想到他会喜欢自己，他给她的感觉是自视甚高，根本不屑于来俯就她们这些平庸的女孩。即便他开车载她回家，和她交换电话号码，在网上跟她聊得火热，请她出去吃饭，她都觉得不过是他偶尔兴之所至随便找个朋友打发一下闲暇时光罢了。他热情的关注在她看来也是不及物的，就像太阳发光，本身毫不在乎这些光会照到哪里。所以当他向她传递热情，甚至表达爱慕，她根本就没敢当真。

黎先生强调自己追求她满怀诚意，甚至从来没对哪个女孩像对她这样热烈和执着。最初或许出于腼腆和不自信多少有点像她说的那样藏形匿影躲躲闪闪，但他向她传递的信号是相当明确和肯定的，不需要智商都能看得明明白白，他不相信她不清楚。而黎太太则说她不是不清楚，而是不确定，即使他约她去迈阿密，对她说了那么多甜言蜜语，哄她睡到同一张床上，她也仍然不相信他是爱上了她，因为他根本没给她任何承诺，连一句"我爱你"都没对她说，让她以为他不过就是心血来潮约个女孩出去玩一趟而已，甚至以为他跟自己不过就是一夜情。

这天，当黎先生又说到这一段时，黎太太用眼角瞟着他，笑嘻嘻地说他是"横刀夺爱"。我和老唐不明白这里面又藏着什么梗，她在欲言又止之后终于对我们说出了实情。

"他拦截我表白之后，那段日子我过得太煎熬了，他几乎每个晚上都来找我，请我去吃饭，请我去听音乐会，请我去市中心逛街，等他把我送到家，不管多晚，我的男朋友小黄一定在门口等着我，有时夜都深了，他还在台阶上纹丝不动地坐着。"

"哦，应该挺幸福的呀，同时被两个人爱着。"已经喝了不少的老唐发出这样的感慨。

"完全不是这么回事啊，很撕裂，很心痛，很难受，觉得两边都对不起，都是自己不好，把事情弄得一团糟。"黎太太说，她似乎仍然满怀愧疚和自责。

"大可不必，大可不必。"老唐既像是宽慰她又像是替她辩护一般说，"你没有错，爱更没有错。"

"对的。"黎先生飞快地接上去，"都是我的错。"

大家一齐笑起来。

黎太太却还是很沉郁，她说当时恐怕伤害的还不只小黄一个，另外也还有男孩对她相当不错，只是他们没有黎先生那样直截了当而已。他们太含蓄了，都是一味地对她好，反而错失了机会，而她却只好辜负他们。我说这个没办法，达尔文老师说了，"物竞天择，适者生存"，你选择了黎先生，这肯定是有道理的，即使只是生物学意义上的道理。

大家又笑起来。

气氛略一松，老唐继续问黎太太："那么，你到底是因为什么不惜和台湾男友分手选择了黎先生呢？"

老唐这么直接和执着，我都替他不好意思。黎太太却似乎毫不介意，她用不容置疑的口气说："那当然是因为爱情啦！"

黎先生得意地咧嘴一笑，朝她竖起了大拇指。

但黎太太即刻若有所思般地说："其实摆在我面前的不是什么选择题，我一点不觉得我有主动权，我就像被海浪卷走一般，而且当时的情形根本容不得我细想。"

黎先生十分专注地听着，好像也是第一次听她这么说。

"如此说来他们两个同时爱着你，你也同时爱着他们两个，对不对？"老唐继续一探究竟，"这种事情我只在书里和电影里看到过，即便发生在书里和电影里也是很惊心动魄的。我自己只是在梦里经历过，我以为那是美梦呢……那后来你们是怎么解决的呢？"

显然他已经喝高了。

我再次阻止他问下去，我说："你可以不问了吗？"

老唐不置可否，起身给大家倒酒。

沉默了有一阵的黎先生突然嘀咕一句："很可怕。"

他两只手捧着脑袋，下意识一般揪着自己的头发。

"一回到波士顿我就向小黄坦白了。"黎太太语速很快地说，"怎么说呢？跟小黄我觉得就像是小孩子过家家，我们认识的第一天，他走过来对我说'你做我的女朋友吧，好不好？'我还没回答，他又说，'我们就这么说定了，我就是你的男朋友了'。那天我们刚上完语言课从教室走出来，大家还不怎么认识，我觉得这就是一句玩笑话嘛，当时想都没想就说好。小黄对我是真好，呵护备至，别人都说他是护花使者，他自己也这么说。"

黎先生点头，插一句："纯情男孩。"

黎太太停了一下又说："当我跟他说我爱上了别人，他默默地听着，眼泪就流了下来。他抱着我痛哭，完全像个无助的孩子，把我的心都哭乱了。"

黎太太眼圈红了。

"后来呢？"老唐追问。他喝得面色酡红，连脖子都是红通通的，他喝到这个份上我知道我再说啥他也听不进了，阻拦也不管用。

"后来更糟了。"黎太太说，"他回去之后就吞了一瓶安眠药。"

"天啊！"我大惊，"太吓人了吧？"

"他死了？"老唐问。

"好在没有。"黎太太说，"当时他的两个室友一个去了华盛顿，另一个特别喜欢泡实验室，经常整夜不回，那天也是凑巧，他难得早回去一次，看到小黄躺在门厅的地板上，也不知是昏迷还是睡死过去了，地上放着药瓶和水杯，怎么叫也叫不醒，他吓坏了，立刻打电话叫了急救车把他送到医院去抢救……也算他命大。"

"想想真后怕！"黎先生叹着气说，"他要是真死了，我都不知道往后我们的日子怎么过，真是不敢去想。"

"就像是做了一场噩梦，被他吓死了……"黎太太说。

"这得爱得多深啊，才会为一个人去死！"老唐感慨地说。

他这句话让我们同时一愣，随即大家都沉默了。

过了片刻黎先生打破沉默说："他肯定是没考虑后果……那孩子特别单纯，特别善良，而且很年轻，那时他大概有二十二三岁吧。"

"刚刚二十。"黎太太说，"他拿的还是竖版驾照，还说等满二十一岁要我陪他去换横版驾照呢，可惜没等到那一天我就和他分手了。"

"后来你们再见过面吗？"老唐问黎太太。

我有点紧张，生怕万一这又是一个雷区。

"见过的啊。"黎太太老实地承认说，"我结婚不久他从台北来北京看我。"

"专程？"老唐问。

"是的。"黎太太说。

"他没来参加你们的婚礼？"老唐似乎想轻松地跟他们开个玩笑，但他这话一说出来气氛并不轻松。

"没有。"黎太太还是很实诚地说,"我把要结婚的消息告诉他了,也邀请他来参加婚礼,他没来。"

我和老唐表示这很好理解。

我问黎太太:"再见到是什么感受?"

问完之后我意识到自己也喝多了。

"说心里话见到他就像是见到一个亲人。"她说,"我发现我好像忘了以前和他的那些事情,这不是假话,我竟然那么健忘。他还像从前那样关心我,目光一直在我身上,我们去餐馆吃饭,他点的都是我爱吃的菜,但我已经完全没有从前那种感觉了。我心里暗暗想,他真没必要对我这么好。"

"滋味好复杂。"我说。

黎太太点头。她说:"对了,那次见面小黄同学还特别向我道歉差点把我连累了,他说自己当年太冲动太莽撞,行事不考虑后果,他要是真死了,他自己倒是一了百了,却把我们害惨了,他说:'想想蛮对不起你们的',还让我千万别记恨他。他的确是很爱我,只是我没有同等的爱回应他。他真的是个好人,好单纯好仁义,到了那个地步还在为别人想。"

老唐感慨:"要说这也是爱情吧?"他说,"碰到这样的爱情也挺没辙的。"

又一瓶酒见底了,我把最后一点倒给了黎太太。我起身走到冰箱边正要拿酒,黎先生伸手阻止了我。

五

不久之后的一天我接孩子遇到黎太太，她就像透露一个秘密似的跟我说黎先生开始写作了，她说他吃完晚饭就把自己关进书房，连电话都调到了静音，她进去给他送茶，看到他在电脑上写个不停。这些日子他也不出去应酬喝酒了，下班回家比往常早得多。她毫不掩饰为黎先生的这个变化开心，她亲热地对我说："还真是要谢谢你呢，从你来跟我们喝茶之后，我发现他对文学的热情又复燃了，而且他整个人的状态都不太一样了，我好像又看见了年轻时候的他，当初我就是爱上他那种很文艺很专注的样子。"

黎太太称黎先生是"写作发烧友"，他热度很高，一写起来经常废寝忘食。也许因为他周围没有别人是干这行的，他很喜欢跟我谈论文学。他让我给他推荐优秀的文学作品，我随口说了自己喜爱的作家作品，他立刻下单，从网上一箱一箱买回书来读。我去他家时他特意带我参观书房，几个从地板到天花板的大书架摆满了我眼熟的书籍。"这么多的书，就是什么也不做整天读，要读到哪一天才读得完啊！"他一脸陶醉地说，"每天就是看看这些书，让它们熏染一下，我都觉得获益匪浅。"

那一段黎先生的创作热情特别高，他一有空就写，在家写，外出写，据他自己说上班开会还偷偷写。他说一写起来便物我两忘，立时眼前的世界就消失了，犹如进入了虚空，完全不知道身处何地。有一次大老板来听汇报，轮到他发言，他正在报表边沿的空白处奋笔疾书，主持会议的副总裁叫了他几遍，他竟然充耳不闻，会场上所有的人都惊愕地看着他，后来是坐在他旁边的同事用力拍了他一下，他才如梦方醒。

他的痴迷我们也是领教过的。有一天他们夫妇约我和老唐去水库玩，黎先生开着车行驶在高速路上，突然他一脚刹车就在紧急停车带上停了下来，我们以为是车抛锚了，结果却是他脑子里忽然来了灵感，生怕忘记了要赶紧记下来。我们在烈日炙烤的高速公路边等了他将近半个钟头，他在手机上写完，道一声"对不起"，才又一路跟我们说说笑笑往水库开去。

黎太太对黎先生的写作是相当支持的，我甚至觉得她对这件事的热度比他本人还高，她显然是对他寄予厚望的，有时候看她就像是一个望子成龙的妈妈，我都觉得好笑。比如她看见黎先生要写作，或者仅仅是要记下什么，马上就把手指放在嘴唇上让大家别说话，因为他写东西喜欢安静，她生怕声音打断了他的思路。听她说自从他把自己关进书房准备写作开始，她就积极主动包揽了全部家务。除了她看作是自己分内事的管孩子和做饭洗衣，她把原先归他负责的一块粗重些的活儿也承包了。我们经常看见她遛狗、扔垃圾、收拾花园、开车去超市采购，甚至一个人往家里一箱一箱搬矿泉水等东西。她纤细瘦弱，娇模娇样，但她做起事情来毫不惜力，没有一丝一毫的娇气，老唐看了忍不住要拿她来教育我，黎先生更是在我们面前赞誉她："不辞辛劳，尽心尽责。"

黎太太照顾黎先生真是无微不至，就说吃饭这一件事，她也是费尽心思。听她说以前黎先生不吃早饭，上班的日子中午一顿饭在公司吃，晚上才回家吃饭，她只用认真做好一顿晚饭就可以，周末他们如果不在家请客通常都是出去吃，现在黎先生上班之外还写作，她生怕他吃不好营养不够，每天早起给他做早饭。除了早饭，她还精心为他准备中午带到公司去的便当。说是"便当"，其实一点也不便当。她从网上看到一个帖子说成年人一天要吃三十多样东西营养才能达到均衡，于是她每天变着花样给黎先生准备种类齐全的餐食。尽管她没有像那些为心爱的宝宝做盒饭的妈妈们那样把老公的便当做成艺术品，但她给他准备的午饭内容丰富得也叫人眼花缭乱。黎先生曾当着我们半抱怨半得意地说他带到公司的饭盒成了部门的一景，经常被同事，尤其是女同事们围观。到了晚饭黎太太更加不厌其烦，每天至少要做四菜一汤，标配是五菜一汤或者六菜一汤，汤都是文火慢炖要煲上好几个钟头的老火靓汤，而且不时还要来一次做上满满一大桌菜的惊喜晚餐。这让下班回来又累又饿不管荤素有啥算啥倒进锅里一锅煮熟的我和老唐光是听听就羡慕得要流口水。有一阵黎太太看黎先生瘦了，决定在三顿饭之外再给他加个夜宵。她的夜宵也是大费周章，因为黎先生到了夜里不想吃太多东西，她就把这一餐做得又精又好。她为他学做各式点心，不厌其烦地自磨米粉，自淘豆沙，自酿醪糟，给他做三鲜小馄饨，虾都是她自己一只一只亲手剥的，肉馅也是她自己一刀一刀剁的，汤是用土鸡加了虫草炖的，连撒在里面的一小撮葱花都是开车去农村的大集上找来的南方小香葱。她一日三四餐做得餐餐不重样，只为了能让黎先生多吃一口。

　　黎太太如此全心全意又多才多艺令我和老唐叹为观止，老唐已经不再拿她来教育我，他和我达成的共识就是一般人根本无法与她相比，我们一致承认这不仅需要才能和耐心，更需要母亲一般的爱。

　　黎太太看上去忙得很欢实，不过她也有苦恼，就是黎先生写的东西不给她看。按她的性格，这件事肯定是放在心里憋了好一阵子，直到有一天她大概终于忍不住了，不无抱怨地跟我说："我不懂写东西的人是不是都有怪癖，他写了这么久了，我想知道他在写什么，也想欣赏一下写得怎么样，让他给我看看，但他就是不肯，说没写好不能看，我怎么求他都不行，有一次还差点跟我急了。"

她满脸的失落，还有不快。

我对她解释说："这估计就是个人的小习惯吧，不少大作家在作品没写完之前也是不会给别人看的，甚至连说都不会说。"

她表示不解。

我拿她特别喜欢的作家马尔克斯给她举例。我说马老师书里就记载着他自己的一个故事，他在写那本著名的《百年孤独》时，他的好朋友阿尔瓦罗·穆蒂斯经常登门，让他跟他说说在写什么，他磨不开面子，对老朋友不能啥都不说，就给他另编了一个故事。阿尔瓦罗·穆蒂斯兴致勃勃听了又添油加醋去跟别人说，等马老师写完书送给他，他一看之后怒气冲冲打电话过去跟马老师急，说你写的这玩意儿跟你说的不一码事啊，有你这么蒙人的吗？你让我在外面丢人丢大发了。

她短促地笑了两声，又回到了自己郁闷不快的情绪中。

"可我对他来说不是别人啊。反正他那个样子让我挺接受不了的。"她带着很大的委屈说，"我觉得夫妻之间是不应该设防的，不瞒你说，我真挺受伤的。"

我不知道是不是该对她说即使夫妻好得就像一个人也并不真的就是一个人，多少还得有点各自的空间吧。何况黎先生就是写小说，又不是背着她搞什么秘密勾当，他不必把自己的每一个想法甚至是不成熟的想法都拿出来与她分享吧？她在国外待过那么多年，我想她不该没有这样的意识。

我笑着劝她说："这说不上设防不设防吧，他写好了大概就会给你看的。"

"那也没有，也许他从来就没有写好过。"她仍然沉浸在不满之中，坚持说，"我就是觉得夫妻之间应该什么都能分享，何况我这么支持他写作，我把他的写作看得那么重，比我自己的任何事情都重，我不仅是支持，我也很热爱啊，我觉得这就是我和他共同的一件事，他为什么就不能把写的让我看看呢？我觉得其实他心里对我并没有像他说的那么认同，他没有我爱他那么爱我。"

我被她这逻辑逗笑了。

我说她："说远了吧，这完全不是一码事。"

她脸上闪过一丝羞涩，却又很固执地说："那就是我不懂，我倒希望你是对的。我一个人在家待着，他要么去上班，回到家大部分时间关在书房里忙自己的，我觉得他离我似乎越来越远。有时候我就会胡思乱想，甚至还会疑神疑鬼。"

我宽慰她说："大可不必，你应该相信他就像相信自己一样。"

"我相信他超过相信自己。"她说,"正因为这样,我才惶惶不安。"

黎先生虽然一直没有作品拿出来,但他写作的劲头还是很足。"真的是废寝忘食",黎太太说他下班一回家就迫不及待扎进书房打开电脑写起来,连她费心劳力为他做好的饭菜都顾不得吃,经常是凉了热,热了凉,要折腾上好几个来回。有时候她不得不把饭碗端到他书桌前。她说他,"一写起来就像是进入了另一个世界,别说油瓶子倒了不扶,喊他都听不见。不过他倒是比以前高兴了,有活力了,也不颓废了。"

听黎太太说黎先生即使加班或者应酬回家不论多晚也都要写,有时天还没亮就起床写,周末节假日更是花整块的时间写,他写起来几乎能一天不动窝。黎太太形容他"赶上高考用功了",黎先生说自己高考还真没有这么用功过,那个年纪他觉得玩比学习重要,打游戏是天底下最有意思最放不下的事情,他经常因为玩游戏忘了写作业。他虽然上的是重点高中,那是父母为他交了三万块择校费托了关系才进去的。刚进高中的时候他的成绩还差强人意,一年之后便每况愈下。他知道妈妈一门心思要送他出国念书,更加松懈下来,每天到学校就是装模作样去混混,连做练习都是抄同学的。他真正用功读书是到了美国之后，他觉得不能辜负妈妈为他争取到的这样一个来之不易的机会，当然也不能对不起父亲为他出的高昂的学费，更主要的是他忽然发现了数学的乐趣，他也是从那时起成了真正的学霸。他对我们说他如此投入地写作可不是用功，他是着迷，或者干脆说是上瘾，就像以前玩电子游戏和读武侠小说一样，想停都停不下来。他说用功不一定是自发的，更多的时候往往是迫于外力，而上瘾则一定是主动想要干什么，是控制不住的痴迷。自己其实很懒，可是一写起东西来却没有一点懒劲，而且也不怕麻烦，苦思冥想绞尽脑汁就不说了，写了删，删了写，去掉几句，加进几句，后面的搬到前面，前头的调到后头，好容易把句子和段落码齐又琢磨怎么打碎了才生动，有时为了找一个恰当的词翻半天词典，有时为了查证一个表达在网上搜寻好久，甚至为一个标点符号都要掂量来掂量去，写完了一稿再写一稿，改来改去，推翻重来，完成之后看看不满意又整篇删除……他感叹道："天哪，我不知道为什么要这样自我折磨，每一天的写作都是荆棘遍地，用'如临深渊，如履薄冰'形容一点也不过分，克服了一个困难又有一个困难，跋山涉水千辛万苦你都不知道要到哪里去，以为前面有路，走过去却是死胡同，当你彻底崩溃打算放弃了，却是柳暗花明又一村，我觉得自己真的是着魔了。"

因为晨昏颠倒，加上体力和脑力的透支，一段时间下来，黎先生经常失眠，又在不是睡觉的时间犯困，用他自己的话说就是出现了严重的"时差反应"。有几次我们一起在外面吃饭，他中途忽然离席，好半天也不见回来，也不知道他去做什么了，本着尊重隐私，我们忍着没问。有一天又出现这样的情况，刚上了前菜，他嘀咕一句"失陪一下"起身便走。他走开的时间实在是太长了，主菜甚至甜品都上来了，黎太太让我们先吃。我们饭都吃完了，咖啡也喝好了，聊天的热情也过去了，两个小孩已经坐不住了，我忍不住问黎太太，她笑而不言，一次次把话岔开去。后来连稳如磐石的老唐也开口发问了，她才很不好意思地说出来他到车里去睡觉了，估计是睡过了。大概就是从这一次之后，黎先生下决心改变自己不规律的作息时间。

黎先生的作息趋向正常，他的写作却停滞了。"我是因噎废食的典范。"他这样对我们自嘲。为了保证睡眠时间，而且不要因为大脑皮层太兴奋而睡不着，他停下了写作，可他失眠的毛病却并没有好转。有好几次在夜深人静之时他给夜猫子老唐打来电话，约他出去喝酒。老唐只要接到黎先生电话，总是第一时间穿戴整齐出门去，速度堪比救火队员。他们喝起酒来大约也是酒逢知己千杯少，不喝到凌晨不会完事，有几次甚至喝了通宵，而且两个人很少有不喝高的时候。黎太太又跟我抱怨，说黎先生"一样毛病没好，又添一样新病"。我只好劝老唐不要半夜三更再和黎先生出去喝酒，免得他太太不开心。老唐立马把面孔拉得驴脸一般,说黎太太小题大做,还让我不要借她来说事。我知道他的重点其实在后面,他已经把和黎先生一起喝酒看成是一种娱乐和享受,甚至是某种不容侵犯的权益。

老唐对深夜出去喝酒乐在其中,即使睡得很少,精神头仍然很大。黎先生却不然,失眠加上喝酒,他面色憔悴,看上去不像以前那么鲜亮。有一天他自己也意识到了,据黎太太说,早晨起床他仔仔细细端详着镜子里的自己,顾盼自怜地说:"人比黄花瘦。"她及时进言,劝他进健身房锻炼。"我不去。"他当即一口回绝,还振振有词地说,"你以为去健身房真是为了健身吗?去那里要么是看美女,要么是秀肌肉,目的就是一个,为了泡妞。我知道自己经不起诱惑,所以还是不去为好。"但是她并没有被他的歪理蛊惑,硬是把他拉进了健身房。

我和老唐都没想到黎先生竟然坚持了下来。老唐曾断言黎先生是"以时间换空间",只不过是为了忍过这一段的"政策性利空"而"就地卧倒"。我也觉得他委曲求全大概就是息事宁人为了哄住太太而已。然而,从走进健身房第一天起,整整三个月他一天不落去打卡,甚至连出差都推掉了。他迷上了健身,几个月刻苦锻炼下来,明显瘦了,身形也更加俊秀挺拔,玉树临风一般,比之前更帅了。有时跟我们聊着天,他会撸起袖子秀一下大臂上结实的肌肉,一脸纯真地露出得意的笑容。黎太太一向热爱健身,她每周要去好几次健身房,还去练瑜伽,对饮食也极其注意，她跟我说她一个人在家吃饭从来不沾油腻，食谱就是水果蔬菜鸡蛋牛奶，偶尔加一小块鱼或者奶酪。她身高一米七，一直控制在五十公斤左右，体脂率不超过百分之二十。以前黎先生一直取笑她通过精心计算制定出来的"健康食谱"，自从他也开始健身，他对饮食同样进行了严格的规划，比她还要郑重其事。之前丰盛考究的大餐被取缔，每天摄入多少蛋白质多少脂肪多少微量元素以及什么时间吃饭什么时间喝水他都有自己的一套，还制成了图表，执行得一丝不苟。我们虽然明里暗里笑话他，但眼看着他一天天变得健美也不得不信服锻炼和自律的效果。

　　黎先生因为每天要花三四个钟头健身，常跟我们念叨时间不够用，渐渐地不听他提写了什么或者准备写什么，似乎真是把写作这事丢开了。倒是听他这样说过："健身比写作靠谱多了，你进健身房只要肯出力流汗，多少总能有收效，你对着电脑费劲巴力把自己熬干了，也未必能写出像样的东西，更别说写出梦想之中的传世之作了。写作真的太难了，要不是那块料，再怎么强努也没用，就跟你在水里游上一辈子也不会变成鱼一样。"

　　因为健身黎先生不再喝酒，老唐再没接到他的深夜来电。看见黎先生和黎太太夫妻俩穿着运动短裤在夜色里形影相随地沿湖跑步，不爱运动又爱吃肉喝酒一天胖似一天的老唐无比感慨："一个人做自己是多么的难哟！"

那一段黎太太显得特别高兴,脸上挂着犹如恋爱般的甜蜜笑容。他们夫妇除了一块儿去健身,黎先生也带她出去应酬。而以前,黎太太不止一次抱怨黎先生出去吃饭喝酒总不带她,甚至还为此生气。他们夫妇一同外出的时候黎太太托我照看黎鼎鼎,她送孩子过来时总是精心地化过妆,面颊上搽着胭脂,嘴唇上涂着同色系的口红,戴着光芒闪闪的钻石耳环,头发梳得一丝不乱,穿的衣裙都是大牌的时新款式,还喷了气味幽雅的高级香水,那种奢华时髦,一看就是有钱人家的太太。然而她又一点不艳俗,再名贵华丽的衣裳首饰穿戴在她身上都和她相得益彰,简直就像是专为她量身定制的。看着她标致美艳的容颜和窈窕婀娜的身材,还有流光溢彩无懈可击的装扮,我真心认为很难见到一个女人把天生丽质和人工雕琢结合得如此完美。不必说,她肯定让黎先生极有面子。

在一段频繁的外出交际之后,他们似乎又回归到家庭生活,最明显不过的是他们好久不送孩子来我们家了。有一天我也是出于好奇,在跟他们夫妇闲聊时随口问起近来怎么少见他们出去,黎先生微笑不语,黎太太刚才还是笑靥如花,慢慢收敛起了笑容。

我正后悔是不是问了一个不该问的问题,黎先生爽朗地笑起来:"说心里话,我对那种风光热闹的场面真的没啥兴趣,大家就是喝酒吹牛,我也不能说喝酒吹牛有什么不好,玩总是轻松愉快的吧,不过玩过之后心里会感到空虚,我真是很心疼那些浪费掉的时间。"

黎太太听了,面带揶揄地说:"你一个人兴兴头头出去老晚才回,怎么从来没听你这么说?"

"哈哈哈。"黎先生笑起来,飞快地接一句,"我可没说带着太太玩得不痛快,你用不着那么敏感。"

黎太太抿着嘴,沉默。

黎先生十分坦率地说:"从前我也的确很喜欢那种灯红酒绿纸醉金迷的生活,男男女女在一起,喝酒呀,说笑呀,疯玩疯闹,现在不知不觉变了。说实在话,我真是看着她高兴才出去的,其实我算是陪她去的。"

黎太太重新展露笑容,娇媚地凝望着他说:"你还记得自己的诺言啊,我还以为你早忘了呢。"

"怎么会呢?"黎先生松弛地笑着,故作认真地说,"不能忘的。"

六

尽管不怎么外出应酬,黎先生和黎太太也并没有关起门来过清静日子。他们夫妇忽然兴致很高地呼朋唤友到家里去玩,隔三岔五举办 party,那座奢华美丽的豪宅里经常高朋满座笑语喧哗。

我和老唐自然是他们的常客,除了我们,常去的有黎先生的朋友和同事,黎太太的同学和闺蜜,还有不少是我们沁芳园的邻居。有时也有不速之客远道而来,比如说朋友带来了别的朋友,邻居带来了别的邻居,他们同样都很欢迎。他们热情友善,大方好客,客人来了总是拿出好酒好菜招待,很快便美名远扬,甚至有外国人慕名托人介绍前来,说要到他们家看看地道的中国生活。老唐听了忍不住大笑,说老外来错了地方,黎家代表不了中国,他们只代表中国也有这样的生活,要看"地道中国",应该到村里去,到十八线小县城去。老唐什么时候变得这么机智,真令我刮目相看。黎先生听了也笑,他谦虚地说要做"地道中国"生活的窗口他们还需增加聚会的中国风味。

我倒是觉得黎家的聚会还是有蛮浓郁的中国味道的,除了男女主人和绝大多数来客是中国人外,宾朋中还确实有几位深谙中国文化的,甚至还颇具名望。常来参加聚会的有一位儒雅文气的金教授,五十几岁,戴着老式的圆圆的金丝边眼镜,梳着地方支援中央的发式,脸上时时挂着谦和的微笑,那种招牌式的笑容似乎长成了脸部肌肉的线条和形状,或者说就像通过医美移植上去的,正规,稳定,一成不变,让他一眼看上去就是个很有水平的知识分子。金教授家住在沁芳园西一区,西区没有东区繁华,没有店铺娱乐等设施,草木更茂密,连环绕水系都设计成小溪的样子,天然朴素,疏朗清和,是他引以为傲的,因为他素喜以雅士自居。他很为自己挑选居所的眼光得意,"居为人而设,人为居增色",他时不常用这句话来表露一下优越感,仿佛他是西区的代言人。而实际上大部分业主买房都首选东区,那边湖光山色景致更美,而且设施齐备,离主路近,出行便利,户型更大更好价钱更贵的房子也多集中在那里。金教授用一种别有所图的姿态和几句文绉绉的话似乎轻而易举抹平了东西两区在价格和业主心态方面的不平等,倒也让我生出一种莫名的服气。

金教授走出来自带一种文化气场，连他的名字都很有一番说道。金教授大名金朝征，字唯远，号静莲野夫，他在一所很著名的大学教书，发表学术文章喜欢用自己的字而不是名，所以据说在学术圈"金唯远"比"金朝征"有名得多。他每次见到陌生人介绍自己时都是名、字、号这一嘟噜说得很全，我们自动忽略了这一长串，平常就称他"金教授"或者干脆叫他"老金"。金教授和我们说过他名字的来历，是他太爷还是爷爷或者是伯伯给他起的，好像很有内涵和意义，但具体什么意思当时我就没有听太清楚。倒是他的字和号我印象颇深，这两样都是他本人起的，而且极有讲究。

不止一次喝茶闲谈的时候金教授跟我们讲过，起"字"和"号"是需要有文化积淀的，最好要有一定的古典文学素养。"字"一般来说是对"名"的解释和补充，它和"名"相表里，故旧时常对人客气地称作"表字"。比如屈原《离骚》里有："名余曰正则兮，字余曰灵均"，屈原名"平"字"原"，"正则"即是"平"，"灵均"就是"原"。名"平"与字"原"，在意义上是有表里关系的。再比如《红楼梦》里贾宝玉初次见到林黛玉，问她妹妹可有表字？黛玉答无字，他随即便说我送妹妹两个字可好？莫若"颦颦"二字最妙。——金教授说这些就是信手拈来，旁征博引，头头是道，让我们很长知识。说到他的号，更是不同凡俗。他带着高山仰止的神情提到唐朝两位最有名的大诗人李白和杜甫，他说李白号"谪仙人"，他还有一个号叫"青莲居士"，那是因为他幼时随父迁居绵州昌隆青莲乡，对此地感情颇深；杜甫自号"少陵野老"，"野老"意指村野的百姓、农夫，这当然是他自谦，他有一首七言律诗就叫《野老》，"野老篱前江岸回，柴门不正逐江开"，那时杜子美经过常年颠沛流离刚在成都西郊的草堂定居下来，眼前风景如画，他颇有几分安居的欣喜，然而国家残破，生灵涂炭，他依然满怀悲怆，在这首诗中他便以"野老"自称。在一番引经据典之后，金教授才绕回到自己身上，说他的号是集李杜的号于一体，"静莲"由诗仙的"青莲"化出，他不敢与诗圣比肩，故自称"野夫"，同样意取"草野之人"。他这么说："我就是想沾沾'诗仙'和'诗圣'的仙气和才气，并不是张狂妄为。有人看见'静莲野夫'四个字，还以为是日本名字，更有望文生义者，硬要解读成'一个名叫静莲的女子的野老公'，此大谬也！"

金教授就是这么幽默，常常自我调侃。和他不熟的人见到他很容易以为他这个人端着，架子很大，拒人于千里之外。他确实内心清高，也可以说自视甚高，轻易不肯放下身段，却又是一个特别喜欢开玩笑，尤其喜欢拿自己开玩笑取悦大家的人。自恋和自嘲在他身上结合得如此严丝合缝，简直就像一张白纸的两面，每面都很有内容，而且不仅两不相犯，甚至相得益彰，并且就像上下文一般相互增补，交相辉映，令他个性鲜明，极具特色。

作为一个大名鼎鼎的伦理学教授，金教授有两句常挂在嘴边我们称之为"金句"的话，一句是"生命的焦虑将我们引向伦理学"，另一句是"理论是灰色的，生命之树常绿"，有时候他带着朗诵般的抑扬顿挫把这句话说成"理论全是灰色，敬爱的朋友，生命的金树才是常青"，他解释说这是歌德的《浮士德》里魔鬼梅菲斯特说的，他也常用这两句话来描述和解释他的专业，显得有点无厘头，却似乎正是他想要的效果。我曾认真地向他请教过什么是伦理学，他瞪着狭长的眼睛，眼神迷离，犹如陷入沉思。他就像没准备好功课的小学生被老师突然提问一般躲躲闪闪吞吞吐吐地说："没有定论，没有定论。"我请他简单说说，让我这样的外行也略知一二，他沉吟良久说，"有些学问可以说得清楚，有些学问很难说得清楚，有些学问根本说不清楚，还有些学问不足为外人道矣。比如，就价值本身来说，伦理的核心是正当，但什么是正当，谁又说得清楚呢？就评价尺度来说，伦理是关于对错的，同样，对错又如何来界定呢？而且，由谁说了算？所以，作为伦理学教授，严格说来我也不知道伦理学究竟是个什么样的学问。"随即他又以自我吹嘘的姿态说，"正是因为说不清楚，这才是一门博大精深而且很有建构和探索价值的学科。如果能用一两句话概括，说得明明白白透透彻彻，那它何以能成之为学问呢？"于是我终于多少明白了一点,为什么是"生命的焦虑"将他引向伦理学。而他"理论是灰色的"那句话更加玄之又玄,我尽管听他说过无数遍,却并不明白他通过这句话究竟要表达什么意思。而且他总是毫无由来地引用,完全不考虑语境,有时遇到不好回答的问题他也用这么句话去搪塞。后来这句话成了我们这些街坊们见面时的切口,就像对暗号一般,一个刚张口说出来,旁人就异口同声接上去,常常引得哄堂大笑。

我们以为金教授学问这么大一定有家学渊源,他言谈间也时常会提到自己的爷爷、外公、伯伯、舅舅,甚至太爷爷、太外公,他说得半遮掩,藏头露尾,似乎有非常值得骄傲的家族背景。然而某次围炉夜话,大家聊得太嗨,他说漏了嘴,跟我们说他是苦出身,家里穷,小时候经常吃不饱饭,中午放学回到家总是直奔灶台 —— 他练就了一个功夫,只要凑近锅盖一闻,就能闻出锅里焖的是干饭还是煮的稀粥,如果是干饭便满心欢喜。通常来说总是失望的,揭开锅盖一看,半锅的汤汤水水,不是煮些萝卜红薯,就是煮些甜菜豆角,连米粒都很少见到。他早吃怕了,看一眼都反胃,但没办法,家里只有这些东西吃。他的爷爷奶奶死得早,外公解放初被镇压了,父亲和母亲两边家里都没钱,他们结婚时从长辈手里什么也没捞着,家里没一件像样的家具,连碗都是打补丁的。他们两个一口气生了四个孩子,还带着七八十岁一身是病的外婆和一个痴呆的叔叔一起过，日子艰难得很。他是四个兄妹当中最有出息的一个，用他自己的话说是起早贪黑寒窗苦读，终于考上了当地的师范学院。好在读师范学院不用花钱，要不然他连大学都上不起，每月他还能省下十块钱助学金寄回去贴补家里，那纯粹是从牙缝里省下来的。上学那会儿他不断克扣自己的口粮，他发现吃一个馒头能饱，就一顿只吃半个，省下半个留到下顿吃。所以大学四年他一直是过着半饥半饱的日子，下晚自习的时候是他一天当中最饿的，好几次上体育课因为体力不支眼冒金星差点昏倒。

　　我印象最深的是金教授讲的那段去拿高考录取通知书的故事。那天他正在田里干活，邻家的孩子隔河告诉他有人带口信来说他考上大学了，叫他去县里拿录取通知书，他激动得扔下锄头就跑，跑出一段发现自己沾满烂泥的鞋子破得露出了脚指头，实在不成样子，他回到家里，偷偷换了叔叔的一双黄球鞋，那是叔叔的宝贝，平常都不舍得穿，叔叔人傻，对自己的东西可一点不傻，什么是自己的清楚着哪，要是向他借，肯定是借不出来的。他也顾不得了，穿上就跑。走出一段路，发现自己身上的衬衫脏得见不得人，他脱下来去河里洗，洗完衣服一边甩着一边往县城跑。他一口气跑出好几里路到了县教育局，手里的衬衣还没有干，他是穿着湿衬衫进去拿的录取通知书。有人见了说他：小同学你也太心急了吧，看你跑得身上都湿透了！他听了呵呵傻笑，当时竟然一点没意识到这样的苦日子有多惨。

金教授身上倒是完全看不出贫穷的痕迹，他说这就是知识的力量，金钱很容易让一个人旧貌换新颜，知识能让一个人的内在发生改变，金钱加上知识，那足以使一个人彻彻底底地脱胎换骨。我看他自己就是这样一个典型的例子。他很得意自己远离过去，如果有谁委婉地以此夸赞他，他是真心相当地高兴。

金教授之外，还有一位也是我们当中的学问家，他就是早年间的诗人、曾经当过杂志主编和书商、如今开了一家几乎不承接业务的公关公司的老板方子谦。起初我们按习惯叫他"方老板"，可他不乐意，他喜欢别人称他"方老师"，更喜欢别人称他"方博士"。但黎先生和黎太太还有我和老唐都不这么称他，我们听说他那个博士头衔可疑得很，花钱就能买到，他是不是买的我们不知道，但他读博的学院、学科和导师都让我们不太好意思提及。方子谦是聪明人，清楚我们这么做是给他留面子，他甚至跟我们自嘲说他就像高仿的 A 货，专蒙不懂行的。

而实际上方子谦的水平还是相当高的，他博闻强记，是我见过的为数不多的真正过目不忘的人。他读书很多，经史子集都有涉猎，而且他读过的书他都能记得清清楚楚，用他自己的话说每一行每一个字印在书的什么位置他都历历在目，仿佛刻在脑子里一般，人名、地名、年代包括各种细节，问他都不会说错。所以当我们一起谈论某个话题，尤其是历史事件时，他总是那个占有资料最全最准确的，甚至他引用的句子都是一字不差的原话。他还有一个本事就是不管什么题目都能迅速写成文章，用"倚马可待"形容一点也不夸张，而且他随便一写都很有水准，绝不是敷衍草就。他因为有这一手成了许多报纸杂志编辑眼里的大红人，他们拿他当救火队长，甚至是救命稻草，在需要急稿和临时撤版换稿时向他求救。他不仅是特别好使的作者，还是特别安全的作者，只需把意图告诉他，说得再含混不清，他也能即刻领会对方想要什么，也知道怎么写能避开雷区和火坑，因此他在江湖上名声很响。我在认识他之后也请他给我供职的报纸写稿，果然是出手不凡技压群雄。

对方子谦来说，为报纸杂志写稿纯属给朋友帮忙，是不折不扣的义举，虽然媒体的稿酬尚可，尤其是对他这样名头很响的作者时常还会付远远高出平均数的所谓特殊稿酬，但他对那点子酬金根本不在乎。听说他在做杂志主编的时候就在做书商，上世纪九十年代就开始了，因为起步早，占了先机，而且赶上了挣钱容易的大好时代。后来他干脆辞掉了杂志主编，放手大干。他成了特别出名的诗人兼书商，他诗写得怎样褒贬不一不好评说，但他出的诗集肯定远远超过那些苦心孤诣真正潜心创作的诗人，因为他近水楼台，自己就可以给自己出书。作为书商他获得了更巨大也更实际的成功——他靠出大量的教材教辅和不计其数的盗版书发了大财，据说三十几岁就赚足了一辈子花不完的钱可以退休了，后来做什么都只不过是玩玩。他也直言不讳地说过，开公关公司只是因为以往积累下许多的媒体关系，不用白不用，他可以摇身一变进入到新行业里去洗白自己，重塑形象，对他来说更加重要的是给自己争取一份自由，免得让老婆成天看在家里。

还有一位也是挺了不得的——清华毕业，赴美留学，看问题入木三分，说起话来妙语连珠，称得上是文理皆通，学贯中西，不仅才华横溢，而且位高权重，他就是某股份制商业银行副行长郝佳伦。郝佳伦是黎先生在纽约大学读研究生时的学兄，长得挺拔秀逸，四十出头年纪，看上去依然十分年轻俊朗，像个偶像派明星，他只要出现总是衣着光鲜，气宇轩昂。据说他的岳父是高官，结婚之后他凭借太太家的背景平步青云，成了他们银行最年轻的副行长。他有脱口秀演员般的口才，特别擅长讲段子，是聚会上笑声的保障。而且他出语犀利，经常讲些一针见血不怕得罪人的大实话。

我发现郝佳伦是我们当中耐心最不好的一个，只要看见来了不讨喜的人，他脸上便会露出冷冷的讥笑，有时遇到言语乏味又喜欢滔滔不绝说个不停的客人，他会频频跑到门外去吸烟，如果对方还不识趣，他会一边斜觑着人家，一边引用《论语》把人家直接打断，让我们既惊愕又好笑。他聪明，机敏，有锐气,而且好恶分明,不油滑,毫无腐朽习气,在女性当中尤受欢迎。男客们看他的眼光明显和女宾们不太一样,他们当中有一两位只要逮着机会便会明里暗里取笑他靠着老婆吃软饭。他听了只是一笑,颇为不屑,女士们说他是"实力不在乎"。

上述这几位也都是黎先生和黎太太家庭聚会的核心人物,用黎先生的话说,有他们唇枪舌剑嬉笑怒骂,保证了他家聚会的理论水准和文化品位。

还有一位黎家的要客不能不提,是一位手起刀落的女将——医术精湛的胸外科医生裴真真。她快人快语,直率泼辣,走路都是带风的,真的就是未见其人先闻其声。她行事果断豪气,仗义慷慨,疾恶如仇,有时就像《皇帝的新装》里那个孩子一样天真和没有城府。

裴真真出身医学世家,她的爷爷、姥爷、父亲、母亲还有几个伯伯、姑姑、姑父、姨妈、姨父以及哥哥、嫂子、姐姐、姐夫都是医生,用她的话说把她的家族成员敛巴敛巴就可以开一家三甲医院。虽说她名气还不够大,没有红到如日中天的地步,但却是业内称道的一把好刀。她跟我们讲过她从到医院实习开始,做过的阑尾手术不计其数,也算是碰巧了,只要她值班总能赶上来开阑尾的。"估计我们医院周边方圆三公里的阑尾都让我给切了","这算是牛刀小试吧"。她说得幽默轻松,其实她的工作并不轻松,经常一上手术台就是几个甚至十几个钟头，她说这辈子最香的觉就是在手术室地上睡的。而且每次手术都是如履薄冰如临深渊，犹如和死神赛跑。她对医学有自己独到清醒的认识，她有些话说得挺逗，也似乎很有道理。比如她说："三分之一的病不治也会好，三分之一的病治了也不会好，三分之一的病医生努把劲儿能治好，医学院的医学系应该更名叫'治愈及治不愈系'。"她虽比不得上述几位满腹经纶，但也是博学多才，不仅专业过硬，而且还有很深厚的中国古诗词功底。比如她养的一只灰狸猫，越长越肥硕，完全失去了一只猫应有的伶俐和敏捷，经常能看见它像一个毛茸茸的小坐垫瘫在院子里晒太阳，成天蜷缩着身子痴睡，懒洋洋的仿佛连眼睛都睁不动，家里上上下下管它叫"大胖"，邻居都直接叫它"老肥"，她觉得不好听也不文雅，便从李清照那首有名的《如梦令》里挑了两个字给它起了个正式的名字叫"红瘦"——她本是想叫它"绿肥"的，想想还是"红瘦"更好，委婉含蓄，既饱含爱怜，又满怀期待，且不会伤害到大肥猫的自尊心，她相信它多少还是有自尊心的。

这些人凑在一起，可以想象黎家聚会的气氛有多么热闹。除郝佳伦外，这几位 VIP 级客人都住在沁芳园，因为地理的方便，即使临时起意约局，差不多也能随叫随到，因此黎家的聚会不仅频繁，而且有种即兴的味道。

只要天气允许黎先生和黎太太会把餐桌摆在花园里或者露

台上，大家坐坐聊聊，十分惬意，我们开玩笑说他们抢了会所的生意。赶上周末或节假日，我们通常从下午茶喝起，直到深夜酒足饭饱方散。黎先生和黎太太待客有股子倾其所有的劲头，酒和食物都是最好的，还不时有稀罕货和时新货拿出来，有的是他们去进口商店买来的，有的是他们提前好几个礼拜从网上订购的。除了吃的喝的尽善尽美，聚会的气氛更是无懈可击，既轻松又快乐，大家没有主次之分，人人平等，因为经常见面，宾主熟不拘礼，聊八卦，扯闲篇，谈天说地，海阔天空。坐在餐桌旁的人想说话就说话，想争论就争论，言来语去，相互调侃，即便话说得没轻没重，也无人计较。经常是几个声音同时响起，仿佛比谁嗓门更高，有时候喧嚷得谁也听不清谁，个个乐在其中。黎先生和黎太太无疑是我们心目中最好客的男女主人，只要有一阵子没聚，就会有人催促他们张罗。

　　黎先生和黎太太即将迎来他们定情纪念日，他们选在情人节这天庆祝。他们不想惊扰我们这些朋友，免得我们送礼破费，因此没提纪念日这回事，只说请我们到家里一起过情人节。老唐和我是从来不过情人节的，我们不仅不过洋节，就是中国的传统佳节除了像春节、中秋那样的大节，都过得马马虎虎凑凑合合，有时干脆就忘掉了。但是黎先生黎太太不一样，他们土节洋节大节小节都过得十分经心。我曾向老唐提出，以后我们家也要像黎家那样把日子过得浪漫热闹有滋有味,结果他一句话就把我怼了回去,他说你喜欢弄那些繁文缛节你跟他们过去。我清楚他那点小心思,一是怕麻烦,二是图省钱,反正一句话,就是多一事不如省一事。不过黎先生和黎太太邀请我们去过节老唐还是很欣然,因为他喜欢凑热闹。

这天的聚会共有八对夫妻,大部分是我们经常一起聚的人,也有几位是平常很少出现或者从来没有出现过的:黎先生黎太太夫妇以及老唐和我之外,有郝佳伦和夫人海琴,金教授和金太太美凤,方子谦和方太太璐璐,裴医生和丈夫小贺。有两对夫妇是第一次来,一对是新搬来沁芳园没多久的林小蔷和她的洋老公文森特,还有一对是黎先生和黎太太在波士顿上大学时的同学立冬和乔乔。林小姐很年轻,不到三十岁,是位园林设计师,长得细眉细眼,皮肤像牛奶般白皙,面颊线条柔和优美,一眼望去仿佛一个精致的小绢人,娇艳得近乎脆弱,就像雨后的梨花。她美得超凡脱俗,那种美在我看来更多出现在绘画之中和舞台之上,飘忽如光晕一般包裹着她,似乎随时会挥发和消散。她话很少,总是安静地坐着,有时神态游离于局外,显得茫然和落寞,有时一脸警觉,显得特别机敏,就像一只受惊的兔子。她身上有一种形容不出来的矛盾的东西,令她格外惹人怜爱。她的先生文森特是比利时人,是个画家,长得很帅,也很活泼,因为和梵高同名,我们便开玩笑称他"梵高先生",

他听了非常开心。文森特会说英语和法语，中文只能听懂简单的句子，但他热爱中国文化，热爱聚会和美食美酒，热爱我们这些沁芳园的邻居，他靠林小蔷的翻译与大家交流，笑得比我们还欢畅。林小蔷和文森特相识和相爱颇有浪漫色彩。林小姐说他们两个是在去西藏旅行途经丽江时认识的，他们在同一家青年旅社病倒，同样得的是感冒。他们在同一个卫生院打点滴，在同一个阳台上晒太阳，几天之后，他们差不多同时康复。也许是因为同病相怜，再次踏上旅程时他们结伴而行。他们说那是他俩此生最难忘的旅行，他们看到了最美的雪山、最美的庙宇、最美的风物、最美的人情。旅行结束他们约定来年再见，一年之后两个人居然都没有失约，他们再次在拉萨的布达拉宫前见了面。凭着彼此的守信，他们当即订了婚，两个月后他们正式结婚，随后一起来到北京。立冬和乔乔居住和工作都在上海，立冬在一家软件公司上班，乔乔和黎太太一样也是全职主妇，这天恰好立冬来北京出差，乔乔便跟他一起过来玩。黎家大客厅里拼了两张长条桌才让这么多人坐下来。餐桌上铺着边沿绣着浅淡草叶的亚麻桌布，蓝白相间的餐盘是在英国定制的，连餐巾盒都是与餐具配套的。他们请了专业私厨上门来做饭，三位忙碌的厨师一位是中国人两位是外国人，都是星级酒店的总厨。他们联手做了美味精致的开胃菜，各种既好看又好吃的生鱼奶酪和蔬果沙拉拼盘，最有特色的是那些很有创意挑战味蕾的美妙组合，比如大块牛排和龙虾的组合，鲜嫩小羊排和鲍鱼的组合，烤乳猪和蟹籽的组合，等等等等，我们在大快朵颐的同时不时发出一声声赞叹和惊呼。黎家的宴席上衣香鬓影，觥筹交错，笑语喧哗，好不热闹。

黎先生在向大家敬酒时风趣地说："对于我们这些已婚人士来讲，情人节多少是一个令人尴尬的节日，重视呢不太好，忽视呢也不太好，这一天你出去有鬼，外面是不是有什么放不下的人哪？你不出去也有鬼，是不是故意在避风头？总而言之，这样一个名字听上去非常浪漫的节却过也不是不过也不是，叫人为难得很。所以呢，我把各位请来，咱们组团过，相互监督，彼此放心。"

黎家的聚会上还从来没有出现过这么多对夫妻，嘴欠的郝佳伦说"放眼望去就像到了鸳鸯湖"。记得黎先生有次喝了酒说过夫妻在一起免不了有所顾忌，说话不随意，玩起来放不开，所以中国人和老外不一样，好多酒局都是不带老婆或老公的。这天他呵呵笑着友情提醒大家即使喝高了也要醒着点儿神，今日不比往日，千万不要酒后吐真言，说出什么夫妻不宜的话。我们听了，哄然大笑。

不过大家显然没有拿他的"友情提醒"当回事，在喝了不少茅台、威士忌、伏特加、葡萄酒和啤酒之后，饭桌上的话题和以往相聚时一样无拘无束，甚至因为有"情人节大 party"

这么个名头更加开放。当我们得知这天还算是黎先生和黎太太的定情纪念日时,气氛热烈,大家掏出手机给他们发红包,又在群里下了一阵猛烈的红包雨。抢过红包之后,大家更加欢洽亲厚。

作为与主人夫妇相识年头最久的老朋友,立冬跟我们讲起了当年黎先生追黎太太的故事,这无疑是个既应景又受欢迎的话题,他说得就像吐槽大会一样,让我们忍俊不禁。

"黎明睿为了追到朱莹莹那可真是下了不少功夫。他不知听谁说向女孩子表达爱慕一定要把花送出去,当时他没钱买花,房租都快付不起了,每天过着节衣缩食的紧日子。他想到去外面摘花,拉我陪他一起去。我们开车跑了好远,终于在高速路下面看到一大片黄灿灿的花,可把他高兴坏了,这下子不愁没花送了。好容易停下车,我们走了老长一段才走到那块地里,等我们看清楚那是一片油菜地,一下子傻眼了。不过我们还是二话不说,采了一大捧油菜花回去。他欢欢喜喜跑去找朱莹莹,还不让我跟着。第二天,我在学校碰到朱莹莹,我问她:'昨天收到花了吧?''收到了,'她笑得那个美,'我都炒炒吃掉啦。'"

他学黎太太学得惟妙惟肖,我们听了都哈哈大笑,问黎太太那束花味道如何。黎太太笑得眼泪都出来了,幸福感爆棚的样子。

郝佳伦接上去说:"我也来八卦一个他俩谈恋爱的故事。我要讲的这个故事发生在送花之后。那时候黎明睿以为自己追到朱莹莹了,但他发现实际上并不是那么回事,人家朱莹莹后面还跟着一个方阵呢,他很苦恼。有一次大概又在朱莹莹那里碰了钉子,他特别沮丧,一个人在学校里转悠。我下课出来正好遇见他,看他头发凌乱,面色苍白,眼神迷离,从来没那么惨过,正步子沉沉朝大海边走去,我赶紧把他喊住。那一次我跟他聊了整整一夜,聊的啥就保密不说了,用一句话概括,我终于把他谈明白了——其实他真明白不明白只有天知道。不过他人生中那个最黑暗的夜晚过去之后,终于柳暗花明迎来了自己的幸福。后来的结果你们都知道了,我就不说了。"他环视四周,用卖关子的口气说,"有一点你们不知道,我给透露一下,当年黎明睿风流倜傥,一表人才,在波士顿他是不少女留学生眼里的男神,在遇到朱莹莹之前,他在追女孩子方面可以说是从来没有过败绩,令众多同学眼热。他们在羡慕他的同时,不管男生女生,恋情不顺时会找他去倾诉,请他帮忙出主意想办法,他也特别乐意指导和开导他们,据他自己说有'人生大师'之称。而那天天亮之后,你们知道他十分由衷地对我说了一句什么?他紧紧地握着我的手对我说:'你是给人生大师讲人生的大师!'"

大家哄堂大笑。

郝佳伦得意扬扬地和黎先生干杯，老唐却在这时打断了他们，不合时宜地提出一个问题，他说："我发现一个漏洞，假如我没有记错的话，你们两位是到纽约大学才认识的，刚才的故事发生在你们还不认识的时间，难道是找到虫洞穿越了吗？"

老唐问得严肃认真，他那副抱着严谨的科学态度的较劲样子让大家又一次哄堂大笑。

郝佳伦被老唐当众揭穿，我本以为他会尴尬，结果人家沉着一笑，朝老唐竖起大拇指，赞道："强！"

黎先生拍着老唐的肩膀，笑着承认事情是真的，但人物被篡改了，那个夜晚开导他的当然不是郝佳伦，而是他的学哥麦克李。郝佳伦在纽约的时候听他说过这件事，他讲得并没有走样，只不过是偷梁换柱，把自己放了进去。

老唐皱着双眉，不说话，似乎很不解干吗要开这样的玩笑，我看了心里只觉得好笑。

还有一个人和老唐表情相似，也是眉头微蹙，沉默不语，她就是郝佳伦的夫人海琴。从进门和主人夫妇打过招呼与大家颔首致意之后，她几乎就没说过话。我们早听说她是高官家的小姐，她本人是某保险公司的总裁，她长得相当漂亮，轮廓鲜明，明眸皓齿，气度不凡，单从相貌看和玉树临风的郝佳伦极为般配。她穿着唐纳·卡兰的高定套装，拿着香奈儿鳄鱼皮镶钻包，手上是一颗硕大的至少三克拉的钻戒，那身行头远胜几位也算很有钱的富家太太，却又毫不艳乍，也不显得珠光宝气，她就像月亮一样吸足了光芒，自身闪闪发亮。她气场强大，一走进来似乎让黎家的客厅显得低矮狭窄，仿佛要礼堂或者剧场才能容得下她。我不清楚她以前有没有来过这里，也许是因为跟我们不熟，她一直绷着，脸上的线条就像出自初学素描的学生之手，僵硬滞涩，笑得也颇为勉强。她吃得很少，几乎不动筷子，黎太太为她布的牛排和鲍鱼一直完整无缺在她面前的盘子里放着，和变冷的酱汁凝结在一起，跟她脸上的表情倒像是有着某种呼应。她也不怎么喝酒，端起酒杯就是略微抿上一下，以示礼貌，黎先生为她斟的酒并不见下去。开席没多一会儿，她就起身要走，说还有点事情要去处理。黎先生和黎太太真诚挽留，但话说得得体有分寸，热情却并不强留。郝佳伦低声替夫人向他们解释，他们表示理解。他替夫人拉开椅子，帮她穿好外衣，随她一同走到门外。大家也都起身相送，看着她上了门口等候的汽车，沿着花园小径一路开走，直到汽车拐弯不见才返回桌边重新落座。

乱过这阵，话题就散了。只见郝佳伦附在黎先生耳边不知与他嘀咕了几句什么，随后问他啥是"真爱"——夫人一走，他仿佛格外轻松自在，比刚才更加活跃。

黎先生反射一般飞快回答说："你对海琴就是真爱。"

我们听了都笑。

"不不，我认为真爱不应该掺杂利益。"郝佳伦把脸一板，一本正经地说，"把婚姻当投资，夫妻就像是合伙人的不在此列。"

大家一愣，随即笑得更欢。

黎先生收住笑，朝我们说："我一直说佳伦兄通达洒脱还有趣，一点不假吧？"

郝佳伦微微一笑说："还不算昏聩是吧？"

黎先生乘兴给我们讲了几个郝佳伦的故事，也弄不清究竟是段子还是真事。黎先生说在纽约大学的时候郝佳伦有个绰号叫"艺术品"，听说是女同学给他起的，他起先还挺得意，以为别人仰慕他，把他看作无价之宝，后来悄悄一打听才知道其实人家说的是样子货的意思，他听了一笑置之。因为长着一副好模样，他时常被别人误以为是纨绔子弟，甚至有人背后叫他"花花公子"。其实他真不是花花公子，他专注学业，也不挥霍，没有任何不良嗜好，甚至不怎么和女性来往，谈起恋爱也是认真投入，一段时间绝对只找一个女朋友，和那些朝三暮四的人完全不同。而且他非常自律，严格控制约会频次，所以他和女朋友都是谈着谈着便无疾而终。他让人有那样的误会，除了长了一副玉面郎君的外貌之外，还有一个重要因素是他非常爱玩。他爱玩，也会玩，好像玩的事情就少不了他，或者说假如少了他即便是玩的事情也不像是玩的事情。除了延续了小时候逮蛐蛐、扑蚂蚱、看蚂蚁搬家等等那些幼稚的玩法，聚会，野餐，打球，滑雪，攀岩，漂流，他样样爱好，样样精通，而且他总是活动中最亮眼的人物。

黎先生说他从来没有见过一个人像郝佳伦这般在靠谱与不靠谱之间随意且自如切换的。在美国硕士毕业他找好了一份咨询公司的工作，他在国内的同学叫他回国一起创业，他立马就打包回北京了。在吃了无数顿饭、开了无数次会、见过无数个各路大哥之后，创业的事情不了了之。他打算找个朝九晚五的工作去上班，他托了关系也应聘通过了，已经算是八九不离十，只等着去上班了，他表弟怂恿他回老家合伙养鱼，他一听又来了兴致。表弟给他描绘的产业前景是当年投入，当年产出，也别从小鱼苗养起，买些半大不小的鱼放进池塘，养上半年就卖掉，利用天热的几个月鱼长得快，不说一本万利，肯定利润丰厚。假如一条鱼刨去成本挣个一块钱，一百万条就是一百万，两百万条就是两百万。而且什么都是现成的，表弟家里就有承包了三十年的池塘，他本人是农校毕业的，学的是农药，贩过鸡雏、小龙虾，卖过瘦肉精、苏丹红1号、三聚氰胺，既有专业知识又有经商经验，由他守摊他是放心的。表弟还有一个说辞也很打动他，他说你不是喜欢钓鱼吗？出去钓鱼还要花钱，家里的池塘想什么时候钓就什么时候钓，想钓多少钓多少，而且放下钩子保证能钓上鱼来。他听得满心欢喜，说干就干，去跟老爷子要了钱，跑老家和表弟一块儿养鱼。兄弟俩想着春天投放秋天捕捞快进快出挣一笔钱，没想到夏天几场大雨把池塘下满了，稍大点的鱼都跑了，只剩下一些比买来的鱼苗还小的杂鱼，别说一两百万没挣上来，连投下去的都没了。面对失败他和表弟都没有气馁，决定明年再来。第二年他们加高了堤岸，挖了沟渠，做好了防涝准备。可是那年的雨水更大，连着下了一个礼拜的暴雨，他们的池塘倒是没有淹，周边的城市却淹了。为了泄洪保城市，整个县全部淹掉，鱼塘自然也保不住。这次虽说可以申请补偿，但补偿手续烦琐不说，补偿款也不会有多少，他们再次和幻想中的一两百万失之交臂，而且蚀光了老本，对养鱼彻底灰了心。这件事刚刚落幕，他又被人忽悠去搞无动力汽车。他上中学的时候学物理就知道永动机是永远无法制造出来的，但他却相信无动力汽车不仅可能，而且有着良好的商业前景。拉他入伙的人给他科普（洗脑）说无动力汽车和帆船的原理相似，靠自然风力就可以行进。如同旋转的子弹可以飞得更远，只要在汽车前面加上风扇，靠开动时的风力发电，最高时速能达到每小时一百公里以上，作为城市代步工具这个速度足够，关键是使用成本极低，不需要加油，用的是不花钱的清洁能源，是未来汽车发展的方向。也不知他怎么就信了，跟那帮人一起混了两三年，赔了时间又赔了钱，无人驾驶汽车都已经在街上跑了，他们的无动力汽车还处于玩具阶段。不过他倒是吉人自有天相，一边做着这么不靠谱的事，一边却听从父母的安排去相亲，娶了高官家的小姐，又听从岳父母的安排进了银行，从此扶摇直上，飞黄腾达。

郝佳伦耐心听着黎先生说，并不打断，偶尔笑着像捧哏一样轻声插上一句"我哪里想得到会这样"，或者是"吃了一堑，也没长一智"，再不就是"都是好哥们嘛，抹不开面子"。等黎先生说完，他神情严肃，回到原先的话题说："其实我是真的很想知道别人对真爱是怎么看的。"

"答案肯定很多。"平日喜欢高谈阔论，这天还没怎么轮到发言的金教授笑眯眯地插话。

"那么，请亲爱的金教授来说说。"郝佳伦边说边鼓起掌来。

"这可不是一两句话能说得清楚的。"金教授摇头摆手道。

"那咱们今天就试着用一两句话来说说好不好？"黎先生兴趣盎然地向大家提议。

立刻受到女士们一致叫好。

"真爱就是动心。"裴真真说。

"真爱就是迷恋。"黎太太说。

文森特用英语说："真爱应该是无私的。"他靠着林小蔷的翻译，融入得似乎毫无障碍。

老唐说："真爱嘛，嘿嘿，就是被对方吃住了……"

"而且你还心甘情愿，对不对？"我说。

大家哈哈大笑。

黎先生一板一眼地说:"你们说得都没错,对我来说,真爱就是能为她戒烟。"

他深情地望着黎太太,黎太太远远地朝他妩媚一笑。

"哎哟妈呀,能不能别这么甜?"立冬抗议。

方子谦故作吃惊地说:"这牺牲太大了,我是做不到的。"

裴真真也说:"对自己真够狠的,反正打死我也做不到。"

黎先生带点得意地说:"可不是嘛,正因为难,所以才说是真爱呢。为了证明我对她的爱,我发誓为她戒烟。话说出去之后,才知道这种事不能轻易尝试。不吸烟的人恐怕体会不到,刚停止抽烟的两三天,脑子里盘旋不去的几乎都和香烟有关,我就像没头苍蝇一样老是在房子里转悠,转了半天想起来是要去找烟。好在之前我已经把所有的烟统统扔进垃圾箱里了。我忍过了一天,又忍过了第二天、第三天……真的是每一天都不好受。坚持了三个月,我对自己说,这件事算是成功了。"

立冬说:"终于能证明是真爱了。"

黎太太扑哧笑了,说:"坚持到九十九天他又复吸了。"

新送上来的咖啡和甜品打断了说话,大家放下"真爱",专心品尝美食。

用餐完毕,黎太太让撤去席面,换上清茶和果品,又上了雪莉酒、白兰地和波特酒作为餐后酒。她特别向我们推荐波特酒，说这是她在凯文·兹拉利关于葡萄酒的著作里读到过的最适合餐后饮用的葡萄酒。大家品尝着这些美酒，又开心地闲聊起来，不知怎么聊起了出轨。黎先生端着酒杯站起来，半真半假要打断这个话题。裴真真提议干脆来个真心话大冒险，既然是过情人节，就应该来点既应景又来劲的，大家必须是实话实说，有啥说啥。

黎先生已经喝得有点大了，他红光满面，情绪高亢，自告奋勇当起了真心话大冒险的司仪。他从花瓶里抽出一枝花，拿了一把叉子敲起了面前的小碟。他故意第一次就让花落在了在老婆面前唯唯诺诺的金教授手中，大家哈哈大笑，暗中传递眼色，等着好戏上演。

金教授用两根白皙的手指拈着花站起身，羞涩一笑，说："那我就从学术的角度说几句吧。"

方子谦立马跳出来反对，说不要学术角度，要他自己的看法。

大家笑着一致附和。

"你们这是给我挖坑呀。"金教授面颊绯红，做出委屈的样子。

"说吧，您是伦理学教授，由您开头最合适。"裴真真大大咧咧地催他。

金先生用眼角悄悄瞄了一眼金太太，低眉莞尔一笑，清了清嗓子，收敛起笑容，就像讲课一般神情严肃地开讲："关于出轨这个问题，说起来既敏感又复杂。首先要弄清楚原因，通俗地说，究竟是夫妻之间没有了感情，还是正常的夫妻关系意外被旁人插足，或者是经不住诱惑一时失控？也就是说，到底是内因变了，还是单纯受到了外因的影响和干扰，或者是内因变了的同时又受到了外力的作用。发生这样的情况，我个人认为，重要的是要评估这个婚姻还有没有前景，还有没有挽回的可能。如果是一方出轨，那没有出轨的一方能不能原谅？两个人还能不能修复感情？如果是双方都出轨，情况就更加复杂，挽回的可能也就更小。如果无法挽回，那就会出现分居甚至离婚的情况。如果是离婚，那就要涉及财产。"他的目光在镜片后面闪闪烁烁地环顾大家，用语重心长听上去有几分凝重的口气接着说下去，"在座的各位都是有产者，出轨的代价是什么，自然不用我来说。所以，这个问题我就不往下细说了。"

他狡黠地嘿嘿笑了两声，似乎为自己小心绕开了陷阱而得意。他恢复了严肃的神情，仪态端庄地缓缓落座。

没等他坐稳，黎先生问大家："对金教授的回答你们满意吗？"

黎太太浅浅一笑说："金教授一句没说自己，这不算数吧？"

大家马上七嘴八舌要他继续说。

金教授扭扭捏捏推托了一番，实在推托不掉，只好再次站起身，勉为其难一般往下说："所以在我看来，出轨这件事风险是很大的，不仅是很大，是太大了，而且夫妻双方的共同利益越多，密切度越高，成本相应也越高，甚至是成几何级数放大。因此，面对这种情况，我认为夫妻双方还是应该冷静面对，充分沟通，重拾信任，化解困境。"

坐他旁边的金太太绷紧了脸，一眼不看他，她表情严肃，就像教室里专心听讲的学生，更像一只机敏的猎犬，似乎警惕性很高地审查着他的每一句话。

我和金太太不算熟，只知道她也在金教授那所大学上班，是做行政工作的。据说是因人设岗，她从老家调到北京能有这样一份工作，完全是因为金教授的名望和地位。金太太比金教授年轻了十来岁，两个人倒是原配夫妻。金太太长得娇小玲珑，五短身材，椭圆面孔，两只丹凤吊梢眼配着一张厚厚的大嘴巴显得非常神气，尽管上了点年纪已经开始发福，而且有收不住的趋势，但那股子干练劲儿不减，一看就是麻利泼辣之人。她是沾了老公光的，有时候会不自觉地流露出夫贵妻荣的优越，不过分寸拿捏得还算好，一旦意识到不合时宜，立马收敛。她很擅长讲场面话，说起话来一套一套的，只可惜和我们这些人在一起没有太多用武的机会。她也很善于察言观色，言谈举止当中常常会把自己摆在略低于众人的位置，以此讨好别人。其实沁芳园的邻居彼此尊重，互不干涉，相当平等，并没有那种氛围，她这个样子反倒显得有些俗气。她对金教授是崇拜加爱慕，看他的眼神简直就像一个初恋的小姑娘，可是在某些时候她又把他看作是个不怎么懂得人情世故的书生，会忍不住指点和数落他。金教授似乎是习惯了，但金太太当着我们这样做让我们感到很尴尬。

裴真真家和金教授家房子离得最近，他们两家平时走动也多，她爱开玩笑说自己是金教授的红颜知己，这话当然是从不当着金太太说。裴真真一向心直口快，高兴了说起话来更加口无遮拦，金家的八卦我们大都是听她说的，有趣的是她几乎都是当着金先生的面说的，金先生不但不恼，而且还乐在其中，一副相当受用的样子，似乎只要是裴真真说的，都令他愉快和欢喜，有时还附和她一起吐槽自己的太太。

裴真真说金太太对金教授管得极严，他的工资奖金她都一分不少全额收走，再根据他上月的表现给他发放当月的零花钱。金太太给金教授明确规定了几个"不准"：不准去歌厅桑拿等场所，不准单独和异性出去吃饭，不准单独与女同事一起出差，不准招收女弟子，等等。金教授曾跟她倾诉（抱怨）自己到这把年纪还从来没有出过轨呢，往后显见是机会越来越少。不过即便如此，金教授还是在家里翻过一次船，让金太太抓到了一次"现行"。他有一个喜欢的女学生常给他写 E-mail，多半是向他请教学术问题，学问之外也会说点别的，比如谈谈人生。某天他在家收完学生发来的信件没有及时退出邮箱，随后就忘掉了此事出门去上课了，金太太一路畅通进入了他的邮箱，彻查了他的邮件，认为掌握了证据，他一回到家她就对他大发雷霆。金教授竭力向她解释，她听不进去，恼怒之下砸坏了他用学术经费买来不久的苹果笔记本电脑。他忍气吞声，等着她充分发泄之后重归平静。然而，他没有等来休战，却等来了冷战。金太太用两条实用的策略惩治金教授，一条是不跟他上床，另一条是不给他做饭，从食色两个方面双管齐下对他实行制裁。不上床金教授尚能忍得一段，但不吃饭他是一天也忍不得。老婆不做饭给他吃，他有课的日子在学校里凑合吃食堂，没课的日子凑合叫外卖，凑合来凑合去，没几天胃口就倒了，浑身没有力气。金太太看他没精打采，制裁松动了一点，她又恢复了做饭，不过不像之前那样煎炒烹炸尽心尽意，她做得马虎敷衍，不管什么菜都是切切上锅一蒸了事，金教授吃着缺油少盐淡滋寡味的饭菜敢怒不敢言。金太太做得一手好湘菜，在金家聚会时我们吃过她烧的菜，浓油重盐大火，用起辣子来毫不吝惜，果然风味独特，尤其是辣得够劲。用金教授的话说吃他太太的菜不怕辣还不够，要辣不怕才行。他原先是不吃辣的，结婚之后胃口硬是让老婆一辣椒一辣椒喂起来，不只是无辣不欢,简直是离开辣椒没得日子过。他跟我们说过当年在德国读博,金太太没能随往,对老婆他还尚可,最想念的是她烧的那一手菜。出了"E-mail 事件"后金太太不给他好好做菜,让他郁闷无比,他跟裴真真诉苦说自己"意志垮了"。金太太跟他打了有大半年,把他折磨得苦不堪言,无奈之下他甚至提出离婚算了。但金太太却坚决不肯离婚,最终以他卖掉金家老宅在北京四环边上买了一套房子安置了她父母和弟弟才算平息战火。金家的这套老宅是他们兄弟姐妹几个合资购买了孝敬父母的,是费了不少周折和口舌从远房亲戚手里买下来的旧宅院,父母去世之后兄弟姐妹商量把这套房子保留下来做个纪念,他也同意。父母在世时倒是说过这套房子将来归他,而且还立了遗嘱,一是买房时他出钱最多,二是他对下面的弟弟妹妹一直有资助,是和父母一起把他们养大的。他要卖房,弟弟妹妹也说不出什么,只不过都是闷闷的,他自然清楚这件事总归是伤和气的。但太太逼迫,他没办法。除此,金太太对他的管控也进一步升级,他外出需要事先请假报备,何事、去哪、跟谁、多久都要提前告知。还有一个很大的变化是以前他出来金太太并不跟着,自从有了这一节之后,金太太夫唱妇随,只要有可能便与他如影随形,不离左右。

金教授大概意识到自己的话说得不周全,赶紧补充道:"我的意思是说,出轨可不是玩的,千万不要出轨。"

零星的掌声响起，不知情的郝佳伦还在不依不饶催他说说自己，金教授局促地笑着，一脸的尴尬，额头上瞬间冒出一片亮晶晶的汗来。他朝郝佳伦拱手作揖，求他放过。黎先生出面替他解围，说金教授讲得很好，算是从理论上阐述了这个问题，下面就转入实践经验交流吧。还有人不肯罢休，嘀咕说这样太便宜金教授了，不过看金太太半座铁塔一般端坐在金教授旁边，一张搽了胭脂的宽阔的脸上挂着凛冽的笑容，别人也就不再坚持了。

黎先生又敲起了碟子，花停在了裴真真手中。她大笑两声，亮开嘶哑中带着磁性的嗓门说："我对出轨零容忍，一个字——离，两个字——坚决离，三个字——非离不可。"她把酒杯往桌上用力一蹾说，"在座的有人知道，我可不是空口说白话，我是当真身体力行的，已经离掉过两个了。"

第一次见到她的那几位不由发出一声惊呼。

她继续说："我这人眼里不揉沙子，绝不宽容背叛感情的人。谁敢在我手里犯病？看我狠狠治他！知道我们医院的大夫们送我一个什么外号吗？——'渣男终结者'。"

她发出一串脆爽豪迈的笑声。

大家不约而同把目光投向她的老公，小贺温和恬淡地笑着，脸上的表情既不是不以为然，也不是特别在意，非常坦然从容。

黎先生嘿嘿笑着对大家说："你们是不是在替裴医生担心？

放心吧,大可不必。他们俩的黏合度比双面胶还要高呢。"

他告诉我们小贺是裴医生的病人,两年前突发心脏病是她救了他一命。小贺笑着朝我们点头,表示确有此事。

小贺给我们讲了和裴真真认识的经过。他不是突发心脏病,但裴真真救了他一命却是真的。

那天他陪朋友一起带母亲去看病,他顺口说起他已经有十来年没有体检过了,朋友也是顺口说那可不行,对自己太不负责了。他说自己身体好得很,能吃能睡,也不觉得哪里不舒服,忙起来经常熬通宵。他们说着话进了诊室,里面的医生正是裴真真。

接下来的事情很有戏剧性,朋友的妈妈看完病,后面就没有病人了,朋友对他说来都来了,干脆加个号检查一下吧。他嘴里说着没这个必要,却也照办了。他没想到大夫在一番检查和问诊之后就叫护士用轮椅推他去做心电图。他吃惊极了,说有这么夸张吗?结果是当天他就被留在了医院里。他不但先天主动脉瓣狭窄,而且还有主动脉夹层,用裴真真的话说等于是心脏里安装了炸弹,一旦发作起来十分凶险,随时可能猝死。裴真真亲手为他做了主动脉瓣置换手术,为他排除了身体的险情。几个月之后,他不但恢复了健康,而且还收获了爱情,和大他九岁的医生相爱了。

黎先生对我们说小贺可是真正的模范丈夫,裴真真不会开车,这好几年都是他接送她上下班。还不光是上下班,她去哪里不管多早多晚他都车接车送。他还为了她报班学习厨艺,从一个面条都不会煮的厨房小白转变成了做菜高手。他不仅对裴真真照顾得无微不至,对她女儿小月亮也是视如己出,呵护备至,还把岳父岳母接过来一起生活,对两位老人家悉心照应,细致周到也是一般人难及的。

大家听了纷纷称赞小贺。

小贺说,在遇到裴真真之前他从没想过要结婚,虽然父母总催他,但催也没用。每次他谈恋爱都是谈到女朋友想结婚就谈不下去了。他自嘲说:"每回被女朋友逼婚我就只好分手,要说渣男,那我也是个渣男。但到了裴真真这里,我彻底变了,不光是因为她对我有救命之恩,我就觉得这个女人大气,啥都不计较,而且仁心仁术,特别有事业心。我认为跟她太投缘了,啥也别说了,就是她了。有一天她下夜班我跑去堵她,医院我熟啊,我把她拉到暗处,就问她一句话:跟我结婚行吗?她也挺直言不讳的,她说:您这是求婚呀?您这叫劫道。她相当爽快,二话不说点了头,果然是渣男收割机。"

大家纷纷向裴真真敬酒,夸她是女中豪杰。

黎先生嘴里啧啧有声地说:"人家手里拿着刀呢,所以才这么气冲斗牛!"

他再一次敲起碟子,花停在了立冬和乔乔之间,两个人下意识地往两边躲去,花被碰到了地上,乔乔弯腰从地上捡起。

黎先生对他们说:"你们俩推个代表吧。"立马又改口说,"花在谁手里就谁说。"

立冬说:"还是我来说吧。"

黎先生说:"可以。"

立冬说:"我发誓,我不会出轨,肯定不出轨,永远不出轨,因为我不敢出轨。"

黎先生说:"说真话就行,用不着发誓,当心雷劈。"

立冬说:"我说的就是真话,再说雷也不稀罕劈我,因为我没有出轨的资本。"

大家笑。

"出轨还需要资本?"黎先生故作惊讶地说,"你说说出轨需要什么资本。"

立冬一本正经地说:"我说的这个资本不是别的,就是指钱,赤裸裸的金钱。我想问问诸位大神,一个男人没有钱怎么出轨?"

黎先生故作困惑地问他:"你上班的那个公司很有实力,应该收入不低,怎么会没钱?"

立冬飞快地瞟了一眼旁边的太太。

乔乔抿嘴一笑。

黎先生表示理解说:"噢,你们家是政企分开。"

立冬点头,以一种认命的姿态说:"这样可以最大程度保持家庭稳定吧。"

大家纷纷和立冬和乔乔夫妇碰杯,嘴里说着"可喜可贺",态度都比较微妙。

裴真真突然说:"我有一个问题——"她转向黎太太,"不知道当问不当问。"

黎先生代为回答道:"你想问什么随便问。"

裴真真说:"乔乔掌控了家里的经济,我想问问黎太太,你有没有呢?"

黎太太柔柔一笑说:"我没有。"

裴真真做出吃惊的样子说:"那我再问一个问题,你就没有不安全感吗?"

黎太太笑眯眯地反问她:"我为什么要有不安全感呢?"

裴真真没说话。

"你是说怕没钱吗?"黎太太一脸天真地反问她,随即说,"我真没担心过。"

裴真真感叹一句:"心真大!"

乔乔笑着说:"她还那个样子,和上大学的时候一点没变,啥也不担心,啥也不着急,我就不行,我做不到,我要手上不拿着钱心里会发慌的。"她转向黎太太,"我要能像你这样多好啊。"

立冬大约是想引开话题,他轻描淡写地说:"他们家钱多,用不着操心。"

黎太太咯咯笑着说:"说的好像和钱多钱少没关系吧。"她收了笑,十分认真地说,"我不会让明睿把挣的钱都交给我,我不能想象他没有钱在外面怎么办。"

她说话的神态像个妈妈。

黎先生点头道:"我也不能想象。"

黎太太顺着自己的话头说:"再说,我自己的钱还花不完呢。"

大家听了都笑。

黎先生马上用透露秘密般的口气说:"我们结婚的时候她妈妈给了她一大盒首饰,放在一只老式的雕花红檀木妆奁箱里,是她家的传家宝,那么多的金银翡翠,都是老货,件件精美,之前我只在博物馆和电影里见到过,我还以为是杜十娘怒沉的百宝箱被我岳母大人捞上来了呢,就那一盒子宝贝估计就值不老少钱。"

黎太太斜睨着他,扑哧一笑,接嘴说:"是我妈妈结婚时她妈妈给她的好不好,听说传了好几代了。"

裴真真听了,直言不讳说黎先生:"你不至于要让你老婆靠变卖珠宝度日吧?"

黎先生哈哈大笑,目光爱怜地望着黎太太,也不知是夸赞还是笑话她,说:"她太傻了,没见过像她这样傻的!"

黎太太娇媚地望着他笑。

黎先生像是忽然反应过来说:"刚才是不是违背游戏规则了？还没有轮到向她提问呢，等轮到你们再问不迟。"

他再次敲起碟子，这次中招的是文森特。

文森特既不扭捏，也不顾左右言其他，他用英语坦率直言："只要爱还在就没有问题。"

大家七嘴八舌问他怎么知道爱还在不在。

"这个非常简单。"文森特一只手捂着胸口，"这里如果是热的，爱就还在。"他朝林小蕾说，"亲爱的，你同意我说的对吗？"

"当然。"林小蕾用英语回答说，"不能再同意了。"

他搂过她，和她吻了一下。

"咦，快闭眼——"方子谦像动画片里的米老鼠那样伸出长长的胳膊，夸张地朝大家喊了一声。

"他们两个还在蜜糖期吧？"裴真真转过脸去问他们，"你俩在一起多长时间了？有一年吗？过两年再说吧，也许用不了那么久，哈哈哈，等着瞧吧。"

我们都笑得不行。

我和文森特、林小蕾两口子相邻而坐，刚才私聊的时候我听他们说住到沁芳园是因为这个楼盘的开发商收藏了文森特的画。我也是第一次知道我们会所迎门挂着的大幅油画和过道两侧的小幅油画都是文森特的作品，无一例外都是抽象画。那些画的风格有点类似于荷兰画家彼埃·蒙德里安，不过并不像他的格子画那般用色强烈鲜明。文森特认为自己更接近德国画家格哈德·里希特，他说蒙德里安画的是信仰，里希特画的是痴迷，他更喜欢后者。文森特说里希特酷爱各种尝试，非常前卫，这点自己和他很相似。而且里希特对自己的艺术一直持怀疑的态度，对自己的艺术生涯有很多否定性评价，认为自己的画是"缺乏能力和失败的证据"，他和里希特一样，说自己是"一个非常失败的画家"。他说自己经常把画好的画撕掉，或者用刮刀划破，因为他总想画出不一样的画，而不仅仅是好看的画。和我们这些街坊邻里不同的是，文森特和林小蔷的房子是租的，他们说自己没有钱，根本买不起这么贵的房子，他们也不愿意为了沉重的债务影响生活质量。"我们不想被财富压垮，我们只想过快乐的生活。"林小蔷这样说。"我很高兴她对我说，房子是租来的，生活不是——我希望她一直这样想。"文森特这样说。

看得出来他们正处在热恋期，两个人浓情蜜意，不时把目光定在对方身上，忍不住相视而笑。

黎先生突然说："还有一位更猛的，可惜今天没有来，要是来了不定有多好玩呢。"

我们问他说的是谁。

黎先生朝林小蔷笑，说："她知道说的是谁。"

林小蔷说："是我妹妹林小茉。"

"特别好玩的一个孩子！"黎先生说。

没见过林小茉的几位男士都情绪激动，都说找机会请过来见见。

游戏继续。黎先生又要敲碟，郝佳伦一把将碟子抢了过去，笑嘻嘻地说："不能再让东道主瞎忙乎了，一晚上就看他煽风点火，扬汤止沸，到现在他自己还没说呢。这个狡猾的老狐狸，大家说是不是不能放过他？"

我们齐说当然不能，郝佳伦当仁不让当起了司仪。

黎先生笑着说："你这是抢我的饭碗呀。"

金教授说："该轮岗了。"

黎先生说："我是主人，必须让客人尽兴。"

我们异口同声说我们很尽兴。

黎先生转向郝佳伦关照他："那你还是得遵守游戏规则，轮到谁就是谁。"

郝佳伦说："看我的吧。"

话音未落，花已经落在了黎先生的手里。黎先生仿佛一时没反应过来，下意识地说"不算不算"，大家一迭声叫他不要耍赖，赶快说。

黎先生端起酒杯向大家敬酒，他远没有文森特那样直爽，甚至不如前面另外几位痛快，顾左右言其他，就是不切入正题。方子谦和裴真真不耐烦地打断他，要他言归正传，甚至连老唐这种最沉得住气的人也起哄催促他。他被逼无奈,笑着说:"我不是不肯说,我是不敢说呀。"

黎先生目光绵长温存地望着黎太太笑,裴真真看了不屑地说:"男子汉大丈夫,有什么好磨叽的?跟我学学,你怎么想的就怎么说,痛痛快快的。"

黎先生深吸一口气,做出豁出去的样子说:"今天各位赏光来寒舍一聚,说什么我也不能让你们失望。"他把杯子里的酒一饮而尽,"我这个不敢说,并不是胆小怕事的不敢,恰恰相反——所以我不敢说。你们都明白我是什么意思了吧?"

大家说:"不明白!"纷纷催他说出来。

金教授似乎一下子来了情绪,他面孔红扑扑的,高着嗓门说:"好嘛,敞开来说说嘛,真诚地交流一下子。"

黎先生转向黎太太,讨好地一笑,附在她耳边轻声说了句什么,随后对大家说:"要不这样,我让莹莹代表我说好不好?"

大家意见不一,有说好,也有说不行。黎先生走过去替太太把酒杯斟满,又把自己的酒杯斟满,端起杯子递到她手里,和她碰杯。黎太太喝完杯中的酒,落落大方地问我们:"你们要问什么?我保证有问必答。"

郝佳伦抢先向黎太太发问:"遇到对方移情别恋,你说一个人越是在乎另一个人,到底是更加容易原谅,还是更加不会原谅?"

黎太太几乎不假思索地说:"当然是更加不会原谅。"

方子谦插上去说:"那我问得直接点,要是黎先生出轨,你能原谅他吗?"

"他不会的。"黎太太回答得干脆利落,毫不犹豫。

"我是说假如。"方子谦说。

"当然会原谅。"黎太太仍然回答得干脆利落,毫不犹豫。

黎先生得意扬扬地高举起胳膊打出一个胜利的手势。

金教授打断他们:"且慢且慢,这里似乎有点自相矛盾……"但是没人理会他。

"你说的是真的吗?"方子谦紧追不舍问黎太太。

黎太太浅浅地一笑,说:"我说的当然是真的。"

方子谦得意扬扬地望一眼黎先生说:"好了,我问完了。"

黎先生拉住太太的手,哈哈大笑说:"亲爱的,你让方老板给带到沟里去啦!"

裴真真听了直摇头,一脸无法苟同的表情。她高着嗓门道:"反正我是容不得出轨这种事情的,除非是我自己出轨。"

喝得面孔通红的金教授倏地站起来,朝黎太太说:"何苦呢您这是?您没这个必要啊,瞧瞧您这般模样,这般人品,您可真没必要……"

他舌头打结,却急着为黎太太打抱不平。

金太太木着一张脸拉他的袖口,示意他不要再说下去。

老唐立刻站出来声援金教授:"就是啊,这是干吗呢? 要我说不仅没这个必要,而且也不应该这样。咱们是文明社会,您可是现代女性,我不同意您这样做。金教授说得对,您这是何苦呢?"

大家听了,笑声震天。

黎太太忍着笑,认认真真地说:"我肯定会原谅他的,我真就是这么想的。"说完又补一句,"他知道的。"

刚坐下去的金教授就像是弹起来一样,金太太又去拉他,他却大大咧咧地把老婆的手用力一甩,提高了嗓门说,"一个男人怎么能够辜负这么好一个女人,真是岂有此理!"

这可完全不像他平日的做派,他如此一反常态,让我们既意外又好笑。

说着话,金教授就像在舞台上表演一样咕咚一声直挺挺地倒在地上。大家未及笑开,一惊之下赶紧去扶他,七手八脚把他抬放到沙发上,裴真真赶忙替他检查。倒是金太太沉着,说他喝多了就是这个样子,不用管他,过一会儿自己会好。果然没两分钟他就苏醒过来,从沙发上坐起身,面带羞涩,说话口齿清楚,酒也差不多醒了。大家这才松了一口气。

有了这么个插曲,真心话大冒险的游戏不了了之。已经是夜阑人静,大家酒足饭饱,便散了席。

从黎家出来,老唐和我沿着湖边往家走。他大步流星走在前面,一句话没有。快到家门口,他停下来,从口袋里摸出一包烟说:"喝得有点头晕,抽支烟醒醒酒。"

我随口说:"你是不是该戒烟了?"

他立马笑了。

"没这个想法。"他点着烟,一边美美地吸着,一边说,"你要跟人家黎太太学学,她给出的家庭政策多宽松啊!"

"人家喝得上头,你是喝得上脸。"我说,"眼热你上他们家过去。"

老唐嘿嘿笑着,说:"今天把我们两个漏了。"

"你是高兴还是遗憾?"

"没有。"老唐一本正经地说。

他的烟头在夜色里一明一灭,直到耐心地把一支烟吸完。

他掐灭烟蒂,扔进旁边的垃圾箱里,像是自言自语一般感叹道:"都明说了容许老公出轨,那不出轨还等什么呢?"

"你这叫啥话?"我说,"人家是那个意思吗?您这阅读理解水平是啥文化程度?"

"我这是一语中的。"他一板一眼地说,"给了政策不用,岂不是白辜负了?"

说完他哈哈大笑。

七

日复一日，悠闲平和的日子大概就叫岁月静好。我们这些邻居和朋友经常相聚，每家轮流设宴，拿出家里的好酒好菜鲜果美点相互款待，大家其乐融融。

然而，这种把我们从庸常的工作和操劳中暂时解脱出来的惬意与快乐，却受到了来自孩子们的无法忽略的干扰和破坏。

因为大人常在一块儿聚，这几家年岁相仿的小朋友也经常在一起玩，他们很快就玩得很熟，凑在一堆格外疯闹。而且他们玩着玩着随时随地就会翻脸，大人还没反应过来，他们或许已经和好，也就罢了，或许已经大打出手，还得为他们劝架。有时一顿饭吃得故障频出，东边日出西边雨，按下葫芦浮起瓢，家长们正高谈阔论，孩子们已吵得不可开交，大人们正笑靥如花，小不点儿们已经哭得满脸泪花。

这几家只有金教授家的儿子大了，已经上大学，平常住在学校里很少回家，回来也不参加父母的活动，即使在他家聚会，他也是躲在楼上难得下来，偶尔过来同我们这些叔叔阿姨们打声招呼，那是一件非常赏脸的事情。林小蔷和文森特的孩子还在肚子里，尚在早孕的阶段。郝佳伦不住在沁芳园，他家有没有孩子我们都不知道，也从来没有问过。除了这几家，每家都有至少一个十岁上下的孩子。黎家的黎鼎鼎和我家的小糖果儿都是九岁，裴真真和第一任丈夫的女儿小月亮十一岁，方子谦家有一对龙凤胎，东东和西西是八岁半，这些小孩凑在一起能量那是相当大的，大人们不拿出点精神头来还真对付不了他们。

这几个孩子也是各有千秋，最有故事的是黎鼎鼎，留到后面再说。先说那几个。我家小糖果儿是个惯会见风使舵的主儿，她怕我不怕老唐，我叫她做什么都乖乖的，行动迅速，做事认真，凡事能按要求做得毫不走样，让你挑不出毛病，虽然她不乐意的时候也会翻车，但总体来说在我手上她是一个非常听话好带的孩子。然而，只要我不在家，她就变着法子麻烦和欺负老唐。不听话那是不必说的，只吃零食不吃饭，看动画片不写作业，打游戏不肯睡觉，管她就发脾气，哭闹，躺倒不干，弄得老唐束手无策，只能使出最后一招就是打电话向我告状。但只要他这样做了，挂上电话之后她会变本加厉折磨他，让他非常崩溃。后来小糖果儿不知怎么想到了要对老唐实行经济制裁，稍不如意就要罚老唐的钱。有时我去出差，老唐一天就能被她敲诈好几十块。好在她对金钱还没什么概念，以为几十元就是巨款。但日积月累，老唐被她勒索的这笔钱滚雪球般越滚越大，累计好几千元。老唐起先还每次老老实实掏钱包以现金支付，后来他也变狡猾了，改成了记账，并且借机赖账。老唐想不到自己费心费力照顾女儿，换取的竟是一次又一次被罚款，他叫苦不迭，直说自己要破产了。——实际上因为过度溺爱和纵容，他那点家长的威望早已经在女儿面前破产了。

但小糖果儿的弱点也是好处就是爱面子，当着别人她是不会犯横的，所以带她出去大可放心，即使老唐一个人带着她，也是十分轻松。只要一走出家门，她便会自觉用另一套仪规约束自己，她举止得体，礼貌周到，叫人声音也很响亮，甚至对她来说很乏味的活动都能忍耐到底，所以她在外面是一个人见人爱的孩子。老唐在与她的较劲中彻底败下阵来时就带她去黎家串门，或者干脆把她交给黎太太，她会立竿见影变成一个彬彬有礼的小淑女。

小糖果儿最服气的孩子是裴真真家的小月亮。虽然小月亮只比小糖果儿大了不到两岁，但她无论智识、才艺、能力等等都远在小糖果儿之上，她聪明，机灵，能言善辩，爱拔尖，不甘人后，凡事都要占上风，而且她极会打扮，在小糖果儿眼里简直就是小仙女。小月亮这种要强的个性在我看来除了随她妈妈,也与她妈妈的教育理念和教育方式分不开,可以说是她妈妈一手造就的。裴真真对她要求之高管教之严令我吃惊,我以为自己对小孩已经算是严厉的了,和她比起来那真是小巫见大巫。她是一个地地道道的"虎妈",要求小月亮自己的事情自己做,尽可能不麻烦别人,还要做得一丝不苟,稍有不到之处,只要落在她眼里,立刻会受到严厉的训斥;要求她当日事当日了,不许拖延;要求她做事不从兴趣出发,答应下来就得精益求精完成;要求她不管做什么都要善始善终,不许半途而废;要求她乐意做的事情要做好,不乐意做的事情同样要做好,不一而足。在她的高压之下,小月亮那么小一个孩子不仅学习成绩优异,门门功课在班上遥遥领先,每天早晨五点钟就准时起床跑步,放学回家写完作业之后练琴一小时,除此还要按妈妈开出的书单读许多在我看来不是她那个年龄读得动的大部头书籍。

小月亮这孩子特别灵,对妈妈她的策略是好汉不吃眼前亏,听话得很,乖巧得很,只要妈妈不在跟前,她立刻海阔凭鱼跃天高任鸟飞。她很善于利用有利因素,她知道小糖果儿喜欢而且崇拜她,她反过来也很笼络小糖果儿,有好吃好玩的都会先想到她,有什么新鲜主意也是先对她说,小糖果儿总是对她言听计从。而只要她们两个人一拍即合,余下的只有跟着混的份儿。因此小月亮是他们这个临时凑起的小团体天然不二选的老大,拥有至高无上的权威,她提出要玩什么大家就得玩什么,她要怎么玩大家就得跟着怎么玩。那几个和自己父母胡搅蛮缠讨价还价都是一把好手的孩子,在她面前却个个服服帖帖,没一个敢犯浑的。

小月亮这孩子最大的特点是喜欢听好话,只要多夸奖她,她就特别柔顺,还能按大人的意思管好那几个小的。所以我们就总夸她,什么"你真漂亮"呀,"你好聪明"呀,"没见过你这么讨人喜欢的孩子"呀,这些都是平常的,我们还对她"花式夸奖",比如"天哪,这是谁家的孩子,比一万只猫咪还要可爱","你甜蜜得像一棵小卷心菜","你像星星一样亮,你比花朵还要美",还有,"小月亮,我爱你没完没了"。我们见到她就说,张嘴就来,说得顺溜得就像唱歌一般。不仅是阿姨们,叔叔们看到她也都嘴上抹了蜜一样,能说出许多极富新意的夸赞她的句子。小月亮听得多了,大概也习以为常,就是抿嘴一乐,礼貌地说声谢谢,特别赏脸的时候会给一个大大的拥抱。然而裴真真却反对我们对她女儿说赞扬的话,认为我们是惯她的毛病,某种意义上是欺骗她。我觉得小月亮其实总是生活在一种提心吊胆战战兢兢的状态之中,她一天大似一天,似乎变得越来越敏感,脆弱,容易紧张,我认为正是因为她妈妈的严苛和那些不近人情的要求,她才会那么重视外界的评价,而且那么喜欢听赞扬的话。我能体会小月亮的感受,我曾婉转地和裴真真说过,不能对孩子那样凶狠,她不但听不进去,还有点不耐烦。她说没有特别原因的话小月亮将来是要当医生的，所以她必须从小给她立规矩。医生面对的是生命，来不得半点马虎，而且医生需要具有无私的奉献精神，她不该太在乎自身的一切。说实话我听她这么说很惊愕，我真没想到看上去很好说话也很注重别人感受的她竟然是这样一位独断专行的家长，我不知道能不能说她这样强行规划孩子的未来是不对的，我真的心疼小月亮。黎太太也曾对她的教育方式提出过质疑，她问她孩子的一生过得快乐重要还是事业有成重要，裴真真回答说她管不了别人家的孩子，但小月亮没有这样的选择题。她说她小时候也不想当医生，看到打针都害怕，闻到医院里来苏水的气味就腿软，她喜欢搜集昆虫标本，喜欢画植物图谱，她想当生物学家，虽说那会儿还不太明白生物学家究竟是做什么的。她父母总跟她说长大以后要当医生，她听了就说我不当医生，他们不跟她讨论，也从不试图说服她，下次仍然口气平淡地这么说一句。后来因为某一件小事的触动她还是立志去学医。那是一件在她看来小得不能再小的事情，某天她吃鱼卡了，尖锐的刺扎在嗓子里非常难受，她剧咳不止，憋红了脸，小小的鱼刺却怎么也弄不出来。妈妈赶紧带她去医院，可是跑了附近的两家医院医生都没能把鱼骨头取出来，妈妈只好不顾路远把她带到自己上班的医院。妈妈找了她的一个朋友，那位医生朝她口里瞟了一眼，说时迟那时快，手如闪电一般，就用镊子把鱼刺给拔了出来，足足有两厘米长。医生说如果来得再晚一些，很可能会刺破食道。她记得走出医院妈妈对她说给她拔鱼刺的是五官科最好的大夫，他用一秒钟为她解除痛苦，背后付出的是几十年的努力。她说就是从那一刻起她决定这辈子要为医学献身。小月亮作为他们那个医学世家的后人，当医生是她的使命，这是他们全家人的共识，也是全家人的希望。裴真真如此固执，我们也不好多说什么，我们只能以更含蓄的方式多疼爱一点小月亮。

方子谦家的东东和西西又是一路，尽管他们两个只有八岁半，但他们是这帮孩子当中最难管的。方子谦比他妻子璐璐整整大了二十岁，这是他的第三次婚姻，拿他自己的话说是"老树开花"，所以对这对龙凤胎百依百顺宠爱有加。方子谦说他从前一点也不喜欢小孩，对孩子很无感，一向认为孩子是拖累，他喜欢安逸甜蜜的两人世界，是最坚定的丁克一族，前面两次婚姻他都没有小孩，婚前他就和老婆说好不要孩子。然而，当他遇到年轻活泼从加拿大留学回来的璐璐，他自己也不知道怎么就改变了主意。他毫不讳言自己和璐璐是奉子成婚——对他来说怀孕是个意外，结婚同样也是意外。因为两次离婚他都付出了高昂的代价，手中的财富也随着婚姻解体而大幅度缩水。他曾发誓此生再不结婚，但人算不如天算，他不但结了婚，生了孩子，不是一个，而是一双，还接来了孩子的爷爷奶奶姥姥姥爷，雇了保姆，养了猫、狗、兔子、乌龟、金鱼，置起了大大的一个摊子。

方子谦对双胞胎的宠溺也是毫无原则，他很怕吵，东东和西西除了睡觉难得有安静的时候，他不喜欢孩子调皮捣蛋，东东和西西简直闹翻了天，他却从不斥责他们，甚至还好像很欣赏。璐璐说他对孩子无限宽容，两个小祖宗就是要月亮他都想方设法摘给他们。他很舍得为孩子花钱，尤其是在他们的教育方面，更是毫不吝惜。东东和西西上的也是国际学校，还报了一大堆课外班，他希望两个孩子琴棋书画皆通，但他们爱好的是武术、拳击、跆拳道、棒球、冰球和打击乐，而且随时随地练上一通，家里不是棍棒横飞，就是充满了激烈的敲击声。偶尔在他家聚会，对我们来说简直就是灾难，除了要扯着嗓子聊天，还要时刻当心房间里四处乱飞不期而至的各式"武器"，因此我们都很害怕轮到方家做东。

方子谦夫妻两个都降不住孩子，东东和西西闹腾起来他们毫无办法，而且他们夫妇二人还会相互责怪，两个小孩也就变本加厉。爷爷奶奶姥姥姥爷面对这两个祖宗更是束手无策，只会赔着笑脸笼络他们。他们家里唯一一个能管住小孩的是菲佣玛拉，也只有玛拉在场的情况下东东和西西才能表现得像正常的孩子那样，所以玛拉在他们家的地位很高。方子谦和璐璐怕她回国或跳槽，不断给她加薪，她的薪水早已经远远高出同行。

薪水之外，他们还不断送礼物给她，玛拉穿的用的都是很时髦的。有时他们夫妇也会冒险尝试一下将两个小孩打扮一新带出来，在很短的一段时间，也许就是刚进门的一瞬间，这两个金童玉女一般的孩子让我们眼前一亮，可是要不了多久他们就原形毕露，不是碰坏了东西，就是相互大打出手，要不就是和别的孩子发生了纠纷，再不就是不知因为什么原因就痛哭流涕，反正肯定不得消停。他们一闹起来，璐璐一般是见怪不怪，不去理会；方子谦想管又管不住，他总是硬着头皮去调解，不一会儿便恼羞成怒地败下阵来。这种时候便会听到他抓狂大叫："东东、西西，你们两个真他妈不是东西！"

这几个孩子虽然烦起人来各有千秋，但他们都不过是小孩子的瞎闹，只要能镇得住他们，他们马上就会偃旗息鼓，实在管不了，随他们去，他们闹完也就完。跟他们不同的是黎鼎鼎，他表面上看聪慧懂事，理性自律，实际上也是聪慧懂事，理性自律，但他有一点是和别的小孩不太一样的，就是非常黏人，具体说是特别黏他妈妈。

黎太太脾气好，无论是对丈夫还是对孩子，都呵护备至耐心无比，从来见不到她跟他们发急，甚至从来听不到她跟他们高声说话，用老唐的话说她是"天生的贤妻良母"。面对这样一个好脾气的妈妈，黎鼎鼎磨人的才能一次次得到充分的施展。

黎太太惯孩子是有口皆碑的，跟她相比我们都自愧不如。也因为她是全职主妇，陪伴孩子的时间比我们这些上班族妈妈要多得多。黎鼎鼎从小习惯了她形影不离的守护，因此也格外娇气。每天晚上他都要妈妈哄他睡觉，睡前要妈妈读书给他听，即便认字之后也还要妈妈这么做。而且读书给他听时妈妈坐在椅子上是不行的，必须靠在床头，这样他可以依偎着妈妈。除了给他读书，每天临睡前他一定要和妈妈亲亲，这个晚安吻对他来说也是必不可少的。偶尔某一天他听书时不知不觉睡着了，缺了这个对他来说十分重要的环节，那他是非要补上不可的。睡到半夜或者早晨醒来，他会光着脚跑到隔壁卧室里去亲吻妈妈。有时候黎太太有事外出，没能在他睡觉前及时赶回家，他会惶惶不安，坐卧不宁，多晚都熬着不肯上床去睡，这令独自在家照看他的黎先生十分恼火也十分沮丧。这些都是黎太太当笑话讲给我们听的。

因为黎鼎鼎过分的依赖，黎太太好多次不能参加我们在外面的聚会，即使是在沁芳园别人家里，她也不能待得时间太长。她笑说自己就像灰姑娘，要在马车没有变成南瓜之前赶回家去。有时我们说好聚会时大家都带小孩，让他们在一起玩，除黎鼎鼎之外那几个会在小月亮的带领下玩得不亦乐乎，即使最后以争吵和打闹收场，也是小孩玩小孩的，大人顶多去调解和安抚一下，黎鼎鼎就不同了，他不喜欢跟小伙伴们玩，喜欢缠着妈妈。大人们闲聊的时候他紧挨妈妈坐着,有时就坐在妈妈腿上,或者偎在妈妈怀里,无比安静,似乎是饶有兴味地听着那些他那个年龄根本不可能听得懂的谈话。我们忍不住要笑话他,叫他去跟小朋友们玩,别老像个小画片儿似的贴在妈妈身上,他乖乖地听着,不为所动。他不仅是享受,而且是陶醉在和妈妈一起的幸福里,让我们也不忍心硬生生赶他走。当然,即使我们赶他走,他也未必肯听我们的。也有一些聚会,主人自己家没有小孩,或者想安安静静说说话,不想被一帮小孩子打扰,他们没有邀请小朋友,我们一般会请人临时在家看一下小孩,这种时候黎鼎鼎是最为不满的,他会跟妈妈提出许多条件,要求补偿他。即使妈妈每样条件都答应——因为不答应是不行的,他还会找出各种法子烦扰她。只要她稍微晚回家一点,他就会一次次地给她打电话,有时上一个电话刚挂断,他的下一个电话又打了进来,不仅把黎太太搅得不得安生,也弄得我们不堪其扰。后来黎太太出来就故意不带手机,然而他会给我们打,我们不知道他有什么事情,自然不敢不接。后来大概是他妈妈说了他,他不再打给我们。不过他另有高招,他会让临时请去陪他的大姐姐给黎太太送东西来,可能是她的钥匙,可能是一把雨伞,可能是一条围巾,可能是一只苹果,也可能是她肚子疼时吃的止痛片……他送的这些东西并不是黎太太需要的,也与当时的天气包括她的身体状况无关。这些东西被十分精心地层层包好，放在一只好看的纸盒子里送过来，每回都令我们充满了好奇，想看看他挖空心思究竟又送来了哪件宝贝。每次看他用心良苦，我们且笑且叹，都说这孩子是个天生的情种。有一次陪他的大姐姐送来的盒子里装着他第一天去幼儿园抱着的布娃娃，黎太太当即就坐不住了，二话不说站起身就走，黎先生拉都拉不住她，让我们笑得停不下来。

一天我在家随手翻开普鲁斯特的《追忆似水年华》，看到书里有这样一段，简直就像是照着我们黎鼎鼎写的，当即我拿起书跑到黎家，念给黎太太听。

"'我两眼盯住了妈妈，我知道，只要一开晚饭，他们就不会让我待到晚饭结束，为了不使我的父亲扫兴，妈妈不会让我当着大家的面像我在卧室里那样地亲她好几遍的。所以，在餐厅里，在就要开晚饭的时候，在我感到那时间即将来临的当口，我就先为那短促而悄然的一吻，从我力所能有的方面，作好一切准备：我用眼睛选定妈妈脸上的某一个部位，作为我的吻的落点；由于我在精神上已经有了吻的开端，所以我作好思想准备，以便在妈妈把脸凑过来的刹那间，我能充分地感受到我嘴唇贴着的她那部分的肌肤的温存……'"

黎太太听了，止不住地笑。

"还有呢，他想去亲他妈妈，但晚饭铃声响了，父亲催他上楼睡觉……"我念道,"'不必了,别麻烦你的妈妈了。这也就等于道过晚安了,这种表现本来就多余可笑。快点,上楼去。'"

"天哪,这场景好熟悉。"黎太太笑着说。

"再听这一段。"我接着念,"'我的心只想回转到母亲身边去,因为母亲还没有吻我,还没有以此来给我的心灵发放许可证,让她的吻陪我回房。但是,我不得不违心上楼。这可恨的楼梯呀,每当我踏上梯级,总不免凄然若失……'"

黎太太听得入迷:"哈哈哈,写得太逼真了,简直就是黎鼎鼎的真实写照啊。"

她从我手里拿过书,贪婪地看起来,边看边忍俊不禁。"普鲁斯特怎么写得这么好!"她由衷地赞叹。

我说:"所以是文学经典呢。"

她要我把书留给她。

"哪天明睿要是能写得这么传神那就太好了。"她说得真挚又纯情。

我听了笑起来:"说不定你家黎鼎鼎更容易做到。"我和她开玩笑。

她听了大笑。

"这可怎么好?"笑过她说,"其实他爸爸挺为他伤脑筋。"

这倒是出乎我的意料,除了对妈妈过于依恋,黎鼎鼎真是个人见人爱的小孩,况且在他这个年纪,恋母也是无伤大雅的吧。

"他爸爸对他可不满了，他最讨厌娘娘腔的孩子，一直说男孩子要阳刚，要勇猛，最好是粗犷一点，哪怕粗糙一点，不能这样娇气和柔弱。他说这种小孩就像温室里的花朵，经不起风吹雨打，怪我把男孩子带得太像个女孩儿。"

"他有点过度担忧了吧？黎鼎鼎的确比别的男孩子要敏感和细腻，但他可一点不娘娘腔。他感情丰富，感受力强，善良仁厚，在我眼里他是个完美的小孩。"我说。

黎太太亲热地拥抱了我，由衷地说："谢谢你，亲爱的！我也是这么看的，但妈妈肯定都认为自己的孩子好，我在家里很孤立，不仅是明睿，他父亲和继母、母亲和继父，包括我妈妈，都说我太纵容小孩，把黎鼎鼎惯坏了，我妈甚至还说这样会害了小孩。"

我说不至于。

她一脸严肃地说："我真不知道是应该顺着孩子，尽量满足他的心愿，让他快乐，在被保护中成长，还是对他严厉，让他一切按照大人的要求来，成为一个懂得看别人脸色能讨别人欢心的人，说老实话，我自己经常摇摆，无所适从。我和明睿别的方面没有什么不合，我们可以说什么都很一致，只有在孩子的问题上分歧最大。"

我说："我也一样困惑很多，不知道该拿小孩怎么办才好，我和老唐也是常有矛盾。"

她微蹙着眉头说:"有时候看他们父子俩相处,我不得不说有点担心。"

"你多虑了吧?他们父子俩多好啊,我看黎先生带孩子打游戏,去踢球,去游泳,教他这样,教他那样,那么有耐心,而且他自己也乐在其中,这样的爸爸也是无可挑剔的吧。"

她轻叹一声说:"可是他们父子俩在一起的时候并不是每时每刻都那么和谐。怎么说呢?黎鼎鼎有点害怕他爸爸,明睿有时候就像是另一个孩子。"她露出羞赧的笑容说,"也许我这么说有点夸大了,但有时候他们两个争宠,真让我左右为难。"

"我能理解。"我说。

她掩口而笑。

"一个要我念书给他听,一个要我跟他聊天;一个要我拿水果吃,一个要我去倒茶喝;一个说你不要走,一个说你快点来……不怕你笑话,就好像他们一人拽着我的一只手在用力拉我。"

"哦,你应该感到幸福才对。"我笑。

"我没感到幸福,只感到压力。"她说。

她给我讲某天晚上她和黎鼎鼎道晚安,他突然问她:你爱爸爸超过爱我吗?她没有立刻回答,小孩又问:还是一模一样?她为了让他高兴,哄他说:更爱你。小孩高兴得在床上蹦起来,搂住她的脖子说:早点认识你就好了!她说:已经够早了,不能再早了。小孩一边亲她一边对她说:要是比爸爸先认识你我会娶你的。

"哈哈哈哈哈。"我说,"看来弗洛伊德大师的理论一点也没有过时。"

和老唐说起这段,他竟然毫无保留地站在黎先生一边。他用不容置疑的口气说:"太惯孩子确实对小孩没好处,只会让小孩更依赖,更脆弱,更无能,长大了很容易成为巨婴。"

"也不能一概而论。"我说,"有的小孩内心敏感,需要的爱和呵护比别人多些,这也无可厚非吧。"

"你的意思就是小孩要怎样就怎样?"老唐直着嗓子说。

我冷笑道:"你和我到底谁惯起孩子没底线?"

"你刚才不还说呢,对不同小孩要区别对待,我不能再同意了。"他飞快转了风向,柔和了口气,"难道你不认为咱们的小糖果儿值得好好惯吗?"

这就是老唐的逻辑,他非常擅长把你导入他的思维轨道,假如说有那么个轨道的话。他并不讲究"润物细无声",但基本能直击你的软肋,所以我们家起决定作用的总是他。

"当然。"我说,"怎么爱她都不够。"

"爱情,金钱,权势,门第,孩子,都可以是婚姻的基础,或许各家侧重不同。"老唐推心置腹地说,"比如我们,即便没有前几项，光有后面一条就足够了。"

"你倒真够坦率的。"我说。

老唐沾沾自喜地嘿嘿笑。

他用一种就像是科学分析的认真劲儿说："黎先生想跟黎太太两人世界，黎鼎鼎某种意义上就是他的情敌，要我说黎先生和黎鼎鼎在黎太太面前争宠也是不对的，毕竟他是成年人嘛。"随即他得意扬扬地说，"我们家是三人世界，三角形才是最稳定的结构，我们俩都爱小糖果儿，我们家没有多余的人，也没有情敌。"

不久，新学期开学，黎先生成功说服黎太太让黎鼎鼎住校，老唐实时效仿，也成功说服我让小糖果儿住校。——结果不管是追求二人世界还是崇尚三人世界，爸爸同样决定把孩子送去寄宿。

八

打发走了小朋友,说实话,我们这些家长一下子轻松了不少,简直就像是换了人间。——"换了人间"是黎先生的话,他说得最直接也最痛快,他确实是特别开心,也丝毫不掩饰这份开心。看着他喜形于色的样子,黎太太又好气又好笑,当着我和老唐,她明说黎先生是吃黎鼎鼎的醋,黎先生听了起先还反驳,听得次数多了也就无所谓了,到后来竟然笑眯眯的,还有点自得。老唐私下里跟我表示过惊诧,说黎先生不成熟,尽管当了爹,有时候幼稚得跟个小孩儿差不多。但黎先生喊他出去打球或者骑摩托,他却高兴得不得了,就跟以前半夜叫他出去喝酒一样,拔腿就走,旋风一般。而且如今没有孩子拖累,回家也不必守时守点,我看他轻松快活绝不在黎先生之下。与黎先生洒脱、不羁、我行我素的形象不同,老唐的人设是传统、稳当、顾全大局，他自己也一向以此为傲，如今他画风突变，不再耽于做一个安居乐业的好丈夫和好父亲，似乎更加渴望和向往重返昔日自由自在的好时光。在我眼里他变得没心没肺，得过且过。不过老唐这人有个好处，他衡量别人和衡量自己用的大致还是同一把尺子，因此，随着自己返璞归真，他对黎先生也日益认同，再无友邦惊诧论。

黎太太和我其实也比以前轻松自在得多，尤其是黎太太，这个反差更是相当明显。原先她要接送孩子，要给孩子做饭，要陪作业，要睡前读书，没有多少空闲。而且她的时间被切割得支离破碎，甚至很难坐下来安安心心完完整整看一集电视连续剧。她从我这里借走的书好像一本也没有看完过，所以我的书只要到了她那里便很难回流，好在我的书多得就像她花园里盛放的鲜花一样。现在她终于从无尽的家务中解脱出来，顿时有了大把的自由时间，她说就像一个乞丐一下子成了亿万富翁，时间多得让她既欢喜又发愁。

那是我认识黎太太以来她过得最悠闲的时光，黎先生心疼她，不让她早起为他准备早餐和带到公司的午餐，她可以想睡到几点就睡到几点。她常常通宵刷剧看闲书，过得昼夜颠倒，有时我下午三点过后给她打电话她还没有起床。不过这样的生活持续了不到两个月，她发现自己不知不觉胖了十斤，黑眼圈也隐约可见，一惊之下立刻恢复了正常的作息，而且增加了去美容院和健身房的频次。黎先生怕她一个人成天待在家里太寂寞，经常开车带她进城去听音乐会和看演出，而且他们家里的聚会也更加频繁。

小宋大约就是那一阵子出现在黎家的聚会上的，也许更早一点，我没太留心。他是黎先生和郝佳伦打高尔夫球时认识的球友，一开始他来得并不多，而且每次间隔很长，我们跟他开玩笑说要等我们快把他忘了他才会再过来一次。到黎家来的客人很多，有些人见过一两面就再没见到过，所以对于泛泛之交大家就是见着高兴分开不想，对小宋也差不多是这样。他不住在沁芳园，不属于低头不见抬头见的人，又比我们要年轻好几岁，因此我们几个黎家的常客都没有把他当成常来常往的朋友。

有相当一段时间大家跟着黎先生叫他小宋，我甚至不知道他的大名叫什么。有一天听黎先生提到他，说的是他的全名"宋吉利"，我还暗笑了一下，心里模模糊糊地想这么个俊秀洋范的小伙子怎么起了这么个很接地气的名字。后来有一天看见黎太太给他写生日贺卡，才知道他的名字是"宋蒺藜"，我居然毫无由来地替他松了一口气，而且仿佛立时对他有了几分刮目相看的意思。

宋蒺藜二十八九岁，看上去比实际年龄显得更加年轻和单纯。他高挑瘦削，丰神俊逸，因为酷爱运动举手投足格外灵巧协调。他头发剪得又短又时髦，皮肤微黑，泛着健康清洁的光泽，就像是刚从海边度假回来一般。好几次见到他都穿着纯净的白衬衫，打着素洁的深蓝色或是蓝白细条领带，套一件腰身收紧的黑色西装，非常像是刚从一个实力雄厚管理严格的大公司下班出来，实际上大概也正是这样。我一次也没看到过他穿着随便，甚至都没见到过他穿休闲装。虽然他的着装太过正式而略显拘谨，但他并不让人觉得刻板和土气，因为那一身正装和他清淡纯洁的神情非常相配。他是我们这群人当中唯一未婚的，但他和我们在一起特别自然，也特别融洽，我们说什么话都不需要回避他，包括开一些成人之间的玩笑。他的领悟力很强，或许应该说超强，别人说完笑话经常是他第一个笑出声来，包括讲黄段子。他话不多，极少谈论自己，似乎故意不想让别人注意到他，又好像特别乐意做一个无足轻重的人，他给我的印象是既得体又低调。

不知从什么时候起，宋蒺藜似乎得到了女主人黎太太的青睐，聚会的时候他坐得离她越来越近，终于有一天坐到了她的身边。但他仍然十分低调，帮着黎太太端菜和照应席面，还一次次站起来给宾客们斟酒倒茶，就好像是她的一个帮手。即便他如此反客为主，我们大家也都觉得十分自然，似乎那是一个很适合他的角色。

也许是他稚嫩的脸庞，清亮的眼神，优雅的举止，恰到好处的言谈，使他晶莹剔透如初春的雨滴，总让我们觉得他就像是一个涉世未深的青少年，因此我们经常有意无意把他当作孩子，他也欣然接受。在我看来他多少也有意无意配合着我们，照着大家预期的方向表演，而且非常入戏。他灵透、乖巧、知情识趣，说话轻声轻气，话跟得上，别人的玩笑也接得住，还时常说出令人捧腹的话，越来越受到我们这些女士们的喜爱，尤其是黎太太，似乎把他当作自己的一个小弟弟。

这个小弟弟也同样受到了黎先生的欢迎。作为男主人，他坐在餐桌的另一头，毫无妒意地看着宋蒺藜对自己太太献媚撒娇，说一些加了好多拐弯却是不加掩饰的奉承话让她高兴，他就像是鼓励一般不时爆发出开怀的笑声。我觉得黎先生就像一个拥有宝物的人，他很想看看别人是否也懂得宝物的价值，而年轻讨喜的宋蒺藜就像是一面明亮的镜子，照出的不光是宝物的价值，更是宝物的某种不可言喻的光彩，那正是黎先生最得意和骄傲的。黎先生对黎太太的态度向来是十分大气，从他身上丝毫看不到一个男人对自己太太哪怕是些微霸道的占有，恰恰相反，他对她充满了欣赏，是那种无私也无保留的赞赏，就像是面对艺术之美的欣喜和陶醉——我不知道说她是艺术品还是说她是女神更为恰当。他自己沐浴在她的光辉里，也不排斥别人同沐这样的光辉，甚至格外地友善和谦逊，没有一丝一毫的多疑、猜忌和嫉妒。不仅是我觉得他优雅大度，富有男子气，老唐对他同样也是赞赏有加。

主人夫妇的赏识和欢迎使宋蒺藜成了黎家聚会不可或缺的一位成员，偶尔哪一次他没到，我们会不约而同地问："咦，小宋呢？"或者是，"那孩子怎么没来？"这样的问题黎先生和黎太太几乎要回答每一位客人。一般来说宋蒺藜总是到的，而且聚会结束还会留下来帮忙收拾残局。黎先生和黎太太当然不会让他动手做什么，但他们很高兴能和他再喝上一两杯。渐渐地，用老唐的话说黎家的聚会分了上半场和下半场，通常大家一块儿聚到九点半左右散场，最晚不超过十点钟，因为郝佳伦住得远，要穿城回家，金教授和金太太有早睡的习惯，方子谦要夜跑，裴真真只要次日有手术也不熬夜，经常留下来的除了主人夫妇加小宋也就我和老唐，如果小糖果儿在家，我们两个必须有一个在临时请的阿姨下班前回去，一般都是老唐自告奋勇主动承担这个家务，所以下半场最固定的成员就是黎先生、黎太太、宋蒺藜和我。

我倒是更喜欢人少时的小聚。人多确实热闹，但兴奋点都在吃喝上，随着相聚频繁，聊来聊去就是那些泛泛的或者是说过许多遍的话题，而且酒一多大家说话声音不由自主变得高亢，似乎说什么不重要，声音高就行，有时就剩表面热闹，还吵得人头疼。等席散人去，我们几个离开杯盘狼藉的大客厅，移步小客厅或厨房再喝上一阵，或者是煮一顿简单的消夜，这种时候和之前的喧闹不同，更随心惬意，而且说话也更放松和坦诚。

和宋蒺藜虽说见过不少次，但其实我对他所知甚少。黎先生从来没有向我们好好介绍过他的这位朋友，按着约定俗成的礼貌，我们也不会多问，更不会刨根问底，我想也许黎先生自己对他也不太了解。而在这种人不多也不必拘礼的深夜长谈，宋蒺藜的话自然而然也多起来，不过他依然很少说到自己，他到底什么背景什么来路，我看不仅是我和老唐，黎先生和黎太太大概也不甚清楚，当然我们也没有非弄清楚不可的必要。不过随着相处日久，宋蒺藜也会跟我们聊起他亲身经历的一些事情。我发现他的讲述既生动又传神，他特别擅长从貌似普普通通的事情中抉隐发微，找出一些别人容易忽略的细节和不易发现的微妙含义，而且随时会有出其不意的包袱和笑点。他不仅聪慧，而且幽默，对事情的看法远远超越他的年龄，我们都非常喜欢跟他聊天。

某日聚会之后，又只剩下我们五个，宋蒺藜忽然对我们说起他准备辞职，我们很惊讶，不知道他为何起了这个念头。之前他给我们的印象是在公司里干得相当不错，很得大boss青睐，年纪轻轻职位就做得很高。我们问他怎么说不干就不干呢，是否遇到什么不顺心的事情。他沉默片刻，说可能现在是他在公司里最得意、最得志，也最风光的时候，可他不想再待下去了。

他说辞职是他一念之间决定的，尽管还没去办手续，但他去意已决。我们问他缘由，他说纯属偶然，甚至可以说是有点阴差阳错。

他如此开诚布公地跟我们聊他自己的事还是第一次，甚至带着袒露心扉的味道。他给我们讲了事情大致的经过，他所在的公司和另一家公司有两个同类的工厂要合并，这两个厂都是盈利的，也都是行业中的标杆企业，而且有着良好的发展势头，因为是上面的意图，两家公司都很不情愿，但又不得不做。他作为大 boss 杜总的助理和对方对接此事，前后半年主要是邮件来往，因为双方都很敷衍，事情毫无进展。后来上面催得紧了，杜总认为两边不见一面有点说不过去，上头若是追问起来不好交代，对方的王总也有这个意思，表示愿意面商。但双方为在哪里见面没有达成一致，两位总裁都希望对方来自己的地盘上谈，一拖又是几个月过去了。上面突然发文要求他们马上拿出合并的详细时间表，两边又重新讨论见面事宜。双方不再坚持要到自己这边来谈，都同意找个第三地见面，来来去去又协商了好几个回合，最后是杜总和王总亲自通电话，定下来在印度洋上的一个离岛见面。

他不理解明明就是正常的工作上的事情，也不是什么机密，为什么要大老远跑到一个海岛上去谈，但大领导决定的事情，他只能执行，不能多问。更加出乎他意料的是杜总只带他一个人去，不仅没有带班子成员和这个工厂的负责人，甚至连秘书老涂都没带。他有点发蒙，他调来做杜总助理才几个月，虽说他在原部门是精通业务的骨干，但杜总这边的事务头绪繁多，许多事情杜总都放手给他，并不过问，因此更加需要灵活和变通。有些事情他缺乏经验，不了解背景不说，也不完全掌握政策，分寸不好把握，最主要的是他还远远没有吃透杜总的脾气，不知如何办才能让大领导真正满意。他心里发虚，也不敢推诿，只得硬着头皮上。

他跟随杜总飞到马累，再坐游艇上岛，这一切都有专人安排好，他只需坐享其成。一路上他跟着杜总享受头等舱待遇，这在以往是从来没有的，之前随老板外出他和老涂都是严格按规定乘坐经济舱。他们和王总前后脚到了岛上，不过双方并没有马上会谈，杜总和王总打了一场高尔夫球，还相约一起去潜水，就好像是很轻松地来度假的，一句没说正事。让他有些惊讶的是王总没带一个手下的人，只带了一位年纪很轻身材火辣的女子，不咸不淡地跟他们介绍说是自己太太。他暗中打量，对此存疑，不过这不关他的事。他直觉杜总和他看法一样，这很快得到验证。

第二天傍晚，杜总就亲自乘游艇接来了一位女士，他看她有点面熟，想不起来在哪里见过，但肯定不是杜总的夫人。在公司的年终晚宴上他见过他太太，是位珠圆玉润的矮个子妇人，皮肤雪白，一笑起来两个酒窝，不漂亮，却也算耐看，衣着打扮言谈举止都很家常。给他印象很深的是在那样隆重的晚宴上，出席的人都是衣着光鲜，尤其是女士们，更是打扮得花枝招展，大冷的天气也挡不住她们爱美的热情，不少人身着袒胸露背的晚礼服，而杜总夫人穿的却是扣子一直扣到下巴的深色针织衫，或者是高领大毛衣，和光彩照人的时髦女郎同席而坐，显得黯淡无光和格格不入。他甚至有意无意想过自己非常注重衣品的杜总为什么不给夫人一点建议呢，他以为杜总对太太不够关心，有一天同样是有意无意，他想到或许是杜总不希望被夫人抢了自己的风头。杜总夫人对人和善，话不多，很招人喜欢，比杜总要年轻得多。而这位女士并不年轻，四十多岁，方方正正的一张大脸盘，眉宇间有一股英气，显得非常干练，甚至有几分厉害，一眼望去就是很典型的职场女性。杜总只做了简单介绍，称她为"夏老师"。他非常吃惊杜总邀请这位女士上岛对他毫不避讳，对王总二位显然也不避讳，他们出双入对，大部分时间闭门不出，连饭都是让服务生送到房间吃的。

自从这位夏老师上岛之后他就落了单。夜晚他一个人孤零零坐在阳台上眺望黑暗中的大海，感到时光漫长，而且过得极慢。按照杜总的习惯，出差往返都有明确的日程，每个时段都有详细的安排，然而这次却没有任何规划。见到杜总时他婉转地问过，杜总只说"看看再说吧"，然后便没有下文，他甚至不知道还要在这里待多久。

接下来发生的事情很有戏剧性。两天之后，夏老师离开了小岛，杜总没有远送，只把她送上游艇，两个人似乎都面色不悦，看上去就像是不欢而散。当晚，吃过晚饭，杜总请他在酒吧喝酒，就像是随口提起，问他认识夏老师吗？他如实说不认识，不过好像有点面熟。杜总哈哈大笑，带着嘲讽的口吻说她可是个大名人，当过电视台的出镜记者，还做过电视节目主持人，从前有一段她非常火，几乎是无人不知，最红的时候去超市都有人拦着要签名，你不认得她，也好理解，你和她就不是一个时代的人。他从来没有听过杜总用这种口气说谁，更何况是一位跟他关系非同一般的女士。他不敢接话，杜总还跟他发了几句感慨，大意就是男人和女人想的和想要的是那么不同，好像根本不是同一类物种。他有个明显的感觉，杜总和他说话的口吻和之前大不一样，有点像是对家里人说话。他还有一个明显的感觉，就是杜总跟他说话音量越来越低，和以前在办公室布置工作完全不一样，有点像是窃窃私语。细想起来，似乎就是从踏上这次旅途开始的。有几次杜总跟他坐着说话，因为声音太轻，他不知不觉凑近过去，等意识到才感觉欠妥，甚至让他觉得有点难为情，不由红了脸，而杜总本人却丝毫不以为意。

喝到十点多钟，王总走进酒吧，他是一个人来的，杜总请他坐下来和他们一起喝。杜总问王总,夫人怎么没有一起过来?说到"夫人"两字,他口气带着俏皮。王总语速很快地回说她头疼睡了,话在嘴里打着卷儿,随即又说头疼的应该是他自己。他就像老朋友一样十分自然也十分坦率地跟他们说他老婆跟过来是和他谈离婚的事情的,他怕烦,不想跟她吵,她提出的条件他几乎全盘答应。他听了非常吃惊,不是因为王总和老婆离婚,而是那个性感美女真的是他老婆。他看杜总比他还要吃惊,而且在某个瞬间他周正英俊的脸庞上表情极为尴尬。

两位总裁边喝边说,聊得推心置腹,真有点酒逢知己千杯少的意思,而且他们说话也不回避他。他能感觉其实他们也是一点一点打破语言壁垒的,听他们两位说话,他才知道什么叫高手过招,当然,他理解这根本不算是过招,从他们的角度说,肯定是真正的闲聊,用官方语言表述那便是"双方进行了亲切友好的交谈"。虽说王总一直在倒苦水,但他脸上洋溢的却是解决了问题的轻松,甚至还有几分掩饰不住的愉快,杜总边听边开玩笑地替他评估损失,轻描淡写地讲了自己的离婚经历,笑说比他惨多了。他第一次知道原来在他心目中道貌岸然(不含贬义)的大 boss 们并不像他想象的那样对私生活讳莫如深,他们聊起来也跟普通人一样无话不说,甚至把自己的老婆贬得一钱不值。听他们说话,他不敢插嘴,心里却忍不住扑哧扑哧暗笑。一直坐到夜阑人静他们方散,散时似乎都还意犹未尽。

这一晚，两位总裁仍然没谈一句两厂合并的事。

次日他陪杜总在餐厅用早餐，王总过来向他们告别，说家里有点事情他和太太马上要回去。他们刚走不久，杜总仿佛突然没了兴致，便说要不我们也回吧，他立即答应，他当然是全听杜总的。

让他心中困惑的是此次上岛双方一句正事没谈，提都没提两厂合并的事情，自然什么问题也没有解决，他担心回去如何向上面交差。但他转念一想杜总是老板，有老板在，轮不到他操心，自然也无须他操心。他觉得这事既诡异又蹊跷，他不相信杜总和王总两个头脑精明的大领导会把正事忘得一干二净，他们不提，一定有不提的道理。就像面对一道看似简单实则并不简单的题目，他反复思考，想参透其中的奥妙。他不清楚两位老总是在等对方先开口，让对方先露底牌，好从容应对，一举拿下，还是在展示各自深厚扎实的太极功夫，以不变应万变。他能看得明白的是这两位领导都非等闲之辈，他们不仅不会把自己碗里的肉拱手送人，而且都要立于不败之地。他很佩服这两位大佬，觉得自己开了眼界，尽管他还不太清楚他们这样做背后的逻辑。

当日就有航班，和来时一样，回程有专人安排好。杜总直飞北京，让他飞趟香港再回北京，帮他处理一点私事。杜总的这件私事也让他非常吃惊，是让他到香港去安抚一下正往这边赶来的一位二奶——为什么说是二奶，这完全是基于他自己的感觉和判断。杜总没有介绍她的身份，只说了个名字，叫他到机场接上她，陪她在香港转一下，再送她返回。杜总拿了一信封钱让他转交给她，还让他到了香港一定记得给她买件礼物。他问买什么礼物，杜总似乎也没有想好，让他看着办。他脑子里一片空白，只好追问杜总大致买什么好。杜总说啥都给她买过不少，实在是不知道买啥好了。他想了想说她最喜欢维多利亚的秘密，你就挑最贵最新潮的给她买一套吧，意思到了就行，记得开个票，回头放差旅里报掉。他听了无比惊愕，让另外一个男人为自己的女眷买内衣这种事情他觉得太匪夷所思了，以他的认知这根本就不像是杜总这种仪表堂堂很有身份的体面人会做的。他能对自己解释的就是杜总是上一代人，可能在他们的观念里请人代买任何东西都是正常的。他当然是不能拒绝他，他也不会为这样的小事拒绝他。他答应下来，突然想起（无论如何）应该问一下尺寸。这实在是个极其尴尬也令他难以启齿的问题，可是不问会更加尴尬。他迟迟疑疑吞吞吐吐憋红了脸问了杜总，杜总很不当回事地说她很胖很丰满，你照着最大号给她买就是了。

他没想到更难堪的事情还在后面。他到了香港，在机场的出口举着牌子接杜总的二奶——她的名字叫"晏娇香"，他举着写着这三个字的牌子，别人看他一眼，他就脸红一阵，莫名其妙感觉自己像个宦官。他很顺利就接到了晏娇香，她很年轻，不知道有没有二十岁。她天真，土气，一看就是没见过什么世面的，虽然穿的衣服拎的包都是大牌。最让他意外的是她长得丰腴圆润，那是因为年纪轻皮肤白，其实一点也不胖，用娇小玲珑来形容非常恰当。他目测她不到一米六，体重不足一百斤，胸前也并不波澜壮阔，穿 S 号的内衣估计就足够，而他手提箱里装着一套 XXXL 的内衣，他实在不好意思拿出来交给她，可他带着这样一套女性内衣回北京也同样不妥，那一刻他觉得自己是世界上最尴尬的男人。

宋蒺藜说完，大家一阵爆笑，笑完都沉默了。

黎先生打破沉默说："你们大 boss 跟你可真不见外，他这样是明确拿你当成自己人。"

我说："说不定他之前就给过你暗示，估计看你没啥反应，他才会信号给得如此强烈。或者他就是个自信果决的人，断定你不会拒绝。"

黎先生说："一般谁会拒绝？"

宋蒺藜点头说："应该是后者吧。"

老唐开玩笑道："我怎么就碰不上这样的美事呢？我要是有这么好的机遇我百分之一千就从了，我才不会想要辞职呢。"

黎太太皱着眉头，一脸严肃地说："我觉得你们杜总真不怎么样，他跟女人的关系太随便了，我支持你别跟着他干了。"

她扑闪着一双大眼睛严肃地问宋蒺藜，"你是因为失望才要辞职的吧？"

黎太太认真的样子让我们好笑，宋蒺藜刚要点头，似乎发觉语境有点不对，他笑了笑，随即还是用肯定的口气说："是啊，我确实是感到很失望。"

他跟我们说当初正是因为杜总他才去的这个公司。大学毕业他准备去美国留学，学校都申请好了，但却临时改了主意。那天他去实习过的这家公司看望带过他的几个师傅，被他们热情地拉着去参加公司周年庆典，第一次见到了英姿勃发光彩照人的杜总。那时杜总刚刚四十出头，高大魁梧，相貌非凡，风度翩翩，他思维敏捷，出口成章，短短十分钟不到的演讲令听众热血沸腾，赢得掌声阵阵。他被杜总的魅力折服，觉得他就是自己心目中现代企业理想的领头人，也正是他自己想要成为的那种人——他一下子就被他迷住了，由衷地生出想接近他的渴望。

他立刻上了公司官网，在"招贤纳士"一栏中查询到招聘信息，居然有招本科生的名额，他欣喜若狂，连夜填写了申请表。之后经过层层考试正式入职，整个过程非常顺利。为了保险起见，他求母亲去和继父说，让他出面替他跟相关方面打打招呼。他继父在法院工作，身居高位，人脉广博，虽然母亲再婚他已经很大，从未与继父共同生活，但继父一直对他不错，对他的事情也特别上心。继父具体做了什么他没问，他也没对他说，只告诉他已经找过人了。在公司最后一轮的专业面试上，他竟然十分意外地看见杜总也赫然在座。据他事先了解，这样的面试到场的最高级别领导一般就是负责人力资源部的副总裁，总裁极少会亲自光临。看到杜总，鬼使神差一般，他心里有种感觉就是这事有谱了。

果不其然。而且此后在公司顺风顺水，他觉得自己似乎一直是被特殊关照的，他不知道是不是继父打的招呼在起作用。三个月的集中培训之后，他们同期进入公司的员工被分到外地下属公司锻炼一年，只有他一个被派到条件最好的上海分公司。上海分公司不仅地处繁华，管理先进，运作规范，而且还提供集体宿舍，一日三餐公司食堂全部免费。一年后他回到北京，再次分配时竟然被分到他上大学时实习过的部门，里面有好几位是曾经带过他的师傅，他们比他大不了几岁，以前就跟他称兄道弟关系不错，和他做了同事，处处都很照应他，他对他们自然也是投桃报李，有忙帮忙，不但工作得心应手，人际关系也如鱼得水。回到总公司刚满三年他就升任部门副主任，成了他们那一拨中头一个被提拔的。听公司里资历比他老的同事说这在以往从来没有过，谁不是苦拼苦熬才能往上迈一步？多少人吃足了辛苦还在原地踏步呢。

他好运连连，继续一路青云直上。他升职不久，主任去党校学习，部门的工作由他负责。他新官司上升三把火，大刀阔斧改革工作流程，实行弹性工作制，取消打卡，取消无关紧要的会议，项目中没必要的环节能省则省，重奖严罚，团队的工作效率和业绩有了显著的提升。他所在的部门百分之八十是年轻人，城里房子贵他们大多数住得比较远，赶早高峰上班对他们来说是一件非常痛苦的事，他们不愿早到，却愿意晚走，他的改革把他们的积极性调动了起来，有一段不管多晚都有人加班，后来只好硬性规定没有特殊原因凌晨两点之后办公区关闭。对办公室他也进行了改造，不再像以前那样每人一张办公桌在鸽子笼般的小隔断里各自为营，有事没事都是一个萝卜一个坑从早到晚坐上一天，而是做成了公用办公桌，台式电脑换成了便携电脑，谁有需要谁坐下来。他还提出将好几个小办公室打通，按功能重新划分了交流区、静音区和休闲区，不仅把原先很拥挤嘈杂的办公空间改造得舒适好用，最主要是他先进现代的管理理念让整个部门的面貌焕然一新。他受到同事极大的拥护和支持，更重要还是上面的赏识。—— 他其实一直悄悄留意杜总的反应，虽然没有直接听到他的好评，但还是听到别的部门领导转告的杜总对他的赞扬。每次碰到杜总，杜总对他也是笑容满面，流露出非同一般的赏识，这都令他心中暗喜。仅仅过了一年多，他又一次得到破格提拔。他能这么快再次升职看上去纯属偶然，恰好是赶上部门拆分，一下子空出好几个位子，他毫无障碍地得到了被一起入职的哥儿们既羡慕又嘲讽地称为"历史性"的机遇。他嘴上谦虚地说自己就是运气好，心里那种被暗中照顾的感觉越发明显和强烈。

接下来的事情似乎也证明了他的猜测。公司指名派他到肇庆子公司去交流，给他的任务是指导并协助子公司工作。他在肇庆过了十个月，那里从上到下都对他笑脸相迎，嘘寒问暖，关怀备至，在生活上把他照顾得无比周到，然而工作上的事一点不让他插手，他提的建议和改进意见根本落实不下去，说什么都是白说。他明白自己就是一个地地道道的外人，他面前竖着一道看不见却是结结实实的墙，他只能在外面打转。然而这一筹莫展的十个月却给了他非常大的磨炼，他学会了随遇而安和各种打哈哈，而且心态平和不急不躁。这门太极功夫他以前是一窍不通的，现在不说炉火纯青，至少也是熟门熟路。

他又是毫无预兆被召回北京，而且没有让他回原部门，而是任命他为总裁助理。在杜总身边工作的这几个月，杜总对他并没有明显的偏袒，更没有明显的器重，不过也并不为难他，跟他就是公事公办，对他的态度也是不远不近。他喜欢杜总的这种姿态，对他越加敬重。

工作上他向来一丝不苟，给杜总做事自然更加上心，他也能感觉到杜总对他是满意的。有两次杜总似乎在他面前流露出对他有另眼相看的意思，但表达得很含蓄。一次是在某个活动上遇到一位与杜总很熟也跟他家里关系密切的记者,活动结束杜总邀这位记者和他同乘他的专车回家。坐在车里杜总就像是无意间提起一样问他张法官是他什么人,如果别人问,他一般都是直截了当说是他妈妈的老公,但面对杜总,又有那位记者在场,他觉得这么说不礼貌,便说张叔叔是自己继父。杜总听了颔首说一句:他对你可真是视如己出。还有一次,几个部门发生矛盾,里面关系错综复杂,杜总让他拿个解决方案,他想了几天,自认为找到了一个最优的办法,当然也是折中而已,他清楚并不完美。方案呈上去,他心里忐忑,杜总一看却当即拍板。那天杜总对他说的一句话让他喜不自禁,杜总说:明白人看看眼神就能认出来。他认为这句话是对他极高的褒奖,心中非常感念杜总的知遇之恩,觉得来这个公司真是来对了。然而,这次海岛之行却让他彻底泄了气。

听他说完,大家静静地坐着,缓缓地喝着酒,似乎在各自出神。又是黎先生先开口说:"杜总这人还是挺好挺真实的。"

宋蒺藜望着他,似乎在快速判断他说的是正话还是反话。

黎先生又说:"关键是他对你很好,真拿你当自己人。"

"是啊。"宋蒺藜说,"所以我心里不是滋味。"

黎先生一边给我们添酒,一边对宋蒺藜说:"你第一次见到你们杜总被他折服,差不多已经快十年过去了吧,人是会变的,十年时间足以让一个人变成另一个人,或者还是这个人,但已经变得面目皆非。当然还有一种可能,他并没有变,只是你长大了,十年前你没有也不可能像现在这样认识他。"

宋蒑藜说:"不,不是的,如果真像你说的这样,我宁可一直看见的只是表象,哪怕只是幻象,我真的愿意杜总一直是我景仰和尊敬的那个人。"

黎先生说:"其实依我看,杜总这人城府很深,他深谋远虑,可能一直在拿你当接班人培养,你的出身人品才干他都是中意的,他对你也是下功夫的,而且很爱护你,要是从人生际遇来说,这是挺难得的。这次他只带你一个人上岛,我看不会不是有意为之,他也许就是故意让你多看到一些,怎么说呢,也是增加你的历练吧,毕竟你还这么年轻。他不希望你头脑中有条条框框,他希望你见多识广,圆通老练,一句话,他需要一个得力而且靠得住的人,往后他才可以放心地重用你。"

黎太太露出困惑的神情,仿佛她听不懂黎先生在说什么。

"我也这样想过。你这么一说,我豁然开朗。"宋蒑藜说。

"你们都喝多了吧?"老唐正义感满满地说,"把人想得太复杂太坏了吧?"

黎先生笑着插话说:"那好,我们把带子倒回去看一下回放,我来试着重新编排一下:杜总和王总约着去印度洋上的离岛见面是他们恰好休假,用自己的时间自己的钱顺便把公事办了;他们见面一句没谈两厂合并的事情,那是因为他们是老交情，工作方面高度默契，对利益毫不计较，所以只需一个眼神就达成了共识；王总和年轻性感的太太离婚是为了不再为感情和家庭分心，离了之后他可以轻装上阵，全心全意投入工作；杜总和主持人夏老师之间没有任何暧昧关系，他们关起门来是策划和商讨企业与媒体的合作；还有什么？对，还有香港机场的一场重头戏，那个什么娇香绝对不是杜总的二奶，杜总跟她清清白白，他让带钱给她，是支持这个年轻人创业，不对不对，一信封钱是不够创业的，那就是她创业失败，他给她一点钱应急。这个说法也不好，那这样说，杜总给她钱是支助她读大学，她是一位失学女童，从她很小杜总就一直支助她，她很争气，考上了大学，而且马上就要毕业走上社会，杜总本想带她出去开开眼界，因为公务繁忙，只好以工作为重放弃了与她见面。—— 怎么样，这么着是不是正面得多？"

大家一通大笑。

我问宋蒺藜："所以你要走？"

他肯定地说："对。"

我说："有句话叫 —— 水至清则无鱼。"

宋蒺藜点头说："是啊，我知道的。"

黎先生说："要我说你用不着走。"

老唐说："可不是吗？要我说也是，你根本用不着走，好容易有大 boss 这么赏识，人家和你起卧不避，那就是充分信任你，你没听说过吗，给领导做一百件好事，不如跟领导一起做一件坏事，领导肯拿你当自己人，多少人求之不得呢，换我才不走呢。"他夸张地补充一句，"打死也不走。"

我大笑起来，说老唐："你放心，这种事情轮不到你，领导的眼睛也是雪亮的，再说了，领导得费多大精神来调教和驾驭你？你当领导傻呀！"

老唐毫不受打击，他以过来人的口气对宋蒺藜说："有句老话说：大树底下好乘凉。"

宋蒺藜不吭声。

我说："你们说的这些他不会听得进去的，我早看出来了他是个追求完美的人。"

老唐说："他眼里的完美超过了利益、地位、金钱，可是这世界上有真正的完美吗？如果有，那也是镜中花，水中月。"

宋蒺藜仍然不吭声，仿佛陷入了沉思。

那天我们都喝多了，酒后的价值观难免混乱，甚至背离了我们清醒时所谓正确的看法。我们围绕着宋蒺藜是否辞职这件事情说了大半夜，我不知道我们的话对他能否起到一点作用，或许他根本不为所动。

一直没怎么说话的黎太太突然说："我都听糊涂了。"她问我们，"是我醉了还是你们醉了？"

九

我们都劝宋蒺藜慎重考虑，不要冲动，毕竟现在找一份好工作不容易，能干得这样得心应手更不容易，何况还得大boss如此青睐，真就是可遇而不可求了，这么多好的因素叠加，说放弃就放弃，未免太可惜了。看得出来，他其实也很不舍，又加上我们絮絮叨叨说个不停，他大概不好驳我们面子，没有马上递辞职申请。我们以为劝说有了成效，对他更加语重心长，从各自的角度劝他能留下就留下，这点失望无足挂齿，如果说在这里失望，换个地方说不定失望更大，再失望总归不能因噎废食。我们说来说去，无外乎是让他能将就便将就，尽量和现实妥协。他认真地听着，礼貌地点头，但我感觉我们越说似乎越坚定了他心里的那个念头。黎先生显然也有同感，他感叹地说，没想到那么多人都在修炼瓦全的基本功，这孩子偏偏有玉碎的执念。

那一阵子宋蒺藜经常到沁芳园来，听我们七嘴八舌为他指点迷津，我们开玩笑说黎家成了他的心灵驿站。他就像一株小树一般在黎家安逸优裕的土壤里吸收养分，他表现出来的那种依恋或者说依赖单纯诚挚，很有几分楚楚动人。说心里话，我们都很喜欢他，作为主人的黎先生和黎太太尤甚。而且我们越是喜欢他，就越能理解杜总为什么要把他收为自己人。有时我们都出去工作了，他没事也会跑来，反正黎太太不必上班，大部分时间都闲在家里。他会坐在黎家等着我们下班，就像孩子等着家长回家一样。然后我们汇集了一起到某家吃饭，或者一起出去吃饭。只要是出去吃饭，他必抢着埋单，有时怕我们和他争，点完菜他就火速把账结了，我们和他说真不必如此，但他坚持要我们把这样的机会给他。

他和我们走得很近，而且他就像一剂黏合剂，也让我们同住在这个院子的人彼此更加亲近。那一段我们聚得比任何时候都多，而且也似乎比任何时候更愉快。我们对他的认同已经完完全全不拿他当外人，有时聊天聊得晚了，黎先生和黎太太会提出留他住在家里，但他不管多晚都会走，从来不肯留宿。记得有一个夜晚，大家喝酒喝得高兴，不知不觉到了半夜，那天雨下得很大，黎先生和黎太太执意让他别走，黎太太在客房为他铺好了床，他还是叫出租车。我们站在门口的檐廊下送他上车，看着出租车驶进黑暗的雨幕，大家其实都有些不放心，就像他是我们的一位至亲。黎先生说了一句让我印象深刻的话,他说:"这孩子就像颗星星,身上有种闪亮的东西。"

这个晶莹如草叶上的露珠一般的年轻人融进了我们的生活。不久,他辞了职,每天安安心心地挥霍着悠闲的时光。他那种不紧不慢心平气和的样子好像已经看淡了功名,又显得更像是一个胸无城府的孩子,他似乎在用自己的懒散和淡泊诠释着啥叫无忧无虑和快乐自在。

他经常开着他那辆雷克萨斯ES陪我们几个女士去购物,其实购物只是一个借口,我们并没有那么多东西要买,通常我们就是扑向某个大商场,飞快地扫一下几个喜欢的品牌,然后找个咖啡店坐下来,海阔天空地聊闲天,高兴了再接着找个喜欢的餐馆吃个晚饭。也有的时候我们在前往购物中心的路上忽然拐了弯,去了山里或者河边,吹吹风,看看树,个个快活如神仙。后来越来越多的时候黎太太开着黎先生作为生日礼物送给她的那辆宝马6系GT载着他满城跑,他们去银泰喝咖啡,去SKP吃汉堡,去三里屯吃豆浆油条,去798看有名没名的艺术家的展览,或者直奔黎先生公司找他一起吃晚饭。各种各样他们觉得好玩的事情都是说做就做,那一段他们玩得太开心了。宋蒺藜简直是乐不思蜀,既不提出国留学也不提找工作的事情。

宋蒺藜经常陪伴在黎太太左右,不仅我们觉得十分自然,连黎先生也觉得十分自然,他从无醋意,对他的欢迎和欣赏不在黎太太之下。我们聚会时黎太太在厨房忙碌,宋蒺藜一定会在旁边替她打下手,有时候他干脆大包大揽,让她在一边歇着。他的懂事、勤快、有眼力见儿都得到我们一次又一次的夸赞,他在我们眼里无疑是十足的优秀青年。不知是谁起的头,大家忽然都热情洋溢地给他介绍起女朋友来。

我们都以为像宋蒺藜这样的一定爱慕者如云,他却毫不讳言他并不好找,理由是他比较各色,不容易和女孩子相处得好。"相爱容易,相处太难","要不了多长时间,我的缺点就会暴露无遗,除了我妈大概没有女人能忍受得了。"他说得嘻嘻哈哈,坦然自若。黎先生认为有这样的自我认知和低调的态度已经算是迈出了可喜的第一步,裴真真说现在女孩子务实得很,他年纪轻轻有房有车有钱,这样的经济条件不会难找,我说相当多的女孩子都是以貌取人的,他这个长相很容易俘获她们的芳心,黎太太说最主要的是他人好玩,不是都说"好看的皮囊千篇一律,有趣的灵魂万里挑一"吗?一个好玩又有魅力的人,别的条件还样样不差,多难得啊!我们一致认为在婚姻市场上他会非常抢手。我们不管他情愿不情愿,说干就干,马上行动,从亲朋好友中发掘出一个又一个妙龄女子介绍给他。

不过进入操作阶段却进展很慢。也许是我们操之过急一下子提供的人选太多,让他眼花缭乱,无从挑选。他拖了好长时间也没有和我们推荐给他的那些女孩见面，我们劝他说男孩子要主动一点嘛，你至少和姑娘加个微信吧，你至少先和姑娘聊聊吧，你至少约姑娘喝个咖啡吧……在我们的敦促下他有了一些行动，有加了微信的，有在微信上聊了的，也有请喝过咖啡的，我们问他有没有中意的，他谦恭地笑着，说没什么感觉呀。我们对他说感觉是需要一点点培养的，他为难地说这怎么培养啊？这时老唐便有了用武之地，他现身说法，告诉他我们就是从无到有一点点培养起来的。他边听边笑，说这个真来不了，他还是相信一见钟情。

一见钟情——当然啦，我们也相信一见钟情，但一见钟情是需要机缘凑巧的，尤其是介绍对象，本来就像是大海捞针，谁也不知道网上来的是哪条鱼，还要是你最中意的，或者说还要是跟你最般配的，这样的概率会有多高呢？不过运气足够好，还是有可能的，至少我和老唐都这么认为。要说宋蒺藜运气也真不错，很快就真的遇到了能称之为"一见钟情"的对象，是裴真真给他介绍的一位前同事的女儿罗杏子。

罗杏子二十五岁，刚从澳大利亚学成归来，在一家著名的会计师事务所上班，那是一家鼎鼎大名的会计师事务所，不是一般人能进得去的。罗杏子的父母都是领导干部，位高权重，爸爸在教育部门工作，妈妈在卫生部门工作，本人和家庭条件都相当优越。她气质温婉，面容姣好，身段苗条，相貌出众，尤其是一双大眼睛像珍珠一样漂亮,用老话说,模样家世根基都很好。罗杏子最特别的是乍一看很有几分像黎太太,我们最初看见照片就笑了,异口同声说这个靠谱。裴真真也说,要是这位不中他意,她也再挑不出更适合他的了。

宋蕨藜和罗小姐果然是一见钟情。他们第一次见面就相谈甚欢,很快便谈起了恋爱。两个人才貌相当,很有共同语言,我们都觉得他们十分相配。宋蕨藜跟我们说他和罗小姐比他跟之前的那些女朋友说得来,他特别赞叹罗小姐不慕虚荣,不追求大牌名牌,质朴务实,和他之前交往过的那些女孩儿不一样。总之一句话,他对她相当满意。看他找到了称心如意的女朋友,我们都替他高兴。

大概也就两三个月,他们已经到了谈婚论嫁的阶段。这场恋爱谈得真够顺的,我们似乎置身其中,也跟着他兴奋和激动。我们向他提出把女朋友带过来让我们见见,他答应了,果然把罗杏子请了过来。他在沁芳园对面最贵的大酒楼芭蕉夜雨设宴,既算是谢媒,也算是让我们见证他们的爱情。

然而吃过这顿饭之后不久,就传出消息说他们两个有了裂隙,关系没有先前那样好了,说这话的是他们的介绍人裴真真,显然不会是假的,具体怎么回事我们不清楚,因为她没有细说。那一段宋蕨藜也还经常来,看上去好像有点怏怏不乐,不过总体来说情绪似乎并没有受太大影响。他不提罗小姐,我们也没人向他问起。

不久宋蒺藜和罗杏子就分手了。他们的这段感情算是无疾而终，两个人从认识到分开不到三个月。隔了一段，宋蒺藜对这件事不再缄口不言，他跟我们说他确实是动了结婚的念头——他承认罗小姐是个相当不错的结婚人选，他找她都觉得自己高攀了，可是她向他提出的两个条件让他迟疑，不得不对结婚这件事进行重新考虑。我们很好奇罗小姐向他提了什么条件让他变了卦，后来他主动说出来，她向他提的两个条件一是让他尽快找份工作，二是让他或者他家里拿出一笔钱给她作为彩礼。他说自己刚听她说出这两个条件都惊呆了，没想到一个受过那么好教育的女孩竟然一点也不脱俗，之前他所喜欢的她的质朴务实立刻变了味道。他虽然没有当即拒绝她，但心里已经有点犹豫不想结这个婚了。尽快找份工作对他来说不是做不到，只要不特别挑，能将就，他还是找得到工作的，毕竟他的资历在那里，也一直有猎头公司给他打电话，可他认为这意味着他失去了自由——不光是不上班的自由，还有决定自己上不上班的自由。彩礼在他眼里就是陋习，既俗气又无聊，两个人因相爱决定共同生活，要说谁也不欠谁的，怎么一下子成了债权人和债务人的关系？他在金钱上并不斤斤计较，但也不喜欢别人以这种貌似冠冕堂皇的理由来索取钱财，他想不到像罗小姐这么时尚的女孩竟然会提出如此陈腐的要求。一件事让他失去自由同时又损失金钱，他当然不乐意接受。

尽管我们用过来人的那套说辞反复劝他，罗小姐只是希望婚后能有安稳的生活，她自己有稳定的工作，希望丈夫也有稳定的工作，这无可厚非，再说男人成家总是要负起责任的，她要彩礼，也是相沿成习，别的女孩子有，她也想有，一样是无可厚非，总之她的这些要求从社会普遍的风气看并不过分。我们甚至还对他说，也许无论和谁结婚，这恐怕都是对方有可能会提出的最基本的条件。然而，他听不进，笑言如果真是这样，那他就不结婚。

又过了些时候，他跟我们说出来他跟罗杏子分手不光是因为他们两个之间的原因，与她家里也有着极大的关系。我们听了都很诧异，因为之前一直听说罗小姐的家庭是相当不错的，父母层次很高，经济条件和社会地位都是上乘的。"原先我以为结婚就是两个人的事情，有了这次经历我发现自己想得太简单了，结婚可远远不只是两个人的事儿，结一个婚牵涉的人很多，如果没有足够的思想准备，绝对是生命中不能承受之重。"他说得十分由衷。

跟我们闲聊得多了，他像说笑话一般讲了自己到罗小姐家"上门"的经过。他说原以为就是去罗杏子家里和她爸爸妈妈见一面，聊一聊，吃顿饭而已，罗杏子跟他说毛脚女婿第一次上门可是件非常隆重的事情，不仅她父母，她爷爷奶奶外婆外公伯伯伯母姑妈姑父舅舅舅妈姨妈姨父等等都会来，他问她有什么规矩，她说她家倒是很开明的，没什么特别的讲究，就跟别人家差不多就可以。他问别人家都是怎么样的呢，她说各个地方的风俗不太一样。为了不失礼，他赶紧上网查了一下，记下两个重点，一是一定要给对方家长及亲戚留下良好的第一印象，二是礼物必不可少。他问她去她家里应该带些什么，她很矜持，一直不肯说，在他一再追问之下，她回答得很轻松，说你想带啥就带啥吧。他点头表示明白。她大概想想又不放心，说从前讲究"老三样"是香烟、老酒加火腿，现在带的东西应该时新点，但烟和酒不能少，再加点保健品营养品和水果吧，意思到了就可以了。他说你不是说你爸爸不吸烟不喝酒，你妈妈也从来不吃保健品营养品，不如买点家里用得上的东西，她强调说这就是老礼儿，用得上用不上是另外一回事。他以为她这么说是跟他开玩笑，但看她一本正经的样子，丝毫没有开玩笑的意思。跟自己家里人讲虚礼，讲客套，这令他觉得匪夷所思。

　　不过他还是照她的意思办了，准备了中国人喜闻乐见的伴手礼中华烟和茅台酒，又给她妈妈买了西洋参和燕窝。她很满意，关照他去她家要穿得整齐点，到了她家要叫人，声音要响亮，话不能多，但也不能少，一句话，一定要让她爸爸妈妈高兴和满意。他满口答应，因为他最首要的是让她高兴和满意。

　　虽然他已经有了充分的思想准备，罗杏子家的那个场面还是着实把他吓了一跳。进门之后他看到她家里挤满了人，简直就像等待入场的剧院大厅，老老少少至少有八九十个，热闹得赶上公司年会了。罗杏子先向他介绍了她的爸爸妈妈，然后逐一向他介绍爷爷奶奶外公外婆七姑八姨，家庭成员介绍过后便是赵钱孙李诸位叔叔，周吴郑王诸位阿姨，叔叔阿姨之后又是长长的一串这哥哥那姐姐，还没介绍到一半，他已经晕菜，一转脸，竟连她的父亲母亲大人都认不出来了。

罗杏子乐滋滋向他解释她家是个大家庭，亲戚众多，又美滋滋对他炫耀自己父母人缘好，所以还来了一些跟她家走得近的朋友，她说这还没敢让别人知道呢。他发现她家亲戚有个共同的特点就是说话发音比较靠前，一张嘴都是喳喳喳的，几个人同时说话非常喧闹，当然也可以说非常热闹，他听不清他们在说些啥，只知道他们肯定说的都是喜兴的讨人欢心的话。他从她家朋友的脸上看不到他们的专长和身份该有的那种清正、清高、自重和骄傲，也看不出他们的个性和内心的立场，他们一个个不管是胖乎乎的大团脸还是干巴巴的刀条脸都是线条模糊一团和气，似乎随时准备好改口、赔笑、迎合和掩饰，笑起来也特别虚伪，带着仿佛要融化一切的热情，笑声里的空洞简直就像是直接在说我们都是为了让你们高兴，为了让你们有面子才来的啊。他看他们脸上的阿谀之色，听他们的逢迎之词，立马知道他们都是她父母的手下，是来给领导捧场的。他不由想到了杜总，至少跟着他还不用这么装，他也从来没有把部下训成这副模样。这么多的人没法在家里吃饭，就开了一长串车去了饭店，包了一个大厅，摆了八桌才算坐下来。

到了喝酒，好戏才真正开演。平常他自己是不喝酒的，即便跟朋友一起喝也很有节制，从来不会把自己喝醉。这天他一看饭桌上摆着的一瓶瓶白酒，心里打鼓，知道这顿饭不会吃得太平淡。果不其然，开席不到十分钟，罗杏子的爸爸就喝得满脸通红躺倒在包厢的沙发上。之前他就听罗杏子说过他酒量很小，平常几乎滴酒不沾，这天他却端着二两的酒杯和宾朋碰杯，豪气得很，只是三杯酒落肚人就倒下了。

作为主人的罗爸爸倒下并不影响宴席的正常进行，罗杏子的叔叔马上顶上，当仁不让坐了主位，代替罗爸爸主持酒局。这个叔叔似乎比罗爸爸还要谙熟酒桌规矩，他端着架子，说起话来有板有眼，劝起酒来更是一套一套。先敬谁，后敬谁，谁先敬，谁后敬，都有严密的程序，他就是那个掌控秩序的人，是桌上的老大，别人都得乖乖听他的，他让你喝你就得喝，让你干你就得干，如果你不喝或者不痛痛快快干掉，那就是你不懂事，不给面儿，看不起人。他一边嘴里念叨着"感情深，一口闷"，"感情浅，舔一舔"，"感情铁，喝出血"，"酒逢知己千杯少，不喝到醉不罢休"，"醉里乾坤大，壶中日月长"那套酒桌上的嗑儿，一边用热切深情的目光盯着你，让你觉得不喝对不起他，甚至不喝是你人品有问题。他一向不喜欢饭桌上这种强迫别人喝酒的风气，认为粗鄙没文化，而叔叔却是一副使命在肩的样子，口口声声一定要让他这个"新女婿"喝好，他一听就明白是要把他灌醉，一桌的人都热烈地应声附和，个个十分踊跃。他是主宾，叔叔和他碰了一杯，随即又和他碰了一杯，说今天是你们的好日子，必须喝个双杯。然后桌上的人按主次挨个儿向他敬酒，都要和他喝双杯，他应接不暇。然后是每上一道菜就要让他喝酒，鸡上来，叔叔把鸡头夹给他，说一句"宁做鸡头，不做牛尾"，要他喝一杯；鸭上来，叔叔给他撕一条鸭腿，说一句"步步高升，压力全无"，要他喝一杯；牛肉上来，叔叔挑一块给他，说一句"牛气冲天，唯我独大"，要他喝一杯；鱼上来了，鱼头对着他，不用叔叔开口，桌上的人异口同声说"头三尾四"，他不喝三杯显然无法过关。他已经喝得过量，不能再喝，他估计自己再喝一两杯可能就要倒下，可是罗杏子含情脉脉望着他，眼神分明在鼓励他在这种时候不要退缩，不能掉链子，他只好悄悄对叔叔说一句不好意思我去个洗手间，没想到叔叔一点不通融，伸出有力的大手一把薅住他，一定要他喝了再去，任他怎样求情就是不放手，他急得都快要尿裤子了。叔叔催促他说快喝了这一杯跟我挨桌去敬酒，边说边抓住他的手腕，托着杯底朝他嘴边猛地一推，他只好张嘴把一杯酒灌了下去。一股热流从他胃里涌起，一直烧到他的喉咙。他双眼蒙眬望着叔叔,在他至亲的面目下忽然看见一副市井无赖的嘴脸。喝完那杯酒他就醉倒了,难受了好几天才缓过来。

他也是在这顿饭之后才发现自己和罗杏子的分歧有多大。事后他们聊起这天酒桌上的事情,罗杏子认为他豁出去喝醉是对的,是他有诚意,也表明他这个人实在,对她和她家有真心,而他却说这跟他有没有诚意、实在不实在、对她和她家有没有真心毫无关系,他是在那种气氛下不得已而为之,也是因为缺乏经验才会那样做,他很后悔,而且他会吃一堑长一智,往后这样的事情不会再发生。—— 他在心里终于不得不对自己承认三观不合对恋情是致命的,俗气是一种硬伤,要让别人脱俗绝非一件容易的事,与其磨合,不如放弃。他承认自己确实可能是钻了牛角尖,一腔热情骤然下降。罗杏子听了他的话非常惊愕,她说那你的意思是以后再不会给亲戚朋友这个面子?他说对;她说我家一直就是这样的,你难道再不去我家了吗?他说可以不去;她说你可以不去,但我家是不可以这样的,那么多双眼睛看着呢,让我和爸爸妈妈怎么跟亲戚朋友交代?他说你们愿意怎么交代就怎么交代,难道是活给别人看的?她一听便急了,她说那你就是不想结婚了对吗?他虎躯一震,猛然醒悟她说出的正是他的心里话。

这个表面温和柔顺的孩子拧起来也是相当固执。和罗杏子的婚事告吹之后，他不再接受我们给他介绍女朋友，而且有了名正言顺的理由拒绝。裴真真倒是满不在乎，她本来性格就大大咧咧，还时常逗他，让他改变主意了随时跟她说。我和老唐虽然是经人介绍的，但我们两个却打心里不喜欢相亲这件事，反正我是从来不给人介绍对象，更多的时候我还会对那些热心做媒的人冷嘲热讽。最有意思的是黎太太，宋蒹藜和罗杏子分手，她完全当作一个喜讯，而且丝毫不加遮掩，说起来总是喜气洋洋，边说边哈哈大笑。黎先生大概觉得有点挂不住，劝她别这样，而宋蒹藜却抢上去说没关系，他才不介意呢。

结束了和罗杏子的恋情，宋蒹藜决定暂且不考虑找工作和结婚，至少是珍惜眼下的自由吧。他打算去美国留学，一边准备托福考试和申请学校，一边倒是过得更加安逸悠闲。

他的身影越加频繁出现在我们沁芳园，有一阵子听他说嫌住得离我们太远，想搬到近处来。他在周边看过房子，多数面积过大不合适，有大小合适的又因为租期太长他下不了决心。不过搬不搬过来这对他并没有太大影响，无外乎就是路上花费的时间多一点，反正他有的是时间。每天他都睡到自然醒，午饭之前他是不会起床的，经常是起来一看天气不错，洗漱一新开上车直奔黎家，在他们家客厅里柔软的真皮沙发上他习惯的位子坐下来，一边喝着茶，吃着水果点心，一边东拉西扯地闲聊。到了饭点如果黎太太没做饭，他会打一圈电话，只要我们在家，他会统统叫上一起出去吃饭。我们不想跑远，他便在会所的餐厅请客。因为去的次数多了，从老板到服务生都跟他很熟，他们怂恿他办卡，他好说话，办了最贵的，他在那里面子比我们这些业主还大，只要他去，每次都有果盘或者甜品赠送。我感觉他那种热情、慷慨、与人为善的天性无时无刻不在辐射出光芒，小小年纪所具备的那种成熟练达的个人魅力真的很难用言语来形容。还有更加让我觉得好笑和匪夷所思的是他可以出于某种认同或者说是心理上的亲近感（我只能这么说），不嫌麻烦，连一杯咖啡都要驱车几十公里跑到我们会所来喝。我问过他为什么要这样做，他羞赧地笑着，给我的理由是习惯了这里的味道。

这就是我们人见人爱的宋蒺藜，所以我不难想象他是如何吸引了黎太太，在我看来那真的就是顺理成章水到渠成的一件事。随着宋蒺藜和黎太太单独相处的时间越来越多，我发现他们两个对话的主干内容我们都听得懂，但有些话我们听了却是丈二和尚摸不着头脑，而他们一说出来就笑了，我敏感地意识到我们被他俩默契的笑声隔了墙外。渐渐地，他们之间的这种语言越来越多，我们经常要向他们发问和请他们解释才能明白。即便真的好笑，我们的笑声也远远落在了他们的后面。

裴真真显然与我有同感。有一天我听她对黎太太说："这孩子过得真够逍遥快活的,哪天他要是不来了,我倒是会想他的。"

她话音未落,我已经大笑起来。

黎太太却是一愣,瞬间变了面色,裴真真马上为自己的话作解释,说:"他不是要出国留学吗?"

黎太太这才缓过劲来似的说:"是啊,都习惯了和他在一起玩。聚总是高兴的,散就难过了。"

说着,她脸色阴下来。

"天下没有不散的筵席 —— 这真是天下最伤感的一句话。"裴真真叹气道。

黎太太的眼睛里忽的一下涌满了忧郁。

我说裴真真:"好好的,说这些做什么?"

裴真真还那么快人快语,她竟然直截了当地对黎太太说:"我说句你不爱听的,这样下去你会把那孩子耽误的。"

我以为黎太太听这样的话会不高兴,没想到她眼睛闪亮地一笑,就像受到了意外的褒奖。"是吗,你说的是真的呀?"她带着毫不设防的欢喜,不过很快脸上又布满了愁云。

裴真真显然看在眼里,她像个姐姐一样叹了口气,黎太太撒娇地搂住她,柔柔地扭在她身上,嗲嗲地笑。裴真真就像是没忍住,又说:"黎明睿也真挺有意思啊,你说句实话,他真没吃醋吗?"

"当然没有。"黎太太口气肯定地说。

"要我就吃醋。"裴真真同样口气肯定地说。

"明睿才不会。"黎太太说。

"哦,他那么相信你?"我说。

黎太太露齿一笑说:"他是相信他自己。"

裴真真摇头否定道:"盲目乐观。"

我们三个笑作一团。

几场雨一下,一树树的花就开谢了,枝头上长出了翠嫩的叶子,满眼的新绿转瞬成了浓绿,黎家花园里那些淡雅的小花也开始次第开放,又到了一年当中坐在露天最惬意的时候。往年这个时候他家聚会是最频繁的,他们会拿出囤的好酒和各处搜罗来的美味佳肴款待我们,而我们也都高高兴兴地过去捧场,好像这一切都理所应当。然而这年却不同往年,除了黎先生过生日大家聚了一场,他们夫妇很少张罗聚会。即便是黎先生过生日那次,也不如从前那么隆重。酒也是好酒,菜也是好菜,生日歌也唱了,蛋糕也吃了,该有的节目一样没少,但感觉上那种其乐融融的气氛比以往差了一些。大家也说也笑,就是有点闹不起来,勉强坐到十点,便散了。

我也说不出为什么气氛会像一杯反复喝了几遍的茶一样淡了,可能是因为黎太太有点心不在焉吧。她的兴奋点似乎更多地在宋蒺藜的身上,尽管我们对此已经习以为常。在我们饭后喝酒闲扯的时候，她和宋蒺藜会到小客厅或者是厨房里去说他们的私房话，有时半天也不出来，把我们这些人撇在一边。我们当然也会抗议，要他们出来说，让我们也旁听一下。黎先生却只是不当回事地笑笑，没有任何态度，自然也仍是没有一丝醋意，他还像之前一样把宋蒺藜当个孩子，他自己泰然自若地，像个大家长。

一天，黎先生去外地出差了，黎太太打电话约我和裴真真到一家新开的法式餐厅吃饭，并说只有我们三个人。这种闺蜜聚会已经好久没有过了，我在电话里说何不叫上小宋，也许他乐意加入我们。黎太太却否定了我的提议，她说就我们自己说说话。

那么，她一定是有什么话要说？

"哦，我迟到了。"那天做东的黎太太竟然来晚了，裴真真和我都到了好半天了，她这个不上班的人才姗姗来迟。她衣袂飘飘，脸颊绯红，梳着高耸的发髻，穿着深V露背黑色长裙，戴着整套漂亮的钻石首饰，虽然她总是妆容精致衣着时髦，但也很少见她如此盛装打扮。我们问她赶得这么气喘吁吁是跑哪儿去了，她抿嘴一笑，什么也没说。

晚饭结束，我们照例是换个地方去喝咖啡。喝完咖啡，黎太太又提议我们找个酒吧去喝一杯。裴真真笑说她是不是觉得晚饭请贵了想要找回去呀？但黎太太马上大方地表示由她来请客。我们去了酒吧，一直喝到夜深才回。

我没有喝酒，因为我负责开车。她们两个喝了一瓶红葡萄酒，还说没有尽兴，离开酒吧有点恋恋不舍，约着改天还要再喝。她们又说又笑，十分欢乐。到了沁芳园门口，黎太太让我在会所门前停一下车，她说还不想回家，要在外面再吹会儿风。我刚停稳车，她就叫我们一起下车，说有话要对我们说。

裴真真嗔怪她一晚上还没说够，半夜三更还不放我们回家去睡觉，黎太太不吭声，一个人走在前面，她踩着石头台阶拾级而上，爬到最高一级一屁股在平台上坐下来，长长地吐出一口气。

"我出轨了。"

她两眼在夜色里放着光，等着看我们的反应。

我们果然是非常吃惊，而她脸上却挂着掩饰不住的兴奋。也许是因为喝了酒，她的面容在夜色的底版上显得格外白皙，她那种柔美和妩媚无法描绘，而她神情中的百感交集更令她楚楚动人。

"天哪，真的？"裴真真的声音里含着莫名的亢奋。

"一言难尽。"黎太太重重地叹一声。

但她没有马上说，也许是难以启齿？也许是不知从何说起？她从包里掏出一盒烟，自己抽出一支，把烟盒递给我们，我们没接。她点上烟，慢慢吸着，烟头上积聚起长长的一截烟灰。

裴真真就像忍不住一般说："还记得我是怎么说的吗？玩火是危险的事，我早说过你会坑了那孩子的对不对？现在看来你是连自己一块儿坑了。"

不言而喻，她和我一样想到的那个人理所当然就是宋蒺藜。

黎太太沉默了好一阵，她仰起脸问我们："精神出轨算出轨吗？"

"算啊，当然算。"裴真真一口咬定。随即她又说，"不算，不算，当然不算。"

"你到底想说什么？"我问她。

"我也不知道，我就知道早晚会出事，我已经晕头转向了。"她催黎太太，"快说说是怎么一回事儿。"

黎太太掐灭了烟头，她说了很多，也说得很乱，甚至有点颠三倒四，她从来没有像这样向我们袒露心扉，我立刻感觉到这件事对她来说是那样沉重甚至痛楚。她说昨天晚上小宋忽然向她表白，而之前他们说过那么多话，也从来没有触碰过这样的话题。他们确实是说过太多的知心话，他们两个人从小的生活背景和经历的事情太相似了——都是由妈妈一个人独自抚养长大，父亲都离开家庭不管他们，他们出生前父母已经不相爱，他们不仅自己挨过父亲的打，而且都亲眼目睹过父亲对母亲的家暴，童年过得很不开心，也很缺乏安全感……还有太多的相似之处，有些创痛是他们自己都不愿意回忆的，包括年幼时受到的欺凌、羞辱甚至是猥亵，却毫无保留地告诉了对方。正是有那么多的相似，他们对很多事情的看法完全一致，两个人不知不觉有了心心相印的感觉。有些话他只和她说，她也是只对他说，甚至都没有对黎先生说过。他们的关系像小伙伴，像姐弟，某些方面甚至像母子，但肯定不像是情人，那是他们不约而同避忌的。他们当然清楚那是危险的关系。然而，他还是终于忍不住说了出来，他们之间那重坚固的壁垒瞬间土崩瓦解。

黎太太说，一直以为他很理性很冷静，她和他之间是不可能发生什么的，他也确实很理性很冷静，即使他热情如炽地向她坦陈自己的爱慕之情，也仍然是那样克制。他对她说见她第一面就被她深深打动，他对她的感觉并不像《红楼梦》中贾宝玉第一次见到林黛玉那样觉得"这个妹妹我曾见过的"，而是像贾宝玉神游太虚幻境见到警幻仙姑的妹妹可卿一般，是那样惊艳，震动，猝不及防，出乎意料，又是那样不知不觉被吸引，不由自主为她着迷。她引发他无限的情思，而且俘获了他的心。她听得面红耳赤，不让他说下去。而他却要她让他痛痛快快把话说出来。他说他也是鼓足了勇气才说的，也许一生的勇气只够说这一次，此后他再不会说这些话了，恐怕也不会再有机会说这些话了——他说自己是做了最悲观的打算的，就是说完这些话就从她的世界里永远消失。他知道冒险的后果，也甘愿接受这个后果。

黎太太说小宋紧紧地握着她的手，说了下面这番话。他说："我知道我这样做也许不对，可是我完全做不了自己的主，它侵占了我的心，我完全无力摆脱。它不是无，它是有，它就在这里，在我的胸口跳动，它有温度，热乎乎的，它是活的。"

她眼中泪光闪烁。

"我的天，这叫什么事儿？"裴真真叹说。

"他始终没敢提那两个字。"黎太太望着我们，她的声音突然就嘶哑了。

"天哪，这就是传说中的爱情吗？"我忍不住感叹。

"这下麻烦大了。"裴真真急切地说，"那你怎么办？黎先生怎么办？还有这个可怜的孩子怎么办？"

"我不知道，我脑子乱了，心乱了，全乱了。"黎太太把脑袋埋在交叠的胳膊里。

"那我问你，你还爱黎先生吗？"裴真真就像问诊一样严肃专注地问黎太太。

"当然爱呀。"黎太太抬起脸，"我从来没有不爱他，他也从来没有让我失望过。"

"那，你也爱那个孩子吗？"我追问。

她毫不犹豫地点点头，说："跟他在一起就像沐浴在清早的阳光里，他让我感觉那么清新，那么明媚，你们没觉得他的眼睛就像天使吗？"

我和裴真真很无语。

"今天,"她说,"他要我和他拍几张合影,我答应了他,和他去拍了。他让我考虑一下,要么就此告别,要么就此开始。"她眼睛里突然涌满了泪水。

风吹动着她的衣裙和头发,她怕冷似的抱紧了胳膊。夜已经有了凉意,而她穿得太单薄了。

几天后的一个深夜,还是在会所前的平台上,她坐在空荡荡的木条椅上,慢慢地茫然地吸着烟。她面容苍白,整整瘦了一圈。她告诉我和裴真真她对黎先生坦白了,我们问她黎先生怎么说,她说他一直沉默,一言不发,到后来终于说他明白,他也喜欢他。

"然后呢?"

"我大哭。"黎太太说。

自此以后,我们再没有见过宋蒺藜。

十

  我不知道这件事对他们夫妇有没有造成什么影响,或者说我不知道他们是如何承受和应对这件事的冲击的,他们两个对此都保持缄默,没再提起过。
  表面看黎先生和黎太太一切正常,他们俩的关系也像以前一样和谐融洽,黎太太还是那样温柔和顺,黎先生也还是那样关爱体贴,不少次黄昏和夜晚我看见他们两个沿湖散步,形状亲密,不是搂着就是手拉着手。我感觉到与之前最明显的不同是他们好久都没有张罗聚会了,而且他们似乎也毫无这个意思。有时候有不知情的人在微信群里说起想喝他们家的什么酒或是想吃他们家的什么东西,如果放在以前,这种旁敲侧击的话会起到立竿见影的效果,他们很快就会邀请大家一起聚,而现在他们夫妇却没一个接话。别人家请客他们也不像以前那样场场必到，即使到场，也不再是聚会中的活跃人物。除了我和裴真真等知情者，不知道有没有人觉出他们的变化和异样，也不知道在旁的人眼里是否还是一切如常？

因为频繁出差我有一阵子没有和黎先生黎太太见面。回到家和老唐闲聊，问起他们可好，老唐随口说肯定挺好的，经常看见他们同出同进形影不离，"现世安稳，岁月静好。"老唐慢悠悠地吐出这几个字。呵呵，我家这位码农也学会了咬文嚼字。

某日，我去黎家送些时鲜水果，一进门差点以为走错了人家。他们楼下的大客厅完全变了模样，空空荡荡，一件家具不见。我问黎先生和黎太太难不成要搬家，他们说不是，马上要动工重新装修一下。黎先生兴致勃勃地向我描绘装修之后的样子，这里要打通，那里要加高，这边要改成啥样，那边要做出什么效果，他滔滔不绝地说了好多细节。

"还有一个重点他没有说到。"黎太太同样是兴高采烈兴味盎然，她说，"我们要把家装修成白色调，白色的地板，白色的墙壁，白色的窗户，白色的窗纱，白色的床品，白色的桌子，白色的花瓶里插着白色的花朵……想象一下，是不是特别美？"

她两只好看的大眼睛笑成了两弯妩媚的月牙。

"你们实在是太浪漫了！"我由衷地赞叹。

"怎么样，要不你们也装修一下？就用我们这家装修公司，老板和设计师都是我们的好朋友,他们都是留学法国的,在香港、深圳做了好多年,有非常棒的施工团队。"黎先生笑呵呵地说,"还可以让他们给你们打个很大的折扣。"

"算了吧。"我说,"太麻烦了,房子还挺新的,又要折腾,老唐会骂死我的。"

黎太太笑着说:"其实老唐内心挺浪漫的呀,也许他会支持的。"

"他怕花钱。"我说,"我太了解他了。"

他们听了哈哈大笑,那样清脆快乐无忧无虑的笑声令我恍惚间觉得又回到了我们欢宴达旦的时光。

因为装修房子,黎先生和黎太太好几个月没怎么在家住,大部分时候他们都住在黎先生的父亲家,直到楼上的卧室装修好他们才搬回来。施工仍在继续,聚会是没法搞了,他们这几个月的疏怠,林小蔷和文森特两口子忽然成了沁芳园张罗聚会的后起之秀,他们的聚会中西合璧,弄得也挺有味道,算是大略把从前的热闹维持了下来。

转眼又到暑假,黎太太隔三岔五把黎鼎鼎送到我们家来,我还以为她和黎先生出去应酬,有一天她跟我说,她妈妈病了,她接了妈妈过来看病,经常要去医院照顾她。

"我妈妈情况很不好,癌症,发现已经是晚期了,医生说她现在这个状况会很快的。"她似乎难以启齿，说着，眼圈便红了。

我不知道怎么安慰她。

"我一直没有勇气跟你说，怕一张嘴就会哭出来。"她声音哽住了，睫毛上沾着泪花，强忍着泪水不流出来。

我看着很难过。

"说出来恐怕别人不相信，我根本想不到我妈妈会生病。她特别能干，特别麻利，而且特别要强，在我眼里她就是铁打的，任何时候她都能把事情做得特别好，没有困难能击垮她。从小到大我都非常依赖她，结婚之后才慢慢不那么依赖她。不过我竟然渐渐把她忘记了——"

她接过我递给她的纸巾，摁在眼睛上，纸巾很快就湿了。

她抽噎着说："我也是在她生病之后才突然意识到自己对她太疏忽了，平常都是她给我打电话，我几乎想不起来主动打给她。在我心里她就像一座大山一样稳稳当当立在那里，什么时候都在那里，一抬头就能看见，我以为她总归会好好的……忽然听说她得了这么凶险的病，来日无多，真的就是过一天少一天了，我就像一下子掉进了黑暗的深渊里。"

她的眼泪滚滚而下，让我看着心疼。她那么软弱、无依和迷茫，一看就是那种从小到大被妈妈呵护得特别好的人，我在怜惜她的同时甚至对她心生羡慕。

"我从来没有经历过这样的事情,这些日子过得暗无天日。我时时刻刻担心会失去妈妈,只要想到她躺在病床上被病魔折磨和吞噬,我就心如刀割……"

她哽咽得说不下去。

我尽力劝解她,可这种时候说出来任何的安慰话都显得苍白无力,我让她有什么事情只要我们能帮得上忙的尽管开口。

隔了两三个星期,去课外班接孩子的时候我在教室外的楼道里遇到她,我小心翼翼地问她母亲怎么样。

"我妈妈动过手术了,手术很顺利,恢复得还算不错。"她比上次看上去轻松了一些,不过依然面色黯淡,十分憔悴。

在等孩子下课的十来分钟她对我说了许多,她说心里一直特别后悔没有早点把妈妈接在身边住。"如果我带她定期去体检,也许就不至于这样。"她还说除了为妈妈担忧,她心里被自责笼罩,"我妈妈对我太好了,我觉得自己太对不起她了。"

她和我说从小她和妈妈相依为命,记忆中十岁以前对爸爸印象模糊,她甚至记不清他的长相,在街上遇到也不敢主动叫他,生怕认错了人。家里有三个人的合影,但那些照片要么一半被剪掉,要么中间掏了一个洞,她后来才晓得剪掉和挖掉的部分正是她爸爸的影像。她也是长大之后才知道她还在襁褓里的时候爸爸就从家里搬出去了,尽管父母没有离婚,但爸爸从不在家里住。上幼儿园的时候她特别眼热别的小朋友有爸爸来接，她心里也想要爸爸，但她从来不敢说出来，好像天生就知道这是家里的一个禁忌。从她记事起，爸爸需要拿户口簿就会回来，偶尔回来一趟，也是很快就走，即便难得回来，他和妈妈也会吵得不可开交，有时甚至吵到动手。她十二三岁时跑去问过姑妈，想知道爸爸妈妈之间究竟是怎么回事，姑妈含糊其词跟她说他们合不来。在她反复追问下姑妈才说出来她爸爸是因为割舍不下初恋女友，回到了那个女人身边。而且，他们三个人是师范学院的同班同学，他们还是一张派遣通知书分配到同一所中学的。从大学到工作单位，父亲一直在两个女同学之间徘徊，他丢不下这个，又放不下那个，让她们两个都伤透了心。这场拉锯战持续了整整八年，那位女同学突然找了一个退伍军人匆匆结了婚，爸爸就和妈妈结了婚——在那样的情形下似乎就这么一条路。然而结婚之后爸爸和妈妈的感情并不很好，不知道爸爸是不是觉得自己做了错误的选择，也不知道他有没有后悔自己没有当机立断，娶自己更想娶的那个人，他总在家发脾气。而他那位已经出嫁的女同学结婚不久就离婚了，他们两个便又续上了前缘。爸爸因为"作风问题"受到了处分，学校撤掉了他教务主任的职务，也不再允许他上讲台，实际上就是让他靠边站了。他在学校里实在待不下去了，只好辞职下海。而妈妈和她的情敌仍然留在这个学校里，都没有走，她们两个还一直都是同一个教研室的同事，后来妈妈成了她情敌的部下。得知这一切她异常震惊，简直无法想象妈妈所受的屈辱和伤害。她无法忘记姑妈用哀怜的口气对她说的那些话："从来没见过你姆妈那样的人，她不争，也不退，什么也不说出来，也没法商量，遇到多大的事情都存在心里，自己忍着，硬得像块石头。你爸爸又风流又软弱，只喜欢吟风诵月，伤春悲秋，有了事体，一味退缩，只晓得两头讨好，不明白两头讨好其实是哪头都讨不着好。他是那种女人既爱又恨的男人，软得就像一根柳条，其实女人根本就靠不上他的，但是女人又都会以为他怜香惜玉，他就是一个要叫女人上当的男人，不过到头来他身不由己夹在两个他根本惹不起的女人当中，他自己也不见得适意，我看也是难过得不得了。"姑妈是用绵软甜糯的苏州话跟她说这番话的，但她却听出里面扑面而来的森森冷气。她明白姑妈多少还是向着她爸爸说话，毕竟他是她的亲弟弟，他们从小相依为命，姊弟俩感情深厚，姑妈能够这样说，是她爸爸做得实在太过分了。这件事情上反正她只同情妈妈，也只向着妈妈。

"妈妈为了我，什么苦都肯吃，做什么都心甘情愿，她对我付出得太多，想想我自己，对她回报得太少了。"她黯然神伤。

我劝她不要这样想，父母为孩子付出是心甘情愿的，而且现在为妈妈多做一点也还来得及。她点头，柔声说："谢谢你听我说这些，谢谢你开导我。"

之后有好一段时间我没有看见她。某日我开车出去，在小区门口遇见她开车回来，她虽然化了妆，涂了亮色的口红，却盖不住一脸的倦容，看上去十分疲惫。我俩同时停了车，摇下车窗互致问候。她说她刚从苏州回来，陪妈妈在那边休养，回家来安排一下家务马上还得过去照顾她。我问她妈妈有没有好点，她说情况不太好。我问她为什么不在这里继续治疗，她说妈妈想回家。她欲言又止，好似有些话不方便说，我也就不再问。我跟她说黎先生不方便的时候让他尽管把小孩送来，她答应并表示了感谢。我们匆匆说了几句，便各奔东西。

刚放寒假不久，黎先生打电话来，问我把黎鼎鼎送过来方便不方便，他说有点急茬儿的事情要临时出个短差，恐怕夜里很晚才能来接。我跟他说如果没啥不放心的话就让孩子在我们家过夜，省得他赶得太匆忙。他谢了我，说这样万一当天回不来他也不用那么着急了。那天因为下雪果然航班停飞，他直到第二天中午才回到家。好在黎鼎鼎住在我家很适应，他和小糖果儿玩得很开心，两个小朋友一块儿写作业一块儿打游戏一块儿看电视一块儿吃零食，说说笑笑，亲亲热热，根本不用我们大人费心，倒比一个小孩还省心些。

有了这次成功的尝试，黎鼎鼎在我们家过夜的次数多起来。黎太太不在家的日子里，黎先生忙起来就把他送过来，有时甚至连着在我们家过两三夜。黎鼎鼎很乖，读书写作业相当自觉，玩游戏也很有节制，他做什么都有条不紊，自己的事情规划得特别好，从不粗枝大叶，也不丢三落四，一看就是养成了良好习惯的孩子，比我家小糖果儿强得不是一点半点。小糖果儿虽说是个女孩儿，但因为我对她耐心不够，老唐又毫无原则地护着，结果养成了她既暴躁又脆弱的脾气，做事拖拖拉拉，磨磨蹭蹭，还不能跟她急，你越急，她越慢，说她两句就哭哭啼啼，反正不把你弄崩溃不完事。黎鼎鼎住在我们家，他起床之后会把被子铺得平平整整，吃完饭会收拾碗筷，看见别人做事会主动帮忙，在他的带动下小糖果儿竟然也变得勤快起来。我觉得最难能可贵的是他年纪小小很会体察别人的情绪，对人亲善，很有爱意，还会逗你高兴，真是一个教养极好讨人喜爱的孩子。

有一次家里突然停电，老唐正在赶写项目报告，他问我电卡在哪里，我一下晕了，怎么也想不起电卡放哪里了。老唐一边埋怨我总是乱放东西，关键的时候找不到，一边亲自动手，翻箱倒柜总算把电卡找了出来，插进电表却发现卡是空的——当然这又是我的错误，每次他把电的度数输入电表之后一定会及时购买，而我却总是等到下次快要用到时才买。这次偏偏是晚上断电，而我们这个楼又偏偏不能网上买电要到物业去买，物业又偏偏下班之后无法购买要等到上班之后才能买。老唐本来赶活就赶得着急，出了这档节外生枝的事他火气很大，一个劲儿地埋怨我。我认为他小题大做，没有电忍一晚上不就得了?"从前我们住在树上的时候……"我刚说了一句他就跟我吵起来,他不仅没了幽默感,也没了理智,在两个孩子面前完全不顾形象。他这副样子真让我生气,我也不让他,我们声音都很高,老唐抱起他的笔记本电脑摔上门就走了。

我正愣怔,刚才和小糖果儿一起看动画片的黎鼎鼎突然没头没脑地对我说:"阿姨,你知道穿山甲为什么一直在挖地?"没等我说话,他自己说,"因为它在找穿山乙。"我还没回过神,他又说,"小蝎子很慌张地问它爸爸,'爸爸爸爸,我们有没有毒?'大蝎子说:'你问这干吗?'小蝎子说:'我不小心把自己舌头咬到了。'"

我这才反应过来他是讲冷笑话想逗我笑,可我正在气头上,笑不出来。

他旋即又说:"阿姨你知道眼镜蛇在眼镜没有发明之前叫什么?"

我扑哧笑了。

我不仅是被他天真烂漫的笑话逗笑,更是被他的稚气可爱逗笑。真难为他小小年纪如此体贴,知道为我转移情绪,我想他对他妈妈肯定也是这样的,反应过来之后还是非常感动。黎太太不在面前,他格外稳重,自律,就像突然间长大了一般。他并不像他爸爸说的那样给我们添了多少麻烦,相反,他给我们带来了不少快乐,我们一家三口都很喜欢他。

整个寒假，甚至春节，黎太太都没有回来，在苏州陪着病中的妈妈。黎先生说自从他们结婚以后春节还从来没有分开过，她不在家，他们这个年过得没滋没味。黎鼎鼎肯定也很想妈妈，只是他不说而已，从他落寞的神情中一眼就能看出来。我和老唐给他准备了压岁钱和新玩具，他高兴地收下了，我知道这些小小的快乐是远远填补不了一个妈妈不在身边的孩子心里的空虚的。

正月刚过黎太太的妈妈就去世了，黎先生带着黎鼎鼎飞去参加葬礼，他们很快就回来了。黎太太过了好几天才回来了一趟，随即又要回老家去，因为按当地风俗葬礼还没有结束，七七四十九天要请和尚念经超度，要烧纸，还要请亲戚朋友吃豆腐饭，有不少的仪式要做。走前她收拾了一些准备黎鼎鼎到我家来过夜的用品要交给我，她说按老规矩新丧不便到人家里去，所以约我在会所咖啡馆见面。

她比上次见到更瘦了，脸上一点妆没化，连口红都没有擦，头发也没有做过，用橡皮筋简简单单勒在脑后，穿一件蓝不蓝黑不黑的羽绒服，看上去既像十七八岁，也像四十多岁。这在她是少见的，她很少素颜出来，更别说如此不加修饰。她冒雨走过来，外衣和头发都淋湿了，显得楚楚可怜。

她为我点了咖啡和点心，一边感谢我和老唐帮她照看孩子，一边从包里掏出一盒香烟，动作娴熟灵巧地弹出一支点着，深深吸了一口。虽说以前也见过她吸烟，但我见她吸烟的时候并不多，她似乎只有心情不好的时候才吸，说心里话，她吸烟的这个样子显得愁郁和沧桑，跟我认识的她有点对不上号。

她伸手拂开面前的烟雾，淡淡一笑说："我从来不敢当着黎鼎鼎吸烟，在他面前我一直努力维持着一个好妈妈的形象。"

"你本来就是好妈妈。"我说。

她用力摇了下头说："跟我妈妈比起来，我可差得太远了。"

她就像是情不自禁地说起她妈妈，对我讲了从小到大经历的好些事情。她说得断断续续，有头没尾，从这个片段跳到那个片段，一件事没讲完又讲起了另一件事，似乎那些印象深刻的旧事奔涌而出，她来不及讲述，所有这些事都是妈妈为她的付出和牺牲，好几次她眼睛里漾满了泪水。

她说当年外婆家得知她父母分居的事情，而且她妈妈处于那样难堪的环境中，想让她们母女俩回老家的镇上去生活，眼不见为净，娘家亲戚也好对她们有个照应，可是妈妈为她的前途考虑，为了她能继续留在城里的重点学校读书，没有接受父母的安排。她一人挣钱养家，除了上班，还做家教，从早到晚很少有空闲的时候。在她的记忆里，妈妈总是很晚才睡，有时她睡醒一大觉，看见妈妈还在灯下批改作业。而每天她醒来，妈妈早已经起床做好了许多事情。妈妈年轻的时候得过肝炎，肝一直不好，有时疼痛难忍，她无数次看到她一只手摁着肝部，另一只手却在奋笔疾书。有几年她们的经济情况不太好，但不管有钱没钱，妈妈总是首先保证她的营养，有什么好东西都留给她吃。她记得特别清楚，有一次妈妈为了让她吃一碗鲜肉馄饨，掏空了钱包里所有的钱。妈妈为了让她专心读书，包揽了所有家务，从来不让她做饭洗衣服，即使自己生病也强撑着去做。小的时候她只看见妈妈整天忙碌，并不知道她有多劳累，更不知道她留在那样一个令她心碎和羞耻的环境里有多么压抑和痛苦，她也体会不到妈妈所受的委屈和压力。长大之后随着阅历的增长，她才知道妈妈忍辱负重，吃了太多太多的苦头。

这次回去给妈妈办葬礼，她从邻居嘴里听说晚年的妈妈每天都去街心公园喂流浪猫，那里每一只猫她都认识。除了喂猫，她还喂鸽子和麻雀，不管刮风下雨她都去，下雪天更是一天不落空，她生怕那些小生灵没有东西吃饿着。"老人家心善呢，她是真正拿它们当朋友的。"老街坊们这样说，听得她心如刀割。她知道那对妈妈来说就是她生活的乐趣，可能是她一天当中最有意思的事情，甚至是她生活的意义。

"妈妈为了我什么都能忍受，可我在她活着的时候没有好好关心她，没有好好陪陪她，没有耐耐心心地跟她聊聊天，甚至从来没有听她说说心里话，一想到这些，我心都碎了。我是她最亲的亲人，可我一点不知道她一个人在家里每天是怎么过的，我也从来没想要知道，她的生活和内心对我来说就像是个黑匣子。"

她忍着眼泪，掐灭了手里的烟头，又重新点上一支。

"我最对不起妈妈的是让她一个人孤独地老去，我早该接她到身边来生活的，可我竟然根本就没想到要这么做。直到她病了，我才接她过来治病，其实在她健康有力气的时候我就该让她和我在一起的。我浪费了太多的时间，错失了太多报答她的机会。我应该带她去旅行，去看看那些她从来没有见过的风景，去尝尝那些她从来没有吃过的美食，我应该送她贵重的首饰，她爱美，也懂得美，但我从来没见过她为自己买一件奢侈的东西，我应该给她买漂亮的衣服，为了我她养成了节衣缩食的习惯再也没有改过来，她为自己花钱很舍不得，一件衣服要穿上十几、几十年……现在说这些太晚了！"

她面前的咖啡凉了，我问她要不要换一杯，她摇头。

她沉浸在悲伤的情绪里，过了片刻又用欲言又止的口气说起她妈妈来看病的一些事情。老人家已经病得相当重，却还是处处为她着想，生怕她跑医院耽误太多时间照顾不好家，让她尽量少去陪她。她吞吞吐吐地说到在妈妈动完手术之后，她要接她到家里来养病，不再让她一个人回去了，但黎先生和她意见不一致，他不想与岳母同住，尽管他没有直接说出来，可他没有热情响应，也没有表现出欢迎，妈妈那样一个自尊要强又不愿意给别人添半点麻烦的人执意回了苏州。

她重重地叹了口气,充满自责地说:"妈妈太爱我了,总怕拖累我,而且她也不想让她的爱成为我的负担,宁可委屈和牺牲自己。想想我只顾自己过得幸福快乐,却没有照顾好一心为了我,对我那么好,那么无私的妈妈,我真是太自私了。现在她不在了,我想弥补也弥补不了。没人知道我有多后悔,多难受。"

眼泪顺着她的两腮滚落下来。她的话就像外面下个不停的雨一样透出阵阵寒意。

十一

随后的一个多月,我没有见到黎太太,黎先生也没有送黎鼎鼎到我家来。一天晚上,我在小超市门口碰到黎先生,他手里拎着一个塑料袋,袋子里若隐若现透出两包方便面和两三个西红柿。他跟我打招呼,我随口问他这是准备做晚饭吗?他点头,说回来晚了,也累了,做一点凑合吃一口。我问他黎太太回来没有,他说还没有。

"她这一趟回去时间不短了。"我说,"你怎么没把黎鼎鼎送我家来?"

"总麻烦你们不好意思,你们都挺忙的。"他说,"他一星期才接回来一次,我尽量有事避开周末。这一段我也没出去,所有出差的事情都推掉了。"

"其实不用客气。"我说,"两个孩子很玩得来,而且你们黎鼎鼎特别懂事，乖得让人心疼。"

他露出笑意，说："最近我也发现这孩子好像长大了，他自己的事情做得有板有眼，不怎么要人操心，而且还挺会关心人的，每天晚上写完作业睡觉前都会过来看看我，我要是不忙他会跟我聊几句。以前他只跟他妈妈黏糊，好像有点怕我，老躲着我，跟我一点不近。"

我听了笑起来。

"他嫌我做饭也不好吃。"他边说边笑。

"主要是他妈妈做饭太好吃了。"我说。

"他那个年龄的孩子，眼睛里差不多什么都是妈妈好，世界上就是自己妈妈最好，我每天都处在这种无声的考核中。"他显得很无奈。

"你送他过来吧，我们随时欢迎他。"

"好的。"他说，"先谢谢了。"

我问他："黎太太快回来了吧？"

"还真说不好，她娘家那点事情好像永远没个头。"他苦笑着说，"她心太重了，她妈妈去世，她一夜一夜通宵守灵，自己发着烧也不顾。我劝她，她根本听不进去。她说她妈妈活着的时候一个人太孤单，这是她最后陪她的机会了，不能再错过。她给她妈妈办了非常隆重的葬礼，三亲四戚，七姑八姨，有交情没交情，有来往没来往，见过没见过，甚至认识不认识的，能想到能问到的全都请来了，出路费，包酒店，请他们吃请他们喝，进进出出的车队一条街都停不下，出殡那天不夸张地说把苏州城店铺里的鞭炮和白菊花白玫瑰白百合都买空了，连她家街坊四邻都说多少年也没见过这么排场风光的白事了。不管她家亲戚朋友说个啥，她就照着去做，我看历朝历代的风俗都让他们扒出来了，古代的、现代的一样不落。有些事情说出来都荒唐可笑，她给她妈妈烧了不知多少东西过去，她生前的衣服、用品能烧的都烧给她，这就不说了，纸扎的别墅、汽车、电视机、洗衣机、冰箱、烤炉、电脑、手机等等，只要能想到的也都烧过去，反正是这边有的她都要让她妈妈在那边也有。她生怕她妈妈钱不够用，不断烧纸钱给她。她从网上买了好多锡箔纸，仔仔细细裁成小方块，把每一方折成三角帽，据说就成了元宝。她把叠好的元宝装在一个白布口袋里，口袋装满之后倒进贴了红纸的财宝箱，攒满一箱之后就用纸做的锁锁上，再贴上封条，拿去烧给她妈妈。她回来看我们的三天都没有停下做这件事，白天夜里都忙着叠银元宝。还有更夸张的，她在网上订了一个整体厨房，还有整套的锅碗瓢盆，当然也是纸糊的，她说她妈妈一手的好厨艺，又喜欢做饭，必须给她弄个好厨房。我简直是无语！你能想象她是一个在美国和英国都留过学有着硕士文凭的人吗？"

"天哪！"我忍不住感叹，心里其实完全理解黎太太为什么要这么做。

他又说:"她忙起那些事情有一种奇怪的热情,我找不到贴切的词,只能这么说。她差不多把我们都忘了。我问她什么时候回来,她总是一句话:事情还没有完。我理解不了,她妈妈人都不在了,做那么繁复的仪式是为了什么?有用吗?到底图什么?我问她,她不作声,要么就是默默地淌眼泪。她花那么长时间待在老家,丢下我们不管,我觉得……怎么说呢,真有点不可理喻。"

"她这么做也是为了自己心安吧。"我劝他说。

他听了不置可否,神情冷峻而无奈。

"这么晚了,你和孩子不如去我家吃口便饭,老唐在做晚饭,这会儿估计做好了。"我转换了话题,向他提议。

"真不用。"他谢了我,"改天再去打扰吧。"

六月初,我在沁芳园一年一度的义卖会上碰见了黎太太。她一向是慈善活动的活跃分子,这次也不例外,带了一大篮子自己烤的小蛋糕来献爱心。她跟我说刚回来匆匆忙忙,后悔没有多准备几样东西来卖,还有小孩没来得及穿就小了的新衣服也应该带过来。那天她连同义卖的钱捐了好几千块给失学女童。

我问她老家的事情结束了没有,她说妈妈的丧事办完了,给她在太湖边上买了块墓地,那是她出生的地方,风景秀丽,她肯定会喜欢的。老家的房产，还有妈妈留下的股票、保险等等还要处理，有些手续相当繁琐，很费时间和周折，不知道什么时候才能办得好。她说处理房产就特别费事，首先是房子里的东西要一样一样收拾，她睹物思人，一看到带着妈妈气息的那些物品就忍不住流泪，每次只能整理一小点，就伤心得弄不下去了。

"这些日子我眼泪都快哭干了。我一直以为妈妈过得朴素简单，退休金也就是够她自己吃用而已，整理她遗物才发现她存了不少钱，还买了股票、黄金和保险，攒下了不少家产——她一贯节俭，不舍得浪费一点东西，能不花钱的地方都不花钱，又会理财，是最早入市的老股民，买地产股和银行股就赚了不少钱。还有一宗，她的四个哥哥都很疼爱她，虽然祖产分不到她头上，但他们每人拿出一份来给他们这个唯一的小妹妹，结果她反倒成了得了最多的那一个。而且，她退休之后也一直在做家教，开补习班，直到生病才停下来。其实她很早就跟我交代过，还把存折的密码告诉我，不过我也就是一听，没当回事。她病了之后又跟我交代，那时我一听她说这些心里就特别难过，一句也不想听，一句也听不进。记得她临终前一两个月，住在医院里，人瘦得只剩下一把骨头，那会儿她已经不能吃什么东西，但听别人说只有多吃东西才能活得长一点，她总是努力多吃一点，还老是望着我笑，说自己多活一天，就能多看见我一天,因为她还有事情没对我交代。我听她这么说,心里酸得不行。我故意不让她跟我说钱放在什么地方东西放在什么地方,我还天真地想只要她不说出来,她就会一直活下去,我就是这样自欺欺人。那时候她已经没有什么精神,每天睡着的时候比醒着的时候多得多,即使醒着,也是闭着眼睛安静地躺在床上,后来我才明白过来她是连睁开眼睛的力气都没有了。那些日子我也是过得昏昏沉沉,心里模模糊糊意识到这就是妈妈最后的时光了,离开她病床片刻都心慌,担心她,害怕再也见不到她了。一天早晨她醒过来,看着我笑,她的笑容那样明媚,那样年轻,仿佛回到了以前的岁月,我心里觉得诧异,但并没有觉得有什么不对劲。那天她从枕头底下掏出一个信封,里面是叠成一方的一张信纸,她已经写好了那些要交代给我的事情,包括存折的密码,我都不知道她是什么时候写的,也许早就预备好了。她脑子就是这么清楚,做事就是这么有条理,直到生命的尽头都是这样。当天晚上她就昏迷了,之后再没有醒过来……我看到她留下的那些钱和东西,真的非常感叹。尽管这些全部都是留给我的,可我一点没觉得开心,反而更加难受。想到她不舍得吃不舍得用,能存下多少就存下多少,我就心如刀割。"

她眼圈红了,但竭力克制着。

"我打开妈妈的衣柜,里面有几件衣服还是新的,连吊牌都没有剪，我想她真是节俭惯了，买了新衣服还不舍得穿。最叫我吃惊的是我看她衣柜下面几个大抽屉里满满的都是新袜子，少说也有三四百双，那些袜子都贴着打折标签，特别便宜，五块钱十块钱可以买十双的那种，可是我怎么也想不通一个人怎么用得着那么多的袜子？果不其然，她人走了，那些袜子还是崭新地留在抽屉里。只要一想到那些袜子我就心痛不已。有一天我忽然明白了，她缺少慰藉，就用买袜子这样的事情来找点小小的乐趣，填补心里的空虚，而且，她一定有很强的不安全感……"

她和我当街站着，她有那么多话迫不及待要倾诉，完全顾不得周围人来人往。

"原先我以为人死了眼睛一闭就和这个世界没有关系了，其实真不是，人死了以后还有许多事情要办。而且，人死了之后影响还在，甚至可能比活着的时候影响还大。"她两只眼睛蒙上了泪雾，"我妈妈对我就是这样。"

我搂着她肩膀，把她带到树荫下的长椅上坐下来。

她告诉我，她在妈妈卧室的壁柜里发现一只因为年月过久瘪了的藤条箱，她掸去灰尘，打开锁，发现里面装满了书信和日记，从她小学二年级去参加夏令营写给妈妈的第一封信，到她去美国留学期间寄给妈妈的每一张贺卡，都完好地保留着，而妈妈写给她的信她早已经不知丢到哪里去了。后来因为用手机,她再没给妈妈写过一封信,连贺卡都不寄了。看了妈妈那么经心地收藏着她的信件、贺卡甚至是写在小纸片上的简短留言,她泪如雨下,一个人哭了半夜。

"我把那只箱子带了回来,夜里睡不着觉的时候就在书房里看妈妈写的那些日记,虽然就是一些流水账,我能从字里行间感觉到她的呼吸和心跳,就好像她没有去世,还在苏州老家日复一日过着她细水长流的日子。她喜欢起早,听到远处的鸡啼就醒来;她喜欢吃豆浆油条粢饭糕,总是去熟悉的那家店里买,一买就将近四十年;她包的粽子样子好,端午节前总要替亲戚朋友还有好几家邻居包粽子;八月半她自己做鲜肉月饼,还做糯米藕,做好了也是要拿出去送人,她一个人是吃不了多少的;她喜欢织毛线,经常坐在电视机前一边看电视剧一边打毛衣;她喜欢听评弹,隔壁街上的茶馆里天天有,店主人是她的老熟人,喊她有空就去听,她不好意思去白听,花钱去听又不舍得,偶尔别人请客吃饭听到了,她开心得不得了……全是这些零零碎碎琐琐细细的事情,看她的日记,她的一天天在我脑子里活起来,她的说话声,她的笑声,她走路的脚步声,她炒菜的声音,自来水龙头一开哗啦哗啦我都能听得见。不仅声音有,气味也有,她种在院子里的蜡梅开了,桃花开了,梨花开了,玫瑰开了,茉莉开了,栀子花开了,凤仙花开了,夜饭花开了,菊花开了,不同的花样子不一样,香得也不一样,她写得真真切切，我真是从来没有觉得自己和她这么近。"

她说得动情，我听了一阵阵心酸。她一次又一次红了眼圈，总算强忍着没在这个人头攒动的场合流下眼泪。

一天夜里我从外面回来，碰见在网球场边上遛狗的黎先生。

"你们都好吧，这一段？"

"都好。"他微笑着说，随即又补一句，"只能说还凑合吧。"

"哦，怎么啦？"我问他。

"也没什么。"他说，"就是……过得挺闷的。"

"要不哪天我们聚会吧？老唐早说要请客了，干脆约上大家来我家一起热闹一下。"我说。

黎先生没有说话。

我立刻意识到他说的不是这个意思。

果不其然，沉默了片刻他说："怎么说呢，自从朱莹莹妈妈去世，她一直就没有走出来，回来以后每天都是无精打采的，老是一个人躺床上哭，为一点小事就会情绪失控，甚至什么事没有也会大发脾气。"

"怎么会呢？她脾气一直是挺好的呀。"我听得大为惊讶，很难想象黎太太那样温柔的一个人会动不动发脾气。

"以前她确实不是这样的，现在变化太大了。也许是悲伤过度，她经常睡不好觉，能连着好几夜失眠。她让我读书给她听，听困了,勉强可以睡一会儿。有时她不吃不喝连着睡上好几天,过得晨昏颠倒,醒过来要我做饭给她吃,有时是一大清早,有时是半夜两三点,把我累坏了,主要是心累,真是挺崩溃的。我担心她得了忧郁症,让她去看看医生,她根本听不进。"

我说:"她确实是心太重了。"

他说:"我反复劝她,'妈妈不在了,你再难过也不能换她活过来,你这么折磨自己,妈妈要是有知,会心疼的,你好好生活才对得起她。'但我说也是白说,不起作用,她还是沉浸在自己的情绪里。"

"唉。"

"最近一段时间,一到夜晚她就把自己关在书房里读她妈妈的日记,一边读一边哭,还说要把那些日记整理出版,我觉得真有点……匪夷所思。说句那什么的话,现在大师写的作品都不一定有人读,谁会感兴趣一个普通人的日常流水账?不过我这话是绝对不能对她说的,我要是说了她肯定会跟我急。我只能不置可否,她愿意怎么做就怎么做吧。可她又会生闷气,说我冷漠,反正我左右都不是。以前那个通情达理的朱莹莹现在基本上看不见了。"

听他这么说,我不知说什么好。

"我倒还算好,最委屈的是孩子。我看黎鼎鼎回到家有点战战兢兢的,原先他们母子俩好得就像一个人,小孩有事没事缠着他妈妈，现在他在他妈妈面前小心翼翼的，一点也不放松，没有了小孩子那种天真和任性。"他停了一下，似乎想忍着不说，但还是说了出来，"以前她从来不打孩子，有时候我特别生气训斥小孩，她总会拦在前面，所以在黎鼎鼎面前我们从来没有达成过统一战线。可是现在她不仅骂孩子，甚至动手打他，轮到我去阻拦。还有更加过分的，她把孩子打骂哭了，还逼着孩子向她赔礼道歉，我看着都心疼。让我无语的是那个小贱东西竟然真就含着眼泪俯首帖耳去向他妈妈赔礼道歉，那副奴颜媚骨看得我真是七窍生烟。"

我哑然失笑。

"朱莹莹根本就想不到她这么做的后果。"他叹了口气说，"她这样喜怒无常，不知会给孩子心理造成怎样的影响。我小时候我妈妈总不开心，我就是在那种阴郁压抑的家庭气氛中长大的，所以我深有体会，到现在都无法淡忘那些不愉快的往事，什么时候想起来心里都很不是滋味。"

我安慰了他一番，并说会找时间约黎太太出来透透气儿。

他谢了我，说："她真的需要一些好的因素影响，我已经有点无力了。"

他笑了一下，我觉得他那个笑容有点古怪和突兀。

我直觉他想要说什么，但他没有吭声。

"你笑什么？"我问他。

他仍然沉默。

过了片刻他终于没忍住说:"要是小宋还在,说不定她还会好点。"

这是宋蒺藜离开之后我第一次听人提起,而且还是黎先生提起他,我心里一震,没有接话。

周末,我打电话约黎太太一起去健身,她有些犹豫,劲头不足,但还是答应了。到了健身房门口,她感叹一句:"我已经好久没进来过了,感觉都陌生了。"

我们领了钥匙刚走进更衣室,迎面一个高挑苗条线条极美的女孩走出来,她明显刚运动过,面颊红扑扑的,像新鲜的玫瑰花瓣一般,湿漉漉的头发垂在肩头,就像时尚杂志的封面女郎那般明媚性感。她大步朝外走的时候旁若无人地扭头望着落地镜里的自己,并朝镜子里的自己嫣然一笑 —— 她实在太漂亮了,我和黎太太都看傻了。

这位姑娘刚一走出去,黎太太就由衷地感叹说:"这样花朵般的年纪,这样花朵般的状态和心情,我是一去不复返了。"

"谁不是呢? 日月如梭,时光不饶人啊!"我跟着她发了句感叹。

宽敞明亮的更衣室里就我们两个,她在亚麻布坐垫的木条凳子上坐下来,一边慢吞吞地换衣服,一边神情倦怠地说:"不知怎么我感觉生活就像没放盐的汤一样寡淡无味，应付每天的日常事情我都疲惫不堪，你能想象在刷牙和洗脸之间要坐下来喘息一会儿吗？我就是这个样子。那种疲倦就像是从骨头深处发出来的，就是整天躺着都缓不过来。现在一天天过得让我感觉就像是下雨天拖着大草包，越来越重，越来越拖不动。"

我想起黎先生跟我说的那些话，劝她说："你刚经历了那么大的变故，需要缓一缓，好在时间会治愈一切。"

她凄凉一笑，叹说："没什么办法的时候我们就只好相信时间能治愈一切，似乎真把时间当成了包医百病的良药。明睿也是跟我这么说，但我觉得……"

她突然收住话头不说了，被硬生生截断的话头就像断了的线头一样悬挂在空中，没有着落。

她就那么静静地坐着，好像在思考，又像在发呆，她眼神迷离，过了片刻才缓缓地说："谁能说得清楚时间是良药还是毒药？时间有太大的腐蚀性了，可以吞噬一切，消灭一切，最后把什么都一笔勾销，山也给你抹平了，水也给你抹平了，啥都不存在了，自然也就没有痛苦和烦恼了。"

"你怎么变得这么悲观？"我说，"以前你不这样。"

她沉默了一阵子说："他对我不如从前了，尽管表面上还和以前一样，但我能从他的情绪中察觉出来他对我的爱淡了。没办法，我们太熟悉了，一个笑容一个眼神彼此都能明白是什么意思，就像心灵感应一样。"

"你太敏感了吧？"我说。

她努力挤出一个笑容，但却是苦笑。

"我在英国读书那一年，他七次飞到伦敦来看我，他自己学业也特别忙，有时只是来和我一起过一个周末。那时候我们多好哇，见了面难舍难分，在机场就拥抱得久久不分开，手一拉就像通了电，所有的时间恨不得都是在床上过的，连博物馆和大剧院都没工夫去。要说当时他没什么钱，为了买机票不但要去打工，还要省吃俭用。结婚这么多年他除了让我和孩子衣食无忧，总是尽最大可能给我们最好的，而且还经常给我惊喜和感动，我真的是被他浓浓的爱包裹，现在那层爱，怎么说呢，好像云消雾散了。"

"你不能拿婚姻中的感情和恋爱中的热度相比。"我说，"再说，多好的婚姻也会有疲劳期吧？"

"不仅仅是疲劳，我们是极点出现了。"她说。

"老话说'家家都有一本难念的经'，你是不知道别人家都是怎么过的，如果有客观的比对，说不定你就不会这样说了。也许你觉得不满意的境况还是别人苦苦追求而不可得的呢。"我拉了她一把，笑说，"走吧，去跑五千米再游上三十个来回，没准你就改换心情振作起来了。"

十二

我和黎太太的健身活动并没有坚持下来，我上班太忙，而她老是没精打采，有时好容易凑上时间约好了，她又推说有事或者不想出门取消了，我的兴致也就渐渐低落了。

有相当一段他们夫妇和我们来往不多，然而不知从哪一天开始，几乎是毫无预兆，沉寂多时的黎先生和黎太太又和我们走动频繁起来。不过他们并不像以前那样双双对对一起来，而是分头过来，有时有点小借口，有时任何借口没有，打个电话或者微信上说一声就来了。看得出来他们并不像以前那样只是来串串门，好像是有话要说的样子，可是又只顾聊些别的，新闻，传言，球赛，明星，网购，等等，聊完也就走了，两口子都是一样。

"我看他们有点儿不正常啊。"连不怎么敏感也不怎么八卦的老唐都这么说，我觉得他们之间恐怕真是有点儿问题。

黎先生常过来找老唐下棋，一天夜里他又来了，脸上带着酒后的酡红，怀着歉意说："真不好意思，老来打扰，我把你们家当成乐园了。"

以前他来下棋是一边走子儿一边说说笑笑，从不把输赢当回事，仿佛对他来说下棋就是一种社交方式，实际上他倒也并不松懈，赢的时候还是很多。现在他下棋基本一声不吭，显得十分投入，可是又总走错，有时错得离谱，让老唐误以为是故意让他。老唐那么烂的水平总是赢他，但却赢得并不爽。

那天下完棋我们送黎先生到楼门口，他喃喃地说："现在我看哪个亮着灯的窗户都很羡慕，我觉得哪家过得都比我们家快乐。"

老唐说："怎么说这话？"

黎先生叹了口气说："刚才下棋的时候我还在想呢，婚姻大概也是有周期性的吧？我发现我们就像是进入了下降通道，连大师都说趋势的力量是很可怕的，趋势会碾压一切。"

他说完笑一笑，抬脚走了。

老唐和我对视了一下，想说什么但什么也没说。

没过多久，我们又听到黎太太抱怨黎先生。她说他现在老是出差和加班，或者干脆说经常以出差和加班为名躲出去，好像什么地方都比自己家好，回到家里也没个笑脸，就像是迫不得已才回来的。以前他生多大气都不当着小孩跟她吵架，现在一句话不对付就跟她吵起来，原先的那种宽厚忍耐全没有了。以前他跟她说话声音高了都会主动向她道歉，现在跟她吵了架之后只会跟她冷战，好几天甚至好几个星期不和她说一句话。最令她难以忍受的是他经常喝酒，不是从外面喝得醉醺醺回来，就是一到家就喝，不把自己喝醉不罢休。

"我快不认识他了，我不知道好好的一个人怎么会变成这样。前天是我们结婚十周年纪念日，本来我是想请你们几个老朋友一起到家里来吃饭的，他这个样子，让我还有什么心情？我也怕朋友来了没滋味，我还担心会让你们尴尬。"她蹙起双眉说，"如果一开始有人告诉我结婚十年之后会是这个样子，我恐怕根本就不会结这个婚。"

时隔不久，一天夜里十一点多钟了，黎太太发微信给我，问我睡了没有，如果没睡让我去她家一趟。她从来不在这个时间找我，我猜想一定是有什么紧急的或者严重的事情。我立刻去了她家，出现在我面前的她头发蓬乱，眼泡浮肿，一看就是刚刚哭过。

"这是怎么啦？"我吃惊地问她。

"我跟他走到头了……"她说出这一句，嘴唇抽搐着，眼里含泪，好一会儿说不出话来。

我以为他们夫妻吵架了。

她说:"他有外遇了。"

简直是一个爆炸性消息,我毫无心理准备,一听之下瞬时蒙了。我说不好是黎先生出轨这件事让我感到惊诧,还是黎太太居然会把夫妻间的隐私如此直言不讳对我说出来更让我惊诧。

她在餐桌边的椅子上坐下来,微微颤抖着手指点着一支烟,深深吸一口,吐出一片烟雾。她似乎在等我问她,但我不想问,也觉得不便问。她起身将窗户推开,放了放烟,看上去她尽管还很恼火,却镇定了许多。

"我气疯了,伤心,委屈,苦恼,难受,失望,沮丧,悲哀,我无法形容我的心情。我真是体会到了人家说的伤你最深的就是你最爱的人。"

她说前一段因为处理房产她又回苏州去了一阵子,黎鼎鼎住校就黎先生一个人在家,晚上她经常会和他视频,他一般都是坐在书房里,一边玩着电脑游戏,一边有一搭没一搭跟她闲聊,有时说得长点,有时就是寥寥几句,他说要和同事打电话对接工作,或者是累了困了,也就不聊了。表面上一切正常,但她心里总是隐隐觉得哪里有点儿不对。她仔细想过,可能是他态度里稍微有点敷衍,又似乎他急着要去做别的事情。她问过他有没有着急的事情,他总说没有,可她分明感觉到他和她说话的时候有点坐立不安,情绪不太安逸。

这使她起了疑心,回到家里里外外进行了一番检查,发现了几个明显的疑点：客厅里原来放在鞋架下层的一双女式拖鞋挪到了鞋架上层；厨房里出现了两把朝上放着的叉子，她自己放刀叉要么平放，要么都是朝下的，这完全是出于一个母亲的谨慎和细致，她害怕叉子朝上会扎到孩子。她不但自己这样做，也要求他和孩子这样做，因此叉子朝下放在这个家里早就是一条不成文的规矩。还有一些更加琐细的，比如有一根手机充电线从书房移到了床头，而他从来都习惯在书房或者客厅给手机充电，那根充电线自从买来之后就没有移过地方；她收拾书房的时候发现垃圾篓里有瓜子壳，而他平常基本不吃零食，因为嫌麻烦也不嗑瓜子。还有一件事也是她觉得蹊跷和难以忽略的，客厅的花瓶里居然插着一束红玫瑰——秋冬和自家花园里开花不多的时候他们都是从网上订购鲜花，因为他不喜欢姹紫嫣红的花，所以他们只买颜色淡雅的，一般是白的、黄的、紫的、粉的，她一进门这一大把红得扎眼的玫瑰立刻跳进了她的眼帘。

这些细节要说也都能说得过去，凡是她问他的，他也确实对答如流地作出了解释，包括那一大束红玫瑰，他说是花店发错了货，他也就将错就错收下了。因为实在新鲜，没舍得扔。——如果不细加追究，似乎也过得去，不能看作是有人在她不在家期间"入侵"的铁证，但她无法消除心中的疑惑。她悄悄给花店打去电话，问是否有错发红玫瑰这件事，但花店说他们业务量太大了，许多订单是基地直发，他们有好多个基地，不知道也查不出来有没有错发。她不清楚花店是怕麻烦，还是真的无能为力。她又去门房查了外卖的送餐登记，然后挨个给餐馆打去电话，问这个地址前一份都点了什么，说考虑要不要照样来一份。有些餐馆回说查不到，也有餐馆热情地回答了她的问题。果然除了冷热菜之外，主食和饮料都是双份的：双份的面条，双份的炒饭，双份的果汁，双份的冰激凌，还有两个人才吃得完的大号的比萨饼。她去找物业，用被陌生男人尾随的理由要求按照点餐单上显示的日期和时段调出车库和前后门的监控视频来看，不出意料看见了既想证实又不想见到的那一幕——他确实是和一个女的一起下车的。她还看到了她认为是关键的一幕，可能是夜里有点冷，他脱下外衣裹在那个女人身上，而且还无比亲热地搂着她一起走。她说她在震惊中崩溃，在此之前，她一直以为自己丈夫只对自己这样，从来没有想到过他还会对另一个女人这样。而且，她一直被他这种亲昵的举动深深感动，觉得自己非常幸福，刹那间她就为那份幸福支付了心碎的代价。

"会不会是个误会？"我说。

我不是要为黎先生开脱，我真希望就是个误会。

"怎么会呢？"她说。

"监控图像并不清楚。"我说。

她十分肯定地说:"监控图像是不太清楚,但大致模样还是看得清的,我不会认错他,那是个女的也不会错。"她又说,"我也真希望是个误会——可惜不是。"

这时候说什么都无法缓解她的愤怒,说不定还会让她更加不快,我只好不说什么,听她说。

"说实话,真相把我的梦刺穿了。我想来想去,还是决定隐忍。我努力让自己平静下来,假装什么也没发生,假装什么也不知道。我也不想去弄清楚他到底跟谁,到什么程度了,他在我面前装得若无其事,至少表明他还不想引爆这颗雷。可是今天一早,他收拾了箱子,跟我说公司让他去广州开会,我说怎么这么突然,他说早就说了,一直没有定下来,我说那也不会得是半夜或者一大清早才定的吧,他一愣,无言以对。我问他什么时候回来,他突然就急了,很不耐烦,说你问那么多干吗?兴许他自己也意识到这个反应有点过激,他说他不知道会议的情形,到那边看情况再定。然后我们就没话了。我感觉他想找补一下,但几句话显然修补不了之前的这些漏洞。他似乎想说点啥缓和一下气氛,但最终还是没说什么。他走了之后我心烦意乱,一直很不踏实,心里莫名其妙非常难受。下午我给他打电话,他手机还关机,我想他大概是在飞机上吧。傍晚再打给他,电话通了,但他没有接,打了几个都这样。如果放在以前,我不会这样追着他打电话,我会想他可能在工作,可能正忙事情。今天我心里却怎么也放不下,又把电话打到他公司,他的秘书回答说他休假了。休假? 我竟然不知道他是去休假! 不瞒你说,那一刻我真有点疯了。我突然想起来要查他的信用卡,跟他结婚这么多年,我从来没有这样做过。我知道他银行卡的密码,是我的生日,他居然一直也没有改过。我看了他的消费记录,果然前两天就买了机票,不过不是去广州,而是到杭州,他连这都要骗我。而且我还查到他许多别的消费,买首饰,买包,买女装,还有在酒店开房等等。"她停下来,望着我,"你知道他是跟谁一起去的吗? 我查到他的订票记录,那个女人是我们都认识的——"

"谁?"

"林小茉。"

天哪,说吃惊已不足以形容我的心情,真没想到黎先生会和那个小魔女混到一块儿。我听她说出这个名字,感觉就像是被一锅浓汤泼到了崭新的衣裙上。

林小茉不就是林小蔷的妹妹,那个黎先生一直说要请到他家聚会上让大家见见的人吗? 后来我在她姐姐家请客时见到过她,虽然只是不多两次,但对她印象深刻。她比林小蔷小两三岁,大约二十七八岁,她和姐姐长相酷似,小小的一张鹅蛋脸,柳叶眉,杏核眼,身材颀长,细腰丰臀,但看上去和她姐姐给人的感觉完全不一样,如果不说她和林小蔷是姐妹俩,甚至很难让人联想到她们的血缘关系。林小茉不像她姐姐那样白皙精致,她皮肤晒得黝黑,长发及腰,就像山林女妖那样美艳火辣。她们姐妹性格也迥异,林小蔷文静,恬淡,是和黎太太差不多的贤妻良母型,林小茉却正相反,她奔放,不羁,天马行空,有一股子风骚劲儿,连她姐姐都说她是"疯丫头"。听林小蔷说,她用勉强及格的成绩凑凑合合读完了一个名不见经传的大学(林小茉自己直言是"野鸡大学"),毕业后一天班没上,开始了浪迹天涯的旅行。她一年之中至少有七八个月在国外,今天在尼斯,明天可能就在布宜诺斯艾利斯,她一次次穿过国境,从一个国家到另一个国家,过着今天不知道明天会是什么样子的生活。一开始她是用上大学期间积攒的做家教的钱穷游,后来她靠什么挣钱谋生家里人都不知道。她从来不向家里要钱,过得似乎衣食无忧。一年当中偶尔会有一两次回到妈妈川北的老家待上一阵,不过时间不长就又会出发上路,就像一只流浪惯了在家待不住的野猫。林小蔷也说过她是家里兄妹几个当中最聪明的,她有不少过人之处,其中一条是动手能力超强,种地、造屋、买菜、做饭、缝纫、刺绣甚至木工,没她不能的,她样样都会,样样擅长。她还会修理汽车、电视、电脑、手机这些更是不在话下,而且她都是无师自通,没人知道她是怎么会的。除此,她还有着惊人的语言天赋,读大学时一天国门没出英语就学得相当不错,出去闲逛了几年又学会了法语、西班牙语和阿拉伯语,还会讲一点德语和日语。她姐姐曾当着我们的面问她是不是靠接些翻译的活儿挣钱,她听了就像老外那样耸耸肩,不置可否,似乎这是一个让她无从回答的问题。

有一件事给我印象极深,有一次我们在林小茜家吃饭,大家有一搭没一搭地聊起曾经遇到过的一些好玩和好笑的事情,林小茜讲过这样一段,她说她不记得是在威尼斯还是阿姆斯特丹遇到一个老头儿,对她一见钟情,向她求婚,说为她倾倒,看见她第一眼之后就再无法忘记,为她吃不香,睡不着,除了思念她渴望见到她想要拥她入怀找不到一丁点生活的乐趣。老头儿很会说情话,她之所以有耐心听这些是听说他特别有钱。她问他看上她什么?老头儿说迷上她地道纯粹的东方长相和东方风情,他一生见过美女无数,但还没遇到过像她这样令他热血沸腾心跳过速的。她听了心里暗笑,没敢对老头儿说像她这个模样的在中国有十几亿呢,去掉一半男的也还有好几亿。老头儿对她很用心,给她买的礼物又美又奢华。他送她最贵最好的化妆品,为她在巴黎、米兰、纽约订了最新款时装,还专门带她到 Tiffany 订制了一只六克拉的大钻戒。老头儿对她说自己除了有年纪还有钱,然而金钱对于他这样上了岁数的人来说,已经不具备多少梦幻色彩了,他不会再雄心勃勃地用这些钱去博更多的钱更大的声望和更高的地位,他只想把钱尽可能多地花出去,花到舒服的地方,花到令自己高兴的地方,如果不花出去的话，再多的钱也就是躺在账户上的一串干巴巴的数字。当然他也不想自己一个人花那么多的钱，这不仅是件非常乏味的事情，也会增添他的孤独感。他不想又老又孤独。所以他希望也渴望有一位能让他平静的心像太平洋的波浪涌动起来的美丽女郎与他一起享受生活，他走了许多地方，去了一个又一个国家，现在终于将她找到了。她说很佩服老头儿能把猎艳说得如此清新脱俗，而且还把气氛渲染得既抒情又浪漫。老头儿问她喜欢不喜欢海水和阳光，喜欢不喜欢一年到头开不败的鲜花，喜欢不喜欢吃不完的鲜果美食，喝不完的佳醪美酒，喜欢不喜欢享受无人打扰的宁静，他说自己就有海岛——"那是世界上最美的岛，犹如皇冠上的明珠"，他问她想不想去他的岛上看看，假如她喜欢的话，就把那个明珠一般的岛送给她。她兴致勃勃地去了，在岛上住了几天，就不想再住下去。那个岛的确是相当美，满眼鲜花椰影，沙滩洁白，海水清碧，天空蓝得就像刚洗出来的，老头儿也是对她盛情款待，每日好吃好喝招待她，雇了四个生活助理照顾她，把她侍候得像王妃一样。衣来伸手饭来张口不说，连梳头化妆都不必自己动手，每天她只用陪着老人家就行了。然而这件事她很快厌倦了，老头儿整天缠着她，恨不得跟她像连体婴儿那样形影不离，甚至连她洗澡他都要坐在一边看，她只有上厕所才能躲开他几分钟。老头儿年纪大了没什么觉，夜里睡不着，也不让她安睡，把她腻歪得够呛。她从来没在床上怕过谁,但这老头儿真让她怕了。他花样百出,没一样杀得死人,她想死得痛快,那是绝无可能的,而且他就像上瘾一般,乐此不疲。在岛上每天她都困得不行,蓝天碧海和美味佳肴在她眼里和口中失去了颜色与味道。她突然就没了兴致,决定要走。她在老头儿为她订制的钻戒、礼服还有一辆号称"在路面上能体验飞行的感觉,专为肾上腺素爆棚者设计"的兰博基尼红色跑车还没有运到就毅然离开了海岛。临走前老头儿拉着她的手脉脉含情与她依依惜别,问她是不是已经爱上了这个岛,她说你的岛确实很不错,天气好的时候有风景,天气不好的时候只有风。她说她不是绝情,也不是不喜欢那个岛,更不是不喜欢他为她订购的那些极其奢侈的礼物和他为她提供的那样一种花天酒地的生活,她拒绝他的求婚离开他和他的岛,是她无法忍受他的性爱方式,说得更直接点,是他衰老的肉体和仍未衰退的淫欲让她生厌,她清楚他们之间那条鸿沟,对她来说,即便是再多的金钱和物质也很难填平。她承认自己是个自私的人,甚至是个极度自私的人,她陶醉于不劳而获的生活,巧取豪夺,但却不肯背弃自己。——在那个时候,恰好有一个法国帅哥约她去巴黎,那个帅哥是时装模特儿,是她见过的最让她惊艳的男人,才十九岁,比她要小好几岁。她忽然非常向往充满艺术气息的时髦都市,渴望青春有力的拥抱,所以毫不犹豫拔腿就走。

当时我听她这么说真是无比惊愕，我觉得她无意间（或许就是炫耀，并不是无意）透露了她的生活方式。她显然比她姐姐更坦率，她也不无夸耀地说过如果财务有问题就结一次婚再飞快地离掉，当然是找有钱人结，越有钱越好，而且是不需要立婚前协议的那种。她是用开玩笑的口气说这话的，还有听上去更像是玩笑的话，她说假如不想结婚或者没人跟她结婚也无所谓，自己想挣钱就到拉斯维加斯去，在豪华酒店里租一个大套间，再去租两条一眼看上去身价不菲的狗，然后穿上大牌的当季衣服，配上名贵的香水，某些时候还需要租一辆跑车，这样很容易钓上大鱼。我们同样是开玩笑地问她有没有成功的案例，她哈哈大笑说有啊，怎么可能没有呢？——这实在太像电影桥段了，我们当然不会去考证真伪，而且她装疯卖傻故意惹我们发笑的劲头也相当可爱，消解了她话里的真实性。她还说过更多口无遮拦的话，我们听了也不过是一笑而过。

就是这么一个桀骜不驯的丫头，疯疯癫癫，玩世不恭，年轻，时髦，荷尔蒙十足。尽管我和她见得不多，对她谈不上有多熟识，但说老实话，我觉得她挺好玩，是个很另类的样本，尤其是她身上那股青春活力非常动人，让你不知不觉被她吸引。平心而论，她确实是一个很有魅力的姑娘，印象中她总是穿得很少，不管什么季节都是大面积地裸露着小麦色的肌肤，似乎没有冷热之感。或许她正是以这种貌似阳光、健康、率真的表象对某些人施展诱惑,于是像黎先生这样的便中招了。

仔细想想,要说黎先生会栽在这条沟里我觉得既是意料之外,也算是情理之中吧。记得我最初就是从他口里听说林小茉的,在没见到她之前我已经听他不止一次提起过,而且每次说起她都是满心高兴,充满了欣赏。他好几次让她姐姐带她去参加他家的聚会,只因为她人在国外游荡,一直没有机会在他家的聚会上现身。老话说不是冤家不聚头,他们两个还是遇上了。

黎先生跟我讲过他跟林小茉认识的经过,回想起来,或许那时候他们已经有些端倪——大概因为是老朋友了,黎先生经常随口跟我和老唐聊他遇到的事情,还捎带手向我们吐露一些秘密,尺度随他自己而定,他高兴起来这个尺度是很大的。我记得他说起初遇林小茉那一段时脸上绽露的笑容就像正午的阳光一般灿烂。

"缘起是因为一只猫。"他是这样开头的。

"一只猫?"我问。

"是啊,是真的猫,不是比喻。"他嘿嘿地笑。

我的兴趣一下被他勾了起来。

他说那天他调休在家,黎太太去了苏州,所以他无所事事,起床之后就带了本书到会所的阳台上去喝咖啡晒太阳。他坐下不久,就来了一位时髦的年轻女郎,戴着硕大的草帽和遮挡着半个脸的墨镜,穿着比季节超前的袒胸露背的长长的沙滩裙,怀里抱着一只小猫。她就像老熟人一样，直奔他而来，对他说声"嗨"就在他对面的椅子上坐了下来。他觉得有点突兀，不过想到她很可能是邻居，也没介意。

她坐下之后就跟他说起怀里这只小猫是她刚才在小区门口的路边买的，一个穿得很脏很破烂的中年男人叫住她，一定要把这只猫卖给她，她看小猫可怜，动了恻隐之心，就买了下来。她请他猜这小猫的价钱，他说不了解行情，不肯猜。她让他随便说，他没好意思拒绝。他生怕说少了，故意多说些，他说一千块，她一笑，说三千块。他吃了一惊，不知道是她骗他，还是她受骗了。她十分认真地告诉他这猫的血统很纯正，确实值这个价。他不知道她何以判断这猫的血统纯正，不过他就是一听，并不真想知道。

她和他攀谈起来，他想猫或许就是个引子吧，还觉得这倒也有趣。她摘下了草帽和眼镜，他发现她真是个大美人。聊了一会儿，她忽然说她忘了自己后天就要出门，她是买下小猫才想起来的，很后悔刚才一时冲动，现在不知道该拿这只猫怎么办。他听了心里暗笑她是不是在找接盘的，到这时候他才仔细看了看那只小猫，是一只浅灰的蓝猫，大约有三四个月大，圆脸，圆眼睛，一看就很强壮，倒确实是十分可爱。这时候服务生送来了她点的咖啡，两份美式，她不容分说给了他一杯，他觉得不便拒绝，就谢了她，接受了。她喝完起身告辞。他没忍住叫住了她，毫不犹豫从她手里买下了小猫。

这就是他家优优的来历。他给了她三千五百块，不是她开的价，是他主动给的。大概是他出于一贯的绅士风度，也许就是一时冲动，他自己说是因为好玩，他觉得这样一只漂亮的蓝猫值得一上午有两个傻子为它头脑发热。听完这一段当时我和黎先生开玩笑说如果她真是花了三千块钱买了猫，那她就是转让了一杯五百块钱的咖啡给他，如果她花了不到三千块钱买猫，那她赚的差价更大。他听了哈哈大笑，强调说是他自愿的，他还一本正经指出我没把美丽算作成本。优优很快成了黎太太的爱宠，不管她走到哪里，只要它没在睡觉，一定会跟在她后面，就像一个忠心耿耿的保镖。不过黎太太只知道猫是黎先生从别人手里买下的，并不知道事情的前前后后，我和老唐自然是不会多嘴。

至于后来黎先生怎么和林小茉有了更加密切的联系，我包括老唐真的是一无所知。

"怎么会是她？"我心里为黎太太叫苦，我想她肯定清楚这个不按套路出牌的林小茉的杀伤力。

"我看黎明睿是疯了，只能说他是鬼迷心窍！"她愤愤地说，"起初我确实被蒙在鼓里，我回想一下，这样的戏其实他已经演过好几回了。他完全不顾我的感受，也不顾孩子的感受，黎鼎鼎过十岁生日，早就说好了要一起出去吃饭，餐馆我都提前预订好了，到了小孩生日的前一天他突然说要出差，其实是跟她一起出去……他已经不顾一切了，心里根本就没有这个家。"

她声音萧瑟犹如秋风吹落枯叶，她真的是气得不行。

"这次他跑出去不过是故技重演，他的演技已经越来越熟练，越来越没有心理负担。其实我并不是没有感觉，我就像鸵鸟，把头往沙子里一扎，宁信其无，我不想也不敢去捅破那层窗户纸。但是今天实在是太过分了，他撒谎，欺骗，还对我发脾气，他流露的嫌弃和不耐烦我简直说不出口，我真的是忍到头了。"

她喷发着怒火和不妥协的样子和我之前认识的那个温和柔弱的黎太太判若两人。

"我知道了他是和谁一起出去的之后给他发了微信，让他看到信息给我打电话。晚上九点多钟他才打来电话，说到了就开会吃饭，忙得一塌糊涂。我说你真是在忙公事吗？怕不是在忙私事吧。他竟然还故作镇定地说我疑心病重，让我不要没事找事。我说你不必再装，我都知道了，他一下子蹿了，叫我不要无中生有诈他，还找出各种听上去蛮像那么回事的理由向我解释，说他真是在忙什么什么。到这个时候他还在一个劲儿撒谎，真把我气疯了。"她又点着一支烟，用力吸着说，"我和他在电话里大吵一架，我告诉他我已经看过他信用卡账单了，他态度立马变了，口气瞬间不硬了，实际上就是承认了。他在电话里哄了我半天,让我别生气,说回家跟我解释。"

她狠狠地掐灭了只吸了几口的香烟。

"他这个样子反而让我更加伤心,不光是伤心,还让我绝望。想想自己这么多年全部生活就是围绕着他这么一个中心,我爱他爱得心里都产生了错觉,以为跟他就是一个人,可是他竟然背着我做出这种事情,我真是傻透了!现在我和他之间只剩下离婚这一条路了。"

"你别冲动。"我劝她。

"不,我很冷静。"她说,"我的心冻成了冰疙瘩,血管也都结了冰。"

她苍白的面容泛着青灰色,眼窝深陷,仿佛一下子老了几岁。

"本来我是要上门去找你的,可是这么晚了,而且我这副样子,不好意思去打扰你们一家人,所以只好麻烦你过来。刚才他在电话里说夜里没有航班了明天一早就飞回来,要和我当面谈,我说了我跟他没有什么好谈的,我也不想在这个时候见到他。婚我肯定是要离的,我跟他说得清清楚楚。明天我就回苏州,等找好了学校就来把小孩接走。"

"你怎么也要为孩子想想吧?你最好是考虑考虑再说。"

我没好意思直接说你难道就不为自己想想吗?她在家差不多做了十年全职主妇,这么久没到外面工作过了,不说别的,难道往后就过坐吃山空的日子?如果重返职场,不说如今找工作那么难，就算找到一个称心如意的工作，还有一大堆的困难等着呢，她和社会脱节这么多年，如何适应都是问题，职场上的游戏规则恐怕和以前都大不一样了，我随便一想都替她忧心。

"没什么好考虑的，我不能再像我妈妈那样忍辱负重，那种委曲求全的日子我一天也过不了。"她异常坚决地说。

我从来没有见过她这样激愤，她突然就像是沸腾了起来，从桌上抓起一串钥匙就往外走。我问她这么晚了要去哪里，她已经出了大门，头也不回穿过花园走上了甬路。我替她带上门，快步追上她。

她气呼呼地说："我要去问问林小蔷，她家的人怎么可以这个样子？"

我傻了，她真是气糊涂了，这跟林小蔷有什么关系？妹妹的事，如何叫姐姐负责？又不会是林小蔷叫她这么做的。可我叫不住她，她也根本不听我说什么。

她大步疾行，走得飞快，我几乎追不上她。从木栈桥穿过大湖的时候冷风吹起她单薄的衣衫，她缩着肩膀，抱紧了胳膊，我心里感叹这是何苦。这大半夜的她跑去找林小蔷显然不妥，但我既劝阻不了她，又放心不下她，只好进退两难十分尴尬地跟着她。

在她摁响门铃和一通急促的敲门之后，林小蔷家的门终于开了。穿着睡衣睡眼惺忪的林小蔷对我们的深夜来访显然非常吃惊,她把我们让进客厅。黎太太没有寒暄,直截了当问林小蔷知道不知道她妹妹的去向,没等林小蔷回答,她说:"据我所知她现在正跟我丈夫在一起。"

"哎哟!"林小蔷叹了一声,"她又来祸害人了。"

林小蔷请我们在长条桌边坐下来,文森特也从房间里走出来,给我们去煮咖啡。

黎太太说了她发现林小茉和黎先生在一起的经过,她说得十分克制,也没有哭。林小蔷耐心地听着,流露出深切的同情。"太糟糕了,太抱歉了!"林小蔷反反复复说着这两句话。

客厅里气氛凝重,谈话似乎随时会进入到一个死胡同,我也很担心黎太太克制不住会爆发。

"其实我已经很防范她了,没想到她还是跑来胡作非为。"林小蔷显得局促不安,也十分无奈。

"你这话是什么意思?"黎太太绷紧了脸望着她。

"我甚至都跟她明说了,让她没事少到这里来。不是我不讲姊妹情,我是真的害怕她。她那一套让人很吃不消,她太有破坏性了,文森特一直对她保持着警惕。"

她扭头望着安静地坐在沙发上的丈夫,用英语和他说了几句,文森特点头。

林小蔷说:"不瞒你们说,她没少给我们惹事。我的一个闺蜜谈了六年的男朋友快要结婚了,她去插一杠子,把人家搅黄了，我和闺蜜也做不成朋友了。"

文森特用英语说他的哥哥本来有一个非常要好的女朋友，他们是青梅竹马，几岁的时候就认识，林小茉出现了，就是短短几天，他的哥哥被她迷得神魂颠倒，和女朋友吹了，转头向她求婚，她痛快地答应了，他哥哥满心欢喜张罗起婚事来，连婚礼的请柬都发出去了，她临时变卦跑得无影无踪，让他哥哥抑郁了好一阵。

"还有一些七七八八的事，都让我们很头疼。我不能用'不道德'这样的话去说她，她那个人的词典里根本就没有这个词，她简直就是一个魔鬼。不记得有多少次我被她气坏了，后来我忍无可忍都跟她翻脸了。我当面对她说把她当病毒防，让她离我们远点，后来她确实来得很少，到了北京也不住在我这里，我以为不会有什么事，没想到还是惹出事情来，真是防不胜防。"

"她太可怕了。"文森特说。

轮到黎太太和我大为吃惊。

"她成了现在这个样子，要说也不是没有原因，跟我们从小的生活环境有很大关系。假如我没有遇到文森特，我也不知道自己会是什么样子。"

她用爱恋的目光望着文森特，文森特也温柔地用目光回应着她，这样的目光似曾相识，我就像忽然被烫了一下，既不敢看他们，也不敢看黎太太。

林小蕾跟我们说起她和林小茉成长的背景。她们的父亲是广东一家鞋厂的老板，妈妈是从四川去的一个打工妹，妈妈十七岁的时候就奉子成婚，嫁给了同村的一个男人，生下一个儿子，十八岁的时候她出去打工遇到了她们的父亲，很快离婚嫁给了他。父亲在认识她们的妈妈之前也结过婚，和前妻有两个女儿，他一心盼着想生个儿子，但她们的妈妈又给他生了两个女儿。当他看见第二个仍然是女孩，一气之下离开了家，不久又离婚再娶，把前房的两个女儿也一起丢给了她们的妈妈。除了他们这五个孩子，爸爸还带回来两个跟她年纪差不多大的女孩，说是收的养女，旁人传是他和外面包的女人生的，他听了不置可否，听见也只当没听见。妈妈也不敢跟他闹，也是听见了只当没听见。但即便她忍气吞声逆来顺受，爸爸还是又觅了新欢。离婚后妈妈带着七个孩子过日子，爸爸倒也没有太亏待他们，给钱从来没有二话。虽然钱还是有一些的，但日子过得一团糟。妈妈不爱做家务，她嫌做饭麻烦，家里经常是吃了上顿没下顿，她难得做顿饭，不是做多了吃不完，就是做少了不够吃。她请了阿姨来做饭，但一不高兴就把阿姨骂走了。她也无心管孩子，七个孩子分了好几拨，在家里争地盘，抢东西，经常闹得不可开交，难得有谦让的时候，她随他们去闹，也根本管不住。她只喜欢一件事，就是打麻将，没白天没黑夜地和几个老牌搭子玩牌，只要一上了麻将台就精神百倍，心情爽朗，所有烦恼都抛到了脑后。孩子去找她，她除了给钱就是轰他们快走，所以他们从小就是自己管自己，不管是饿了渴了冷了热了考不及格还是夜不归宿都无人过问，每个人都养成了随心所欲的脾气。七个兄妹中只有她和林小茉上过大学，哥哥长大之后就回四川老家去了，到现在还在村里种地，爸爸带过来的两个姐姐一个在管家里的工厂，一个在管婆家的蜂蜜园，爸爸的两个养女一个嫁到了重庆，一个去了东莞，后来听说去了深圳，大家各过各的，平常没多少来往。她和林小茉联系也不多，不见面的时候，甚至好几个月不通音讯。

真是家家都有一本难念的经，如果不听她说，我真想不到她家是这样松散的一种家庭关系。黎太太惊讶的程度不亚于我，她的怒气似乎消了一些，脸上的神情非常复杂。

林小蔷一再向她道歉，说出了这样的事情她非常难过，觉得很对不住她，她很理解她的心情，会找一个尽可能恰当的方式来干预这件事，她让黎太太相信她肯定是站在她这一边。

我发现林小蔷当了妈妈之后更加温柔沉稳，她那样诚恳耐心，让满腔怒火的黎太太也说不出什么。

再坐下去天就该亮了，黎太太起身告辞，我和她一起走出林小蔷的家门。

我再次跟着她沿着木栈桥穿过大湖，湖上的风带着黎明前的寒意吹过来，她迈着梦游般的步子低头走着，我心里替她感到凄凉和悲哀。

到了她家门口,她利索地打开门,把手里那串拴着一只毛绒小狗和门禁卡的钥匙递给我,说:"他说明天就回来,我不知道他什么时候到家,明天就是周末了,黎鼎鼎放学之后要回来,我这套钥匙放你那里,我发信息告诉小孩,如果回来开不了门,让他找你们去。"

"你这是干吗呀?"我知道她去意已决,可我还是说,"你非要这样吗?"

"这里的一切让我心痛得喘不上气来。"

我接过钥匙,答应若是黎先生一时没回来,我们会照顾好黎鼎鼎。

我拥抱了她,心里一酸,眼泪涌了上来。

十三

黎先生和黎太太的婚变发生得太突然了,用老唐的话说"令人眼前一黑"。老唐嘴里念着白居易的诗"大都好物不坚牢,彩云易散琉璃脆",忧戚地感叹说:"就是因为他们两个太好了,才会这样断然分开。"他还说,"金教授说过,出轨要弄清楚原因,到底是内因变了,还是单纯受到了外因的影响和干扰,或者是内因变了的同时又受到了外力的作用,你说他们是哪一种? 我说可能真是岁月冲淡了他们的感情,只要一个小小的外力,就足以摧毁他们的婚姻,这才是真正可怕的。"

老唐说的我很有同感。

好几次他念念叨叨:"成本太大了,太不值得了,好端端的一桩姻缘,说散就散,太可惜了。"他还说,"是不是得来太容易了,反而不珍惜?"

老唐就像是受了刺激，他似乎也顾不得自己说的这些话逻辑是否自洽。

我不清楚黎先生是如何面对这件事的。黎太太走了之后，他跟我们几乎断了来往，偶尔碰见，他的神情是严肃甚至有点戒备的，对我们明显淡了许多。我说不上他是出于羞愧，自闭，还是隐含着对我们没有在关键时刻帮他劝住太太的不满。其实，他当然不是不知道我们一定会尽力而为的，而且同住在这个院里这么久，他也不会不知道我们懂得尊重别人的生活。

自从黎太太搬出了他们临湖的豪宅，那座房子看上去没有了往日的生气。从周一到周五，也许是因为黎鼎鼎不回家，一到夜晚整座房子都是黑黢黢的，只有书房的位置亮着一团橘黄色的灯光。我不知道黎先生是不是在写作，那个泛着暗淡的光线的窗口让我感觉有一种说不出的孤寂，甚至给我某种年代遥远的错觉。到了周末，有时会看见黎先生一个人带着孩子去餐馆吃饭，去超市买东西，或者是开车外出，如果不知道他家发生了那样的事情，他们父子俩的生活看上去平静安逸。黎先生还是和以往一样帅气，他的衣着和汽车都是干干净净一尘不染，他一点没有因为处在婚变之中而马虎邋遢。黎鼎鼎同样穿得整洁鲜亮，我仔细留意过，他衣服的增减与季节和温度相当适宜，甚至上衣和裤子、帽子和鞋袜的颜色搭配都协调好看。平心而论，黎先生一个当爸爸的带孩子带得如此精心，连我这个当妈妈的都有点自愧弗如。

　　黎太太走了好长一段时间，黎先生见到我们才自然一些。他偶尔会来我们家串门，有时是送黎鼎鼎过来找小糖果儿玩，有时是来找老唐下一两盘棋，我们和他说话十分谨慎，生怕触碰到他心上的伤痛。他不跟我们说黎太太，我们也同样是一句不提。

　　某个周末黎先生约老唐去打高尔夫球，老唐的高尔夫球水平很一般，也算不上是爱好者，但因为是黎先生叫他，他和以往一样兴致很高。他一大早就出门了，到深夜才回来。我问他怎么去了这么久，打球打了一整天？他说碰到郝佳伦了，跟他也是长久不见，三个人打完球又跑六环边上去吃烧烤。"今天听了不少故事。"老唐感叹地说，"人生多艰，谁也不容易。"

　　老唐毫无睡意，滔滔地跟我说起黎太太走了之后郝佳伦为了安慰黎先生陪他出去旅行的事。郝佳伦看黎先生闷闷不乐心事重重，怕他抑郁了，提出陪他到外面去走走。他们决定先乘飞机到乌鲁木齐，然而在新疆广阔的大地上自驾散心，郝佳伦认为这对黎先生会有很好的治愈作用。他们商量好了行程，订好了机票，约好登机那天早晨在机场直接见面。

　　出发那天黎先生提前到达机场，他等了好久没等到郝佳伦，怕他睡过了，给他打电话，说在路上，很快就到。过了一段时间他还没到,黎先生再次给他打电话,他说已经过收费处了,这就到了,让他先排队办登机。黎先生是金卡会员,一分钟不到就办好了手续。他一直等到大家都登机了,郝佳伦才终于出现,说刚才走错航站楼了。他气喘吁吁跑到柜台前办手续,但电脑已经关闭,他也没办网上值机,只好改签航班。那天旅行团很多,航班客满,结果他们两个人乘了一早一晚两个航班飞往乌鲁木齐,到深夜才算会齐。黎先生很生气,他说自己从来没有见过一个有脑子的成年人会犯这么低级的错误,何况郝佳伦还是一个经常出差在外面跑来跑去的人。郝佳伦笑言自己让人侍候惯了,退化成废物了,他承认确实是不该犯这样低级的错误。

在新疆自驾这一段也并不很顺利。黎先生想租八百一天的丰田霸道,郝佳伦主张就租四百一天的尼桑奇骏,黎先生的理由是霸道车新,车况好,奇骏不说别的,都是已经跑了公里数很高的车,年头也有点长了。郝佳伦的理由是他开过尼桑,相当不错,车新车旧反正一样够用,他认为多花一倍的钱不值得。黎先生没争过他,也不想为这么小的事情让他不顺心。他们就租了奇骏上路了。刚走出一百多公里,车就开锅了。郝佳伦说这是小概率事件,也就是让他们碰巧赶上了。黎先生提出回去换成霸道,郝佳伦坚持认为没有必要。他们往前走了几十公里,车又一次开锅。黎先生再一次提出回去换车,郝佳伦还是不肯,说找个车行修一下再说。他们凑合着开到修车店，修车店说节温器坏了，好修，就是没有配件，一时半会修不好，问了两家说的都一样。最终黎先生当机立断调头回去。返回的路上开锅更加频繁，他们停下来五六次，等着水箱温度降下来，黎先生烦躁得只想把车扔掉。但到了租车行，郝佳伦仍然说多花一倍的钱租丰田霸道没道理，一样是四个轱辘开，路上到处都限速，再好的车也跑不起来。他嘀嘀咕咕，像个固执的孩子。为了不惹他不高兴，黎先生再一次妥协，最终换的仍然是一辆尼桑奇骏。

这一天路上来来回回，走走停停，加上换车扯皮，傍晚他们才到达离乌鲁木齐不到四十公里的昌吉市，放在平常也就是大半个小时的车程。

他们在去喀什的路上又遇到一件事。他们在伊犁的一个路边小饭馆吃饭，有个头发很长的年轻人拿了几瓶啤酒过来请他们一块儿喝，他们说要开车不喝酒，这个人就买了羊肉串请他们吃，他们没好意思拒绝。此人就坐下来跟他们聊天，问他们往哪里去，得知他们要去喀什，他异常兴奋，说自己从中国最东的城市绥芬河要到最西的城市喀什，一路都是搭顺车。他还说自己是一个诗人，就是想做一个行为艺术，并说这个事情多么有意义，随即提出要搭他们的车。黎先生认为此人不是脑子不正常就是动机不单纯，哪有见到陌生人不到五分钟就跟人炫耀说自己是诗人的？而且提出搭车的口气那么理所当然，就好像是给他们机会，甚至是让利给他们。但郝佳伦显然被他的说辞吸引，还一本正经地追问他写过什么有啥得意的作品，听了那人一通神侃之后，竟然一口答应让他搭车。这个过程黎先生多次向他使眼色，他显然领悟了，但不为所动。

吃完饭他们三个人就一起上了车。黎先生很不愿意带上这个人，不仅他话多，唧啵个没完，听着也不靠谱，而且他身上特别脏，散发着令人不快的味道。但嫌弃别人显然是不对的，他只得忍着。一路上这个人一直在滔滔不绝向他们吹嘘自己在各地的游历，无一例外都是搭便车。讲他遇到的稀奇古怪的事和稀奇古怪的人，就像民间故事一样，最后都是他战胜了他们，达到了目的。郝佳伦竟然听得津津有味，不住地刨根问底，显出了极大的兴趣。黎先生却越听越起疑，害怕他不是什么好人。途中休息的时候，借着撒尿的当口他拉郝佳伦走到一边，悄悄和他说了，郝佳伦笑他想多了，说这里开车一个钟头都碰不上几个人，哪就这么容易碰上坏人？概率不会比中彩票更高吧？黎先生说别忘了他可是主动找上来的，是否有啥企图我们并不清楚，最好是别再带着他了。郝佳伦说那也得把他放到一个适合的地方，总不能把人家前不着村后不着店扔公路上。

当晚他们到达了前面的县城，好容易找到在网上预订的酒店，就在他们进去办入住的时候，那人说要在外面抽支烟，等他们几分钟后办好登记出来他就不见了，同时不见的还有黎先生的一个数码相机和郝佳伦的一个背包。黎先生的相机买的时候三千多块，已经用了几年，他早就想淘汰了，因为轻便才带出来，郝佳伦的背包里就是洗漱用品和巧克力、奶酪等等一些零碎东西，最贵的是一件羽绒服，也不值什么，他们都累了，懒得追究，笑一笑就锁了车准备上楼。刚走进电梯，黎先生立马退了出来，说少了东西也就罢了，万一多了什么就麻烦了，那可不是玩的。他们打开车门和后备厢里里外外仔仔细细翻查了一遍，除了一瓶没喝几口的矿泉水和一条脏兮兮的用旧了的毛巾不是他们的，车上没有形迹可疑的东西。他们赶紧销赃一般把这两样东西丢进了垃圾箱。

　　进了房间两个人开始后怕起来，郝佳伦也转了态度，不再像先前那样认为黎先生是草木皆兵。他们又聊起搭车的这个男人，找出了他好几个可疑之点，虽然也许就是妄加揣测——万一他是毒贩，万一他是逃犯，万一他杀了人，万一他身上带着枪，万一他是团伙的诱饵……哪怕只要有一个"万一"，就够他们喝一壶的，他们很可能就不能平安无事地坐在这里了。他们越想越怕，感到毛骨悚然，本来还想住下之后出去找个餐馆好好吃一顿，因为碰到这么件事心有余悸，况且又是人生地不熟，他们不想离开房间，两人泡了方便面就胡乱对付了。

　　躺下之后郝佳伦很兴奋，说想喝酒，不喝点酒无法入睡。他打电话给服务台，问有没有酒送一瓶上来。服务员说没有，这个钟点小卖部早下班了。他问服务员能不能替他出去买,他付跑腿费,服务员说就自己一个人值班,走不开。他很失望,只好作罢。

他跟黎先生胡聊,说自己在家临睡前经常要喝点酒,要是需要侍候老婆那是必喝无疑,因为不把自己喝大都没法跟老婆作业。黎先生知道他喜欢说些装疯卖傻的话逗乐,尤其是他不靠谱的劲儿泛上来更是口无遮拦,只当他说笑,郝佳伦却说自己和老婆的关系一向都是冷冰冰的,他的这个婚姻没有温度,非常压抑,所以他一直特别羡慕他和朱莹莹,又说他们分开实在太可惜了。黎先生跟他开玩笑说你终于说到主题了,你一路憋着不就是想开导我吗?郝佳伦说我说的是心里话。黎先生说现在说这些晚了。

两个人聊到半夜,突然楼下有异响,他们起身凑到窗前去看,楼下黑暗中警灯闪烁,仔细一看,宾馆的院子里停了好几辆警车。他们不知道出了什么事,关了灯,屏声敛息躲在窗帘后观察。

院子里不时有人出出进进,脚步匆促,似乎发生了什么事情。他们悄悄议论说是不是有坏人潜入?不会发生爆炸吧?将近半个小时之后警车离去,楼下恢复了平静,外面格外安静,似乎连风都停了,没有出现他们担心的场面。但他们不放心,郝佳伦打电话到总台,询问刚才发生了什么事。总台回答说没事，郝佳伦追问那是不是例行巡查，总台回答说不知道是不是例行检查，可能就是例行检查吧，郝佳伦问有没有抓到坏人，总台说没有发现坏人，郝佳伦又问是没有发现坏人还是没有坏人，总台说警察走了，如果有坏人警察马上就会来的，还让他安心。郝佳伦挂了电话嘿嘿笑着对黎先生说，一个宾馆总台的答话水平都赶上新闻发言人了。

他们把总台的话咂摸了一遍，认为不像是例行检查，可能真有啥情况，他们不约而同想到了被他们扔掉的那瓶没喝两口还挺满的矿泉水和那条脏兮兮的用得不辨原来颜色的破毛巾，一致怀疑是那人故意留在车里的。至于矿泉水瓶子和旧毛巾里是否藏着毒品或是别的什么危险品他们不得而知，但想想未免心中忐忑。不过他们也觉得自己可能有点杯弓蛇影，感慨了一番警察半夜出警好辛苦，便各自回床上躺下。

躺下不久，郝佳伦突然说自己不舒服，头疼，腰酸，身上一阵阵发冷，好像发烧了。黎先生看他果然脸色白得像纸一样，而且一下子显得十分虚弱。黎先生问他要不要带他去医院看看，郝佳伦一口拒绝，说不想出门。他说吃点阿司匹林和感冒冲剂就管用，但他想起来那些药都在被偷走的那个包里。他让黎先生去找一支体温计来，量量体温再说。黎先生费了一通周折，楼上楼下跑了几趟，但全酒店都没有找到一支体温计。郝佳伦说他大概是刚才在汽车里翻东西的时候着了凉，这里白天三十几度,夜里只有几度,刚才他只穿了件短袖T恤有点冻着了。他说只要不是感染了病毒,光是着凉那就不怕了,泡个热水澡就没事了,他在家里也这样,屡试不爽的。所幸这个两百多元一夜的客房洗手间里竟然有浴缸,黎先生主动帮他去放水。但浴缸脏得出乎他意料,他费了一把子力气,好容易才擦洗出来。放水又遇到麻烦,不仅水很小,而且不热,他又用煮开水的热水壶一次次烧了热水加进去。等郝佳伦进去泡澡,已经快凌晨了。

第二天郝佳伦不但没好,反而更严重了。他们不能上路,决定就地休息一天再说。郝佳伦病了和他健康的时候判若两人,变得软弱和娇气。一整天他躺在床上不吃不喝,对他酷爱的烤全羊、大盘鸡、手抓饭、拌面、烤包子等等美食不仅失去了胃口,而且连名字都不能听,他只想吃一种天然发酵的德国全麦面包,他说好运街上的一家店里有那种面包卖,生病的时候他只吃那家的面包。可是这会儿好运街在三千多公里之外,黎先生自然是没有办法立刻满足他的心愿。到了夜里,郝佳伦终于说想喝红豆粥,黎先生赶紧去张罗,他想无论如何也得让他吃点东西,好快点复原。好在酒店的厨房愿意帮忙,好心的厨师熬了满满一大锅红豆粥给他们送到了房间。郝佳伦吃了一碗,算是恢复了些精神。他又说想喝柠檬水,黎先生出去为他找,终于找来了两只干瘪收缩得比五分硬币大不了多少的柠檬。喝过柠檬水,他一下子活了过来,神奇地康复了。

郝佳伦睡了一天,缓过来之后精神百倍,毫无睡意。他跟黎先生回忆起许多在纽约上学时的旧事,其中有一件事是某年春天他们还有朱莹莹三个人一起去华盛顿看樱花,朱莹莹去了一趟卫生间他们就和她走散了,给她打电话她因为手机关成了静音一直没有接,黎先生急疯了,四处去找,结果朱莹莹就在他们说好的地点等着呢,她甚至都不知道之前发生了什么。黎先生看见她就像失而复得一般,牵着她的手寸步不离,她再去洗手间他就站在门口守着,生怕把她弄丢了……郝佳伦对黎先生说,这一路走下来,看你这么会照顾人,这么有耐心,我相信你真是个好丈夫。他说完没听见黎先生有啥反应,却听到房间里响起一个细微的奇怪的声音,原来黎先生哭了。

"哦,真的呀?"我问老唐。

"应该是真的吧。"老唐说,"他们两个自己说的。"

"他哭什么呢?"

"我也是这么问的。"

"大概是想起了过去?"

"黎先生说,当时他对郝佳伦说这话讲反了,结婚这么多年,都是朱莹莹照顾他,他竟然习以为常,还觉得她做这些是应当应分的,他简直误以为她就是他的延伸部分,她跟他就是一个人……"

"唉,这两个人,他们真是太好了!"我很感慨。

"是啊,所以实在是可惜。"老唐同样是很感慨。

"你刚才说的这一段让我莫名其妙想起海明威和菲茨杰拉德从巴黎去里昂的旅行,那种情境气氛甚至某些细节都很相像,回头我把那本书找出来给你看看,那本书叫《流动的盛宴》。说来奇怪,有的事情发生得就像是某些发生过的事情的投影。"

"这也许恰恰说明我们遇到的以为是独一无二的事情其实别人也遇到过,包括感情也是一样。"

老唐坐在床沿上,像个哲学家一样皱着眉头陷入了沉思。突然他仰起脸朝我坏坏地一笑,用柔情蜜意的口气说:"去,给我倒一大杯酒来。"

我们这些老朋友同样也记挂着黎太太。有一天我去医院找裴真真请她帮我看看体检的心电图,她一边用咖啡机冲茶,一边讲起她科里突发的一件事。一位新提没多久的副主任两天前在家门口遛狗,突发心脏病倒在地上再没能起来,他手伸进裤子口袋去掏手机,连手机都没来得及掏出来。保安就离他几米远,跑过去想扶他起来他已经没气了,就那么眼睁睁看着一个大活人几秒钟就过去了。而他头天晚上还在给别人做心脏手术。

"我认识的恩爱夫妻本来就寥寥无几,我们这位副主任是疼爱老婆的楷模,跟我们出去吃个饭,吃到好吃的东西总要给老婆打个包,逢年过节都给老婆买礼物,结婚好几年还像是新婚燕尔,结果刚刚四十出头就撒手走了,丢下三十不到的老婆和一个刚上小学的孩子。看他老婆哭得泪人儿一般,我们也跟着心碎。"

"唉,世事无常。"

她话题一转说:"我们神仙眷侣一般的黎先生和黎太太也分了,还记得我们在他们家把酒言欢,桌上堆满了好吃的东西,各种好酒喝不完,收拾得整洁干净的房间里到处是鲜花,多么美好多么理想的生活啊!真是欢声笑语犹在耳边,已经物是人非。"

我也跟着她叹气。已经有一段我没有黎太太的消息,给她打电话不接,给她发微信不回,见到黎先生也不好问。

我问裴真真:"你有黎太太新近的消息吗?"

她苦笑了一下:"还黎太太呢,恐怕已经不是黎太太了。"

我默然。

她摇着头说:"我都快小半年没她消息了,每天忙得狼狈不堪,自顾不暇,也没顾上和她联系,还是她刚离家不久来找过我,让我帮她介绍工作。她认为我做医生人脉广,而且向别人开口人家也肯给面子,确实是这样吧,不过你也知道,要找个不错的工作哪里那么容易?从来是狼多肉少,好的岗位不是一般人能挤得进去的,不知道有多少人红着眼睛盯着呢,要么凭关系,要么凭票子,要么既要凭关系又要凭票子,都是硬碰硬的。她看着也算光鲜，不愁吃不愁穿住大房子开豪车的一个富太太，但真要跟那些家里有权有势的人比拼，根本不是个儿。况且，不少地方都规定只要三十五岁以下的，还是死杠子，没办法突破，她刚刚三十六岁，真叫尴尬。"

她说起为黎太太找工作的经过，三个月之内她就帮她介绍过两次工作。她先把她介绍到一家报社做财务，她嫌报社给的薪水太低，做了一个月就辞职了。她又介绍她到一家办得很火的教育培训机构，这一次她没做满一个月就又辞职了，实际上是被炒了，原因是老板为了少缴税要求她在账簿上少列收入，她认为这是偷税漏税行为，不肯那样做。老板跟她说过几次，先是旁敲侧击暗示她，她没反应，老板只好把话跟她挑明了，结果她还是没反应。老板对她非常不满，也不想得罪她，立刻派了一个完全不懂财务的老家亲戚当她的上司，那个农村老大妈每天上班就是挑礼，跟她胡搅蛮缠，她想不理都不行，躲都躲不开，她坚持了一两个星期实在忍受不了，就主动离开了。

我听了直叹气。

"我真不知道她居然那么简单幼稚。"裴真真说，"或者叫纯真吧，是不是她在国外读书待的时间太长了？因为是我介绍去的，那个老板给我打电话，让我劝劝她别那么一根筋，端人家的饭碗就要听人家的话 —— 其实我听他这么说心里挺别扭的，觉得他口袋里虽说有了几个钱身上的粗鄙劲儿一点没减少，我先还以为朱莹莹生性骄傲,不服管,后来听出来是她不肯按他的意思那样去做账,我倒也佩服朱莹莹有自己做人的原则。"

"这个社会发展太快了,我们每天上班加班的还觉得不怎么跟得上呢,她在家里一待十年,成了温室里的花朵,一时不太适应也是正常的,更何谈风霜刀剑严相逼了。"我替她忧心。

"可不是嘛!"裴真真说,"依我看她不适合出去工作,你既要听甲方各种有理无理的要求,又要坚持自己做人做事的原则,这本身就不是件容易的事儿。再说,她面对的也不光是老板一个,还有周边的各色人等,她漂亮、聪明、清高,背景又好,鹤立鸡群一般,原本是令人羡慕的,谁又能说不遭人嫉恨?他们看她是老板线上来的,老板得意她,他们或许还能对她礼敬三分,再看老板对她面热心冷,不过尔尔,甚至还弄了个啥都不懂的土老婆子来管她,那还有不墙倒众人推的?她有多难,可想而知。我不能说她坚持的东西兴许落伍了,但她脱节得太多,不是一步两步追得上的。即使跟她说,她也并不很容易理解,我甚至都无法面对她纯洁无瑕的眼神。"

"想想她真是不容易。"

"要是往前说,当初她就不应该辞了职当家庭主妇。"裴真真倒了茶来,一边慢慢喝着,一边说,"也许我的想法不对,但我至今也没有改变。我和陆峰分手,说起来我不肯辞职也是一个很大的原因。"

她说陆峰是小月亮的爸爸，她和他是在日本留学时认识的，他们是京都大学医学部的同学。陆峰的父母是驻外记者，他从小在日本长大，小学是在日本读的。他受日本文化影响很深，喜欢日本的饮食、服饰、艺术和生活方式，她是在他的帮助和引领下适应并融入京都的留学生活，而且她认为自己的收获远远超出医学领域。她不知不觉爱上了这个优秀纯净的男生，这个文雅腼腆的小伙子也爱上了她，她非常庆幸自己找到了一个志同道合的伴侣。

他们的恋爱谈得相当顺利，三年后他们结了婚，不仅他们自己，双方家里也对这桩婚事非常满意。然而她和陆峰的矛盾很快就显现出来。他们六年医学院毕业获得学士学位，两个人都幸运地通过了日本的国家医师考试，她打算回国工作，陆峰却不想回国，他想拿到博士学位。在日本获得医学博士资格有两条途径，一是再读四年大学院提交论文合格通过，二是边做临床边搞研究提出博士论文合格通过，后者一般要花六到十年的时间，陆峰选择了后者。他热爱临床，一心想成为一名顶尖的脑神经外科医生。他只对她说了一个理由，不想跟她分开，她便妥协了，打消了回国的念头。

她去应聘了研修医，陆峰知道后立刻反对，他说她拿到文凭就可以了，没必要去工作，他一个人挣钱足以养家。再说了，夫妻两个人在外面工作，收入超过一定程度两边扣税，对家庭而言和一个人工作差不了多少，而且两个人都忙，没有人管家。他希望在外面辛苦工作一天回到家里能吃上可口的饭菜，看到妻子温柔的笑脸，他不愿意看到太太一脸疲惫到家比他还晚。这一次她没有妥协，她不希望自己那么多年苦读只换来一张装点自己履历的文凭。她工作很投入，加班的时候也很多，这让陆峰非常不快。他们开始为生活中琐细的事情吵架，在她看来那都是些鸡毛蒜皮，根本不值得争吵。但她息事宁人也不行，陆峰仍然是气不顺。好几次他让她辞职，她自然是没有听他的，他们的关系逐渐变得冷淡。

当住院医不到一年她怀孕了，她和陆峰都很高兴，他们心照不宣的是这个孩子兴许会挽救他们日渐淡漠的婚姻。陆峰再次旧话重提，让她辞职。他用不容商量的口气对她说如果决定生下孩子，就一定辞掉工作，他希望她能尽到一个母亲的责任。她经过痛苦的抉择，果真辞了职，不过她毅然决然回了北京，重新找了一份工作。

她在北京一直工作到临产前两天，生下小月亮之后未休满产假就去上班了。她喜欢自己的工作，她说只要一走进医院心立刻就静下来，所有的烦恼都忘得干干净净，而且精神饱满，头脑清楚，满血复活一般。陆峰对她完全理解不了，对她把那么小的婴儿丢给保姆非常恼火，不仅见面跟她吵架，在电话里也跟她吵架。小月亮出生的第一年他还经常从东京飞回来，后来他回来得越来越少,她飞东京的次数同样也是越来越少,到后来他们夫妻一年只见一两次面。小月亮五岁那年他们和平分手,十分平静地离了婚。

"说起来妇女能走出家庭走上社会去工作,这是多么来之不易的一件事,我自己是非常看重这个权利的。"裴真真说,"和小贺结婚之后他也劝过我辞职,他的出发点和陆峰不同,他是看我每天太累了。他对我说,我多挣一点就够养你和小月亮了,再说我也有足够的钱养你和孩子。我听了挺感动的,我跟他说,我确确实实喜欢工作,我也真的是非常热爱自己的这份职业,如果没有工作,我不仅会失落,而且会惶恐。我想肯定也有人像我这样,需要通过工作,或者说通过利他的行为来确立自己的价值。朱莹莹受过那么好的教育,要让我说,她那样的女性做家庭主妇多少是可惜的,她应该在社会上发挥作用,如果她也这么想,她也不会像如今这样被动。"

"她回归家庭和从前妇女没有走出家门是完全不一样的,这是她的主动选择。"我说。

"这我同意,但是——"她说。

"她肯定比我们更相信爱情。"

我们俩笑起来,不约而同重重地叹了口气。

"要说她也不缺钱用,她说过她妈妈给她留下不少遗产,老家还有房子,再说她和黎先生离婚他也会给她赡养费,至少她自己生活不愁,但她一心想要孩子的抚养权,所以必须得自己有收入才行。而且她儿子一直在上国际学校,每年的学费就不是一般工薪阶层能负担得起的,所以她压力巨大。我很同情她,也很心疼她,才一次又一次帮她。不过我也觉得她真有点自讨苦吃。"裴真真带着忧戚说。

"其实他们要是不离婚多好。"我不由脱口而出。

裴真真深深地看我一眼,我以为她要说出什么反驳的话,结果她却说:"我也是这么说呢。"她缓缓吐出一口气,满怀同情地说,"我自己是经历过离婚的,知道那种滋味不好受,所以只要有人问我是不是该离婚,我都劝人家能不离就不离。我倒不是因为老话说的'宁拆十座桥,不破一桩婚',我也不是主张用婚姻把两个不相爱的人捆绑在一起,我只是说离婚太痛苦太撕裂了——我个人的经验,大概只有一种情况例外,就是有一份崭新的火辣辣的爱情等着你。不过像我这种啥都经历过的,回过头来说,那也得是三思而后行才好。我也问过自己,如果放到今天,我还会不会冲动地一而再地离婚,答案是否定的。我不是说自己后悔,我没有后悔,后悔有什么用?有些路是你这一生必须走的,你想绕也绕不开。这不是宿命,也不是悲观,就是我的人生经验或者人生感悟吧。"

"我理解。"

"有时候想想命运这本大书也不知道是谁写的,只能用'奇妙'两个字来形容。虽说我说的不过是一家之言,但也是一个过来人的肺腑之言。我不是没劝过朱莹莹,好像不起效果,她听不进去,一意孤行,偏要一条道走到黑,说明我给她开的药并不对症。现在我想到她就不由得替她担心,心里沉甸甸的。"

我听了也忍不住叹气,我说:"当初他们那么好,就不能冰释前嫌吗?"

裴真真拿出医生的冷静,就像宣布一个结果说:"已经没有这个可能了。"

我忽然想起那年情人节在黎家聚会,大家玩真心话大冒险游戏时朱莹莹还信誓旦旦说假如黎先生出轨她是会原谅他的,话音和笑声仿佛还没有消失,她却因为不能容忍而离他而去。

我叹说:"有时候爱得太深也并不是件好事。"

"可不是?"裴真真说,"朱莹莹跟我说过,她和黎明睿是一见钟情,从爱上他那一刻起心里就只有他,不知不觉,也是心甘情愿把自己活成了他的影子。直到有一天觉察到他有外遇,她的爱情梦一下子破碎了,才发现之前她相信的爱情不过是一个泡影。"

"爱情本来不就是一个梦吗?"我说,"做梦的时候会以为是真的。"

裴真真脸上出现了模糊的笑意。

"哈,原来你也是个悲观主义者。"她说,"你还记得金教授那句名言吗？'理论是灰色的，生命之树常绿'，生命真是奇妙的存在，人类作为拥有智慧的生物更是如此，我虽说是学医的，对造物的设计仍然所知甚少，而且不时会有迷茫。人生的复杂实在是难以估量，生活本身确实比理论要繁复、生动、无法描述得多，不但是多维的，分岔的，不断再生的，而且是瞬息万变的，身处其间常常辨不清方位和方向，沟沟壑壑，枝枝蔓蔓，不是哪一个人可以控制的。"

"可不是嘛！"我应和她说。

她突然哈哈大笑，说："我是结过三次婚离过两次婚才明白的，还不能说大明白，也就是略知一二吧。爱情可不就是一个梦嘛，而且说不定你的梦里还套着别人的梦，你以为自己是爱情故事里的主人公，而同一个爱情故事里还可能有别的主人公，你以为你拥有世界上独一无二纯洁无瑕的爱情，殊不知你这份独一无二纯洁无瑕的爱情也可能是别人同样独一无二纯洁无瑕的爱情。朱莹莹太年轻了，或者说她太单纯了，还不懂得这些，最要命的是她不想懂得这些。"

我再次见到朱莹莹距她离开家大约有一年多时间。自从她离开，我们的联系其实就疏淡了。偶尔沁芳园的老邻居会提到她，有说她回来过，也有说她又走了，不过关于她的消息大都语焉不详，我和老唐很久都没有她确切的消息了。

中秋节过后我在上海出差，工作结束前心情放松，发了一个朋友圈，兴之所至配了两张照片，一张是饭店门前的十字路口，一张还是同样的十字路口，只是多了一杯"星爸爸"咖啡。朋友圈发出没多会儿，我的手机响了，竟然收到好久没有动静的朱莹莹发来的微信。

  朱莹莹：呀，你来上海啦？
  我：是啊，你好吗？
  朱莹莹：一言难尽。
  我：想你了。
  朱莹莹：我也想你！刚到上海吗？
  我：来了有一阵子，快走了。
  朱莹莹：还待几天？
  我：后天一早回。
  朱莹莹：见一面可好？
  我：太好了，见见！
  ……

她随即发来餐馆的定位，说已经订好座了，明天我们一起吃晚饭。她给我的印象相当麻利，做起事情干脆利落，不像从前那样优柔寡断喜欢商量来商量去的。

可是第二天我们却没能按约定共进晚餐，她临时有不能推脱的要紧工作要晚间加班，我们改在下午一起喝咖啡。

地点还是她选的，离我不远，不大的一家咖啡厅是旧式庭院改造的，别致，优雅，安静，美得无可挑剔。看来她对上海已是非常熟悉。

她比我先到，独自坐在临窗的沙发上。她后面是古朴的花窗，窗外是一个不大的天井，稀疏地种着几株花木，青苔爬上了灰白的围墙，有一种凄婉柔美的情调，不知怎么，我觉得这一幕似曾相识。这天她穿了一件赭石和暗红菱形相间的琵琶扣长旗袍，和咖啡店橡木地板栗色家具还有昏暗的灯光十分协调，简直浑然一体，让我有一种不知今夕何夕之感。

见到我她站起身几乎是扑上来一般热烈地拥抱了我。

她的拥抱竟然是非常有力，我发现她的神情中少了以往的娇怯。

"你似乎变了。"我脱口而出。

"是吗？"她浅浅一笑。

"变了不少。"我专注地打量她。

"没让你认不出来吧？"她咯咯笑出声来。

那倒没有，不过说心里话她的变化真大。她依然风姿绰约，妆容精致，梳着复古的手推波纹发式，戴着硕大璀璨的钻石耳钉，看上去却不像过去柔婉，透出的是聪慧干练的样子，犹如明净爽气的秋天。家庭主妇的痕迹竟然在她身上荡然无存,她现在的样子似乎瞬间抹去了我头脑中对她原有的那种慵懒安逸的印象。

用不着我发问,她主动说起她离开家之后的许多事情。她先回了苏州,但因为想念孩子很快又回到北京。她住到她舅舅和舅母家里,受到两位老人无微不至的关怀。最难的是找工作,舅舅和舅母从事航天工作几十年,在这个领域中很有建树,名望很高,但他们年事已高,早已退休,他们原本就是老实巴交的科研人员,一辈子专注于自己的本职工作,不爱交际,和外界联系很少,甚至比她还要和社会隔膜,没有强大的社会关系和活动能力能帮得上她。她硬着头皮自己到处找人,虽说朋友们都很尽力,帮了她不少,但她仍然是四处碰壁,看了许多难看的嘴脸。十年碌碌无为的家庭主妇生活,使她再次走上社会时深感无力。

然而,就像裴真真之前跟我说的,为了得到孩子的抚养权,她需要有工作和收入,她必须克服重重困难,即使四处碰壁,她也没有放弃寻找工作机会。当年她在波士顿的大学同学也是非常要好的朋友立冬和乔乔得知了她的情况,向她伸出援手,热情地邀请她到他们公司工作,但她来到上海之后发现他们就是一个自己创业的小公司,财务状况捉襟见肘,业务量很少,实际上根本雇不起人,也用不着雇人,他们其实就是好心想帮她而已。她明白了情况之后立刻主动辞了。立冬和乔乔是真心想帮她，他们挽留不了她，又为她介绍了别的工作。

"现在你在做什么？"我问她。

"售楼。"她笑着说，"没想到吧？"

我确实没想到。

"好做吗？"

"反正我做啥都没什么经验，差不多样样都是从头学起。"她露出一个明媚的笑容，用一种极坦率的口气说，"售楼是有提成的，我就是想多挣钱，其实真能多挣多少对我来说也不重要，我只要有稳定的比较高的收入，对那件事情就有利。"

她没有明说，我知道她指的是什么。

"我跟你说过的，我妈妈留了不少财产给我，钱我一时还不缺，但我必须有相应的能力，这和外界的要求无关，是我对自己的要求。真的要独自带小孩，我不能再像从前那样依赖别人。"她露出一点小小的得意神色说，"我这个人很笨的，又怕麻烦又不爱动脑子，坐享其成惯了，以前我连灯泡都不会换，开了十几年车连玻璃水都不会加，现在多少有点不一样了，什么事情都要自己来，这一年我算是锻炼出来了。"

她告诉我她正在出售她妈妈留下来的房产，如果放在以前，她会直接交给房产公司去处置，现在她找了家装公司重新设计装修，把底楼做成铺面，把原来只有遮挡功能的围墙改成了能借景观景的花墙，在庭院里挖了水井搭了花坛，种了树木花草，至少房产公司的估价就比之前高出三百多万。

"放在以前我可能想都不敢想，一听这些银钱往来讨价还价的事情头就会大，也觉得俗不可耐，我的想法是钱够用就好，我对挣钱也没啥兴趣。现在不一样了，我也算是业内人士了，里面啥门道都一清二楚，处理起这些事情来得心应手，而且还很有乐趣。"

她的笑容里多了自信和通达，她的双眼看上去依然清澈，几乎还和在沁芳园时一模一样。她慢慢地抿着咖啡，带着一种娇懒和华美的姿态，却没有一点的颓唐和倦怠。

整整一个下午，她没有吸烟，也没有一句提到黎先生。

有几句话倒可以算作和黎先生有点关系的，她说，在爱情中舍弃自己是个错误，而且是个巨大的、不可饶恕的错误，她还说，尤其是女人，是不能犯这样的错误的。

十四

冬去春来，黎家花园里的花又开了，浅浅淡淡，生机勃勃，还像往年那么好看。可是到了夏天，花草都长疯了，未经修剪的小树像没有理过的头发一样乱蓬蓬的，杂草蹿得有半人高，月季的藤蔓都爬到小马路边上了，花园的围栏也歪了，绿意盎然也掩不住颓败衰落。

一天，我和老唐从黎家门前经过，看见黎先生正蹲在大太阳底下给花园的围栏刷油漆，见了我们他停下手里的活儿，说："装修完房子我才发现外面这圈栅栏忘记让工人刷了，一丢这么久也没顾上，我嫌为了这么点子小事找人麻烦，干脆自己动手。"

傍晚，他来我们家串门。已经有好久他没有过来坐坐了，感觉似乎都有点生分了。他带了一瓶法国波尔多红葡萄酒、一大盒 Patchi 巧克力和一束一看就是自家园子里采的鲜花，放在一只小巧的提篮里拿过来。看着这样一份似曾相识的礼物，尤其是那只眼熟的篮子，刹那间我想起了朱莹莹。以前有多少次她用这只篮子提着可爱的礼物兴高采烈地跑过来，我的耳边依稀回响着她清脆的笑声。

我心里真有些物是人非的恍惚。我们请黎先生坐下来，我想去厨房拿酒杯，却愣在冰箱前忘记了要做什么。我打开冰箱拿了冰块倒进玻璃罐里，冰块撞击和爆裂的声音令我心里一阵酸楚。我拿着冰块走出去，才像恢复记忆一般想起刚才忘记的是什么。

黎先生跟我们坐在黄昏的阳台上一起喝加冰的威士忌，我们从那些平常无害的话题说起，天气，光线，云，PM 2.5，风，花，树，几乎不涉及人和事，也不涉及过去，我们不由自主都小心翼翼，生怕触碰到某些敏感的神经。许多时候我们只顾喝酒，话很少。

天暗下来，金色的夕阳隐遁前洒下满天的晚霞，橙红绛紫的霞光在云彩间流转，渐渐又被灰色的云朵吸收，幽蓝的暮色一层层覆盖下来，虽然质地轻柔，但重重叠叠，终于把一切遮盖得严严实实密不透风，黑夜悄无声息地降临了。天一黑，园子里格外安静，飞鸟和植物都歇息了，那种陈年佳酿般的静带着清凉和寂寞的味道弥漫过来，让人也跟着沉淀下来。

我们享受着窗外光影的变幻,直到天黑透,也没有开灯。

我站起身。

"干吗去?"老唐问我。

"开灯。"我说。

"别。"他们两个异口同声。

我坐下来。我们继续喝酒。

"这酒不错。"黎先生说。

这就是以前我们经常喝的,因为他们都喜欢,我从网上下单买了几箱,现在已经喝到垫底的了。我没有说,怕说出来伤感。

"有时候喝一点酒,让你感觉到忙碌的意义,甚至是人生的意义。"老唐说着自己笑起来。

"真像酒鬼的话。"我也笑了。

"好在,我们还不用靠酒来拯救生活。"黎先生说。他声音低沉,听上去百感交集。

我怕他陷入烦闷,赶紧打岔一般问他在忙些什么,最近还写不写东西,写了什么。这话问得突兀,完全像是没话找话说。他笑了笑,说是乱忙。

"还在写,很艰难。"他的声音明亮起来,显然这是一个他乐意聊的话题。

"能透露一点?"我说。

他似乎有些发愣。

"好像无从说起吧，男人，女人，生活，感情，当然少不了感悟。我发现把它们组织到一起，还要跌宕起伏，疏密有致，引人入胜，有故事，有人物，有情节，有情景，有情绪，其实是挺难的。我怀疑是不是我缺乏写作的天赋，压根儿不是吃这碗饭的，好在我也不靠这谋生。可是我又觉得这就是我来到这个世界上要做的，我暗中把它看作是自己的使命，我尽自己最大的努力去写，用一颗虔敬的心去对待它。我不用它图谋什么，换取什么，获得什么，甚至写出什么，写得好不好，是否成功都无所谓。"他语速很慢，像是若有所思一般说，"写作让我看明白很多事情，我说的不光是反思，而是发现。比如，之前经历的时候我并不知道这事是这样的，等我想把它写出来，等它变成了文字，我才明白其来龙去脉原来如此。好多时候我特别欣慰，也有些时候我非常沮丧和悔恨，甚至心碎。我仿佛不是写作，而是探究秘密。"

这我还是第一次听说，别人写作的经验对我永远是新鲜的，别人的人生经验当然更是如此。

"我在想，什么是你的？当你一无所有的时候，至少你所经历的和你所体验的是你的，当一切都过去的时候，也许留在或者说储存在你心里的那些记忆才是最珍贵的。虽然忘记了不少，还在不断遗忘，有些以为记得，实在也是被篡改过的，但是那些最美的和最痛的总是忘不掉的。我很想把自己生命的历程变成文学的素材。"他说。

"有志气。"老唐说。

这是他夸人的口头禅,不过这会儿他说得既认真又诚恳,丝毫不带开玩笑的意味。

"或者这么说,写作也是为了遗忘。"黎先生在黑暗中朝我们举了下杯子,喝一口酒,轻轻叹出一口气。

一瓶酒喝完,我打开客厅的壁灯,去拿来了另一瓶,也是一箱中的最后一瓶。

"不开了。"黎先生说。

"为什么不?好久没好好喝了。"老唐说。

"要不要吃点东西?"我问他们。

我去厨房切了火腿和酱牛肉,拌了蔬菜沙拉,削了水果,开了一瓶黑橄榄,还找出一包烟熏奶酪,黎先生直说太丰盛了。

第二瓶明显喝得慢了,气氛越发松弛下来。

迎着客厅照过来的光亮,黎先生缓缓翻动着手掌,他无名指上贴着创可贴,就像戴着一个戒指。他说刚才刷栅栏的时候手被木条上的旧铁钉扎了,流了不少血。他随口聊到房子装修的事,淡淡地笑着说:"当初完全是为她才动了这个念头。她说从电影里看到一座房子雅致极了,美得无法形容,心里忽然种了草,梦想自己也有那样的一个房子。我问她是什么样子的,她说白色的墙，白色的地板，白色的天花板，白色的窗户，白色的窗纱，白色的家具，白色的床单，白色的花瓶插着白色的花，然后我头脑一热就答应了她。我说这有何难？你想有就能有。她说真的吗？我说当然是真的。她说那就马上立刻现在就动手。我说好啊，马上立刻现在就动手。她高兴得什么似的。结果呢，她热情澎湃地开了个头就扔给了我，再也不闻不问。这也罢了，等房子装修好，她人都不在这个家里了……下午我修剪花园，干脆把围栏也刷了，一切都是按照她的要求来的，毫不走样，今天算是真正大功告成。"

他慢慢地喝一口酒，慢慢地转动着杯子，慢慢地绽露出一个悠长笑容，简直就像电影里令人感伤的慢镜头。

这是朱莹莹走后他第一次在我们两个面前提起她，喝完第三杯酒，他说起了他们离婚的事情。

"说句大实话，我是一点不想离婚的，从结婚那天起，我从来就没起过离婚的念头。我小学五年级时父母就离婚了，所以对离婚这件事我有童年阴影。记忆中我父母离婚前经常吵架，吵急了还动手，他们打起架来惊天动地，两个人都是逮什么砸什么，房间里飞沙走石，简直就像爆炸现场。我家的电视机都被砸坏过，那时候也算是挺贵的物件儿，要存好长时间的钱才买得起。我是在惊吓中长大的，当时我最怕的还不是他们吵架，而是他们离婚。我只要一听见他们说出这两个字心里就怕得要命，哭得要死要活，仿佛到了世界末日。我担心他们离了婚没人要我，我会流落街头，吃了上顿没下顿，再不能睡在自己温暖舒服的小床上，只能浑身脏污在桥洞里过夜，说不定我会像卖火柴的小女孩一样在某个风雪交加的夜晚孤苦伶仃冻饿而死。不过我父母真的离了婚他们谁也没有告诉我，他们一直瞒着我，从来不跟我说实话。他们分开之后我跟着妈妈，她骗我说爸爸出差了，又说爸爸出国了，其实我心里早明白是怎么回事了。轮到我自己要经历离婚这件事，我心里那个童年时代的伤口又被撕开了……"

"唉，离婚是结婚最大的风险。"老唐叹道。

"我体会到的是双重痛苦。"黎先生说，"大人的，还有孩子的。"

"你们就没有挽回的可能吗？"我没忍住问他。老唐直直地瞪着我，他朝我眼光一闪，我感觉他大概是认为我说了冒失的话。

黎先生非常肯定地摇摇头，咧嘴苦笑了一下，低下头去喝酒。

等他放下杯子，老唐默默地给他加了酒。

"我不是没有试过，我做了不少努力，但是收效甚微，干脆说是没有效果。"他说得很平淡，仿佛没有太多悲喜，我暗暗想也许他心里已经趋于平复。

他忽然露齿一笑,随即迅速收起笑容,显得无比惆怅。他侧转脸望着窗外,若有所思。外面除了对面建筑物模糊的轮廓和树影里透出的闪闪烁烁的灯光,什么也看不见。

"我不知道像你们这样的老朋友会怎么想,没有一个人对我说起过,我知道你们是不会说的。"他望着我们,嘿嘿一笑,飞快地说下去,"其实我是咎由自取,就像我小时候一心向往溜旱冰,当我换上冰鞋刚站上冰场,就一跤摔下去把腿跌断了,也许这就是对忘乎所以的一种惩罚吧。当我无法排解心里无限幽深的自责时,一想到这样的打击,反而有一种止痛的作用。"

我和老唐谁也没说话。

"不瞒你们说,林小茉刚出现的时候我不仅眼前一亮,心里也跟着亮起来,好像生活一下子进入到了一个全新的状态。那种新鲜和兴奋,就像小溪从山里欢腾地奔流出来,像冲浪、滑雪和飞车一样,速度中隐藏着危险,让你肾上腺素激增,让你热血沸腾。说实话,确实很刺激,也很好玩。我突然发现自己好多年以来陷入了一成不变的日常,上班,下班,挣钱,养家,买这,买那,忙里,忙外,不知不觉就习惯了这样的庸常,一转眼马上就四十了,然后便是五十、六十、七十,人生一眼望得到头,我和这样的生活板结在一起,不能自拔。再看看林小茉,青春,阳光,无忧无虑,来了,去了,潇洒如风。今天吃最好的美食,喝最贵的酒,明天不知身处何方,可能要忍饥挨饿，也可能颠沛流离，她享受眼前的一切，毫不担忧，也不害怕，我从来没有见过这样无畏和洒脱的女人，就像一只羽毛艳丽自由自在的小鸟。你不由自主就被她迷住了，说真的，我承认自己爱上了她。"

"那你不爱朱莹莹吗？"我脱口而出，语气很冲，听上去似乎带着谴责。我承认那一刻我是完全站到朱莹莹一边的。

几乎与此同时，老唐对他发问："你是说你同时爱两个女人？"

"我感觉自己是分裂的，身体，心，都很分裂。"他说得很慢，推心置腹。他在背光的幽暗中望着我们，我看不见他的眼神，但能感觉到他的真率，"刚开始朱莹莹不知道有林小茉存在的时候她们都很快乐，你让两个女人感到幸福，不能不说有一种成就感。尽管你自己每天过得就像打仗一样，而且要像钟表一样走得精准，不能出错，不然这份生活就会紊乱甚至瓦解，当然最终还是崩塌了。"

他停下来。

我以为他不说了，他却用一种肯定的，毫不迟疑的，而且很有沉浸感的语调说："我承认我同时爱着她们两个人。当你和她们中的一个在一起的时候，你爱她也爱不在身边的那个；当你和另一个在一起时，你爱她也爱不在身边的那个。当你和两个女人同时在一起时，你两个都爱。看一眼这个，再看一眼那个，心里甜蜜蜜的，有时候也有一种像被针扎一样的刺痛感。当然，这样的机会不多，大概有过两三次吧，都是人很多的聚会，当时你们也在场。我尽量不让她们出现在同一个平面里，我不能给这件事增加更多的风险，我不能为了罪恶的自我陶醉让自己提心吊胆。我不是一个疯狂的人，有时候我真希望自己能疯狂一点，能更加不顾一切，可惜不是。我过于要把事情做好，想让各方满意，但这件事无论我怎么尽心，也没法做到让她们满意，这里有一个悖论，你对一个好，就不应该对另一个也这么好。而且，你时刻担心被她发现，而另一个她是知情的，她会不高兴，因为她认定如果我爱她，我就不会再爱其他人，尤其不会再爱自己老婆，而我内心里不但爱朱莹莹，而且也一点不想欺骗她。有好几次面对她纯洁无瑕的大眼睛和温柔的笑脸，我几乎忍不住要向她坦白……"

他停住了，无声地喝了一口酒。

"谢谢你们让我有机会把这些实话说出来。其实海明威的书里就写过，他曾经同时爱上两个女人，既爱妻子也爱情人。当时他和第一个妻子还有儿子住在奥地利，当他从巴黎回去，火车到达时看见年轻的妻子和年幼的儿子站在铁轨旁边，脸冻得红扑扑的，笑意盎然，他想的竟是我多么希望我已经死了，而在死前没有爱过除她之外的任何女人。不瞒你们说，面对朱莹莹和黎鼎鼎我也有过类似的想法，尤其是看见他们脸上完全信赖的笑容，我真希望自己从来没有因为别的女人分心过，我甚至希望我从来没有认识林小茉。我完全懂得海明威的感受，他那样说，我知道他心里是多么为难和难过。死过一次的人才知道死去是什么滋味，这句话听上去似乎不合逻辑，同时爱上两个女人真不是什么好玩的事儿，这种在生活中极可能会引起强烈地震的事情，也许更适合写在书里。"

说着，他短促地笑了一声，笑声听上去就像是咳嗽，他也随即真的大咳起来。

他好一会儿才止住了咳嗽，就像是自言自语一般说："我毫无过渡就成了一个撒谎者，每天要在精心编织的谎言下生活，如果离开了谎话，我寸步难行，一天也过不下去。我一边痛恨撒谎，就像一个深知自己病灶的人，知道谎言早晚会毁了自己，一边却像上瘾一样丢不开手。日子要一天天过下去，每天我都必须在旧的谎言上叠加新的、更多的谎言，仅仅为了让之前的谎话不穿帮，站得住脚，我就得费尽心机。现在回想起来真觉得荒唐，那一段靠谎言支撑的日子，居然特别快乐——当然，这是在没有核算成本的情况下说的。代价有多大要到后来才知道，你们也都看到了。"

"我们其实也很难过。"老唐像是下意识地接了一句，一时我反应不上来他这句话是否得体。

"唉，一个走了，另一个马上也走了，她们两个走得一样决绝，义无反顾。我就像坐过山车一样，从一个无比幸福的男人，一下子变成了一个无比凄惨的男人，原来有多快乐，随即就有多痛苦……是翻了倍的痛苦。当然，这一切都是我自己造成的，是我让她们失望和心寒了。"

黎先生忽然情绪一转，竟用轻快的口气跟我们说起了他与林小茉的一些事。以前他也时不常会跟我和老唐说起那个潇洒不羁的女孩，用的也是兴高采烈的语气，经历了这样的风波与变故，他讲到她时居然一点没变。

他说林小茉是一个反差特别大的女人，如果不是因为跟她走近，他也许永远不会知道她是一个怎么样的人，也永远不可能真正了解她。让他想不到的是她内心十分脆弱，常常因为一些莫名其妙的事儿情绪低落，比如偶尔听到人家一句不太中听的话，看到别人一个可疑的眼神，或者让人家有小小的误解，她都会沮丧和自责，甚至坠落忧郁的深渊。他以为她只是娇气，后来才知道跟她的经历有关。从童年起她就受过很多的苦难和冷遇，她不愿意回忆那些不愉快的往事，只是粗略地和他说过一些，请他在她表现异常的时候原谅她。而实际上，她的"异常"恰恰是最打动他的。她看上去疯疯癫癫的一个人，单独面对她时竟然是最软弱的，就像一只毫无保护的软体动物。她在爱情当中更是毫不设防地袒露自己，一心一意对他好。在生活方面她处处照顾他，许多行为和朱莹莹竟然是如出一辙。他们在一起的并不太多的时间里，她十分精心地为他准备正餐之间的小食和水果，为他煮咖啡，为他泡茶，为他准备搭配的衣服，他脱下的衣服她都挂好叠好，及时清洗，早晨起床甚至为他在牙刷上挤好不多不少的牙膏。他不喜欢洗手间地面有水，包括洗手盆、浴缸、抽水马桶她都擦拭得干干净净，没有一点水渍。这些无微不至的照顾令他感动。而且，她对他温柔至极，不求回报，对他没有一丝一毫的物质要求，就连他给她买贵重些的礼物她都谢绝，这令他心生不安。她让他不必有任何心理负担，因为她只做自己乐意的事情，从不勉强自己。"女人之美，姹紫嫣红，千娇百媚，她那样叛逆，却又那样婉顺，而且她身上的那种善良、坦荡和无私，让我忍不住想到白蛇青蛇《聊斋志异》。她就像一个妖，却有一颗柔软的心。有时候看她小心翼翼生怕没把事情做好的样子我都觉得好笑，我发现她似乎在按想象中传统男人喜欢的女人的样子去演，说真的，她努力的模样让我心疼。我有一种奇怪的感觉，有时候看着她就像看着另一个自己，她把我内心深处我自己之前可能都没有意识到的某些东西给展现了出来，那么清晰、强烈、毫不掩饰，我也反过来看到了自己的软弱和怯懦，并且找到了敏感的根源。对这样一个女子，我当然不想辜负她，然而又不得不辜负她。"

他停下来，微笑凝固在脸上，显得那样惆怅和落寞。

他说得那么动情，我听了很震动，说心里话，我真没有想到林小茉竟是他描述的那个样子，尽管我也并没有把她看作"异类"，对她也没有任何排斥，我以为自己足够开放足够包容，但我发现其实离真正了解某个人懂得某个人差得还远。

"尽管你这么说，我还是认为你不该为了林小姐辜负了朱莹莹。"老唐固执地说，他态度激烈得就像是在替朱莹莹维权。他突然站起身，似乎带着很大的情绪甚至说是火气，大步走过去啪地关掉了客厅的壁灯。

黎先生轻声笑起来，他笑得很缓和，一副不想和老唐争辩的样子。

"怎么说我都觉得朱莹莹才是真正的贤妻良母，而且她不仅仅可以做一个贤妻良母。她是留学生，有那么好的教育背景，真正是集美貌与聪慧于一身，在我眼里，她才是理想中的女性。所以，不管你把那个林小姐说成啥样，哪怕说成天仙，说句不当说的，我还是觉得你和朱莹莹分开太可惜了。"

长久的沉默，我们三个好像定格在黑暗之中。老唐的口气那样不容置疑，我担心会让黎先生尴尬和不快。

然而，黎先生却很认同地说："谁说不是呢？我应该承受一切责备。我欺骗了她，我没有珍惜她的爱，我心里其实一直非常非常自责。"

"那又如何？"老唐说。他似乎仍然带着愤恼。

"说实话，我去找过她无数次，北京、上海、苏州、杭州，她到哪里我追到哪里，我一次又一次去找她，认错也认了，求情也求了，但都不管用。我对她说我爱的是她，牵挂的是她，心里放不下她，但我说什么都没用，这些话已经不再能打动她，她不理我。"说完黎先生又补充道，"这可不是谎话，是发自内心的。她一走我就彻底慌了，知道这下娄子捅大了。反过来讲，对我这样的人也就是她这招最狠，没办法，我们彼此太了解了，她知道她这么做我扛不住。站在局外说，这又何尝不是对我最好的惩罚。"

我说："她那么温和柔顺的一个人，看上去好说话得很，没想到竟然那样坚决和固执，说走就走，而且也劝不回头，我完全想不到她会这样。"

我忍住了没有说出在上海见过她的事，我劝不动她，她也没有回头的意思，我怕说出来徒增悲伤。

老唐接过去说："这么好的一个家，这么一份各个角度看上去都非常完美的生活，这是多少人梦寐以求的，多少人向往但无法得到，她倒好，扔下一走了之，说心里话，我根本不愿意相信这是真的，我多希望你们能推倒重来。要是能悔棋就好了，真的。"

老唐很激动，开始语无伦次。他喝多了就讲掏心窝子的话，一句接一句，而且是车轱辘话，说了一遍又会重复一遍。

"'悔棋'好就好在这个'悔'字上，可是世间哪有后悔药卖？"黎先生说，"我一直坚信我们的关系是坚不可摧的，她也说过无论我做什么，她都是会原谅的，同样的话当然我也对她说过——那时候我们多好，信誓旦旦，海誓山盟。我相信我是真的可以说到做到的，但是她没有。我没有责怪她的意思，这也根本责怪不着她。我也同样不知道真的事到临头我自己能否做到。但是我们的确并非坚不可摧，我没想到的是我们之间竟然这样脆弱，比一只玻璃杯还易碎。"

黎先生说得十分无奈，也十分沉痛。

我们听了也唯有叹气。

他慢慢吟出张枣的诗："只要想起一生中后悔的事，梅花便落满了南山。"

多么熟悉的诗句，我听了心中一酸。

黎先生叹息着说："自从她搬出去之后我听她说得最多的一句话你们知道是什么吗？三个字——不是'我爱你'，而是'你走吧'。每次我去找她，不管是怎么开局，是吃闭门羹，还是以为能有一个新的开始，最后得到的总是这三个字。"

我说："她内心可真不像她外表那么柔弱。"

我们再次沉默。房间里充满了夜的静谧。

"她的心冷了。"黎先生的声音在静谧里升起来，带着喑哑和沉重，"她是个涉世未深的人，所以她心里的爱情还是爱情本来的样子。但我真没想到她竟是一个宁为玉碎的人。"

我们不知不觉都喝多了，喝到后来我们就把朱莹莹忘记了。我们忆起从前聚会时的盛况，说起那些好玩的事情和讲过的笑话，我们乐不可支，笑得前仰后合，黎先生仿佛又变回到婚变之前那个开朗、潇洒、快快活活的样子。我忽然没有来由地想起了毛姆的《月亮和六便士》中写的那个做了二十七年牧师的亨利叔叔，他一直忘不了一个先令就能买十三只大牡蛎的日子——和那些落日之后的盛宴相比，眼下我们唯独就缺大牡蛎了。

　　"我建议我们再干最后一杯。"夜深了，已有了几分醉意的黎先生对同样有了醉意的我们提议："为爱情干杯。"

　　"好，为爱情干杯！"

　　三只玻璃杯清脆地碰在一起。

2018.11—2020.7

后记：

穿透故事我们看见什么

程青

小说里总是有故事发生，这就引起我们在阅读小说时对故事的期待。如果没有故事，不仅读者会失望，作者也会像没有把事情做好一样惶恐。但是，我个人觉得小说可以讲故事，甚至应该讲故事，然而一定不仅仅是讲故事。尤其是现代小说，挤在前面的故事很可能被拦到后面，或者就像一颗即将进入炒锅的鸡蛋那样被打碎。为什么会这样？这大概就是艺术发展的自然规律吧，或许可以说是某种趋势。因为艺术求变，变来变去，就会出现不一样的特质，不一样的习性，不一样的腔调，不一样的面目。不过万变不离其宗，它的虚构性，它与现实世界或明显或微妙的联系，它探求的意义和它的弦外之音，这些似乎都不会变。

在《盛宴》这个小说里，我不想把故事写得太像一个有头有尾的故事，我希望它更像生活场景，更像生活心得，更像一些个体的人生经验和人生感受，我并不确定做到没有。我想使用的是大量的犹如来自生活本身的原始材料，它们芜杂、新鲜、扎实，就像青翠的蔬菜和芳香的水果，像原木，像溪流，像一堵刚砌好还没有粉刷的墙，我同样并不确定做到没有。

对于虚构文本来说，其实一切都是设计。那些看上去就像真实发生过的事情，通常也是经过修剪和重组的。如果用图纸到建筑物作比方，所不同的是，小说在写作过程中会有许多的意料之外，就像窑变和水墨画晕染的效果，甚至可以称作神来之笔。即便偏离原来的轨道，如同野马一般不好驾驭，大约也是作家们所喜闻乐见的，甚至是梦寐以求的。为了获得更多一点的天然纹彩，在《盛宴》这个充满现代生活气息的小说里，我宁可多费心思，甚至多走弯路。

写《盛宴》的时候我尽量忘记一个小说要承载的种种使命，我不愿意它像一辆超载的卡车一样不堪重负，甚至最后只能心一横冒险冲上陡坡才能刹得住车。作为阅读者我喜欢各种质地的小说，但我最看重的是一个小说能打开和推进我对人与世界的认知——其实这个要求并不吓人，只要你告诉我一点点我所不知道和没有认识到的，我便心满意足。当然，我想要的这个"一点点"或许不是知识，更不是资讯，而是发现和感悟。基于自己阅读时的私心，作为写作者我也想把自己偷偷攒下的一点私货奉献给读者，有些话，甚至是很多话，除了在小说里，在别处我是不会说的，或者说我也没有机会说。

《盛宴》的主人公黎明睿和朱莹莹是海归，他们有良好的教育背景，父母那代人有一定的财富积累，自己也有谋生的能力，不用为生计发愁，他们因爱结婚，家庭幸福，生活近似完美，然而，他们的生活还是坍塌了——许多文学作品包括经典名著写的都是一个坍塌的过程，越是汇集了难得的美好因素，越是搭建得美轮美奂，临到结局，白茫茫大地真干净，越是令人悲怆。"天下没有不散的筵席"——这句话是通过小说中酷爱事业、相信女人自立自强的医生裴真真说出来的，她和主人公夫妇一样也是海归，她是这个小说中人生态度最积极向上的一位。我想说的是，无论乐观还是悲观，就像奔跑在环形跑道上，向左或向右轨迹大致是一样的。了解生活，懂得生活，能让人看到更多本质性的东西。

当然，甚至本质都是虚妄，或许根本不存在那个所谓的本质。如此，小说倒是有了更广阔的空间和更大的自由度。如果说写小说的过程从起到落是一条抛物线的话，我们可以从线上的任意一点开始，到线上的任意一点结束。而我想象中，这根线大的趋势即便类似于抛物线，细部却完全不是那么回事，它曲折多变，断断续续，缠绕纠结，犹如一团乱麻。一个写作者的工作就是将这团乱麻纺成一根绵长柔韧的线，更高的要求是织成一件无缝的天衣。这件事还可以用另一个比喻，写小说就像是在两个似有若无的点之间架起一座天堑变通途的桥梁，当别人从这座桥上经过时,还必须能够让他们有脚踏实地的感觉。

　　对我来说,写小说的每一天都是挑战。迷路的时候很多,摔倒的时候不少,有时直接崩溃。然而,《盛宴》却是我写得非常顺手的一部小说。从开始写小说到现在我已经写了三十多年近四十年,"顺手"对我来说已经越来越难以企及。记得刚坐下来写中短篇时,三五万字的小说一气呵成,写完之后几乎无需修改。后来就不行了,说不出为什么,第一稿写完,以为完成了,上手一改,满纸花。二稿总算连缀成篇,仔细一读,改不胜改。三稿好容易把一个个隧道凿通,再看,还是毛病迭出。就是这般在泥汀里挣扎,每天的跋涉都困难重重。我越来越觉得写小说是一件异常困难的事,它甚至不因经验的累积而熟练,根本没有熟能生巧这一说,即使是写一个篇幅不长的短篇,也能让你精疲力竭。而且,一个小说最终能否顺利完成根本无法预料,有时勉强完工,因为不自洽和没意思只能一笔勾销。所以,能够写一部"顺手的小说",就如同命运的馈赠。

　　《盛宴》这部小说的主干部分最初是以片断的方式完成的,比如黎明睿和朱莹莹的故事、宋蒹蕸和杜总的故事,都是独立成篇的。有趣的是我在写这部长篇的时候脑子里忽然跳出了一个短篇,还是非写不可的那种,于是我只得停下来另起炉灶——这个短篇是写一个心性孤傲宁为玉碎的年轻人在职场和婚恋中的遭遇，题目也想好了，叫《世界上最美的岛》。大约写了一个星期，我被一股力量又拉回到了长篇，然后，这个短篇中的主人公居然也被我带进了长篇，他仍叫宋蒺藜，爱上了长篇中的女主人公黎太太，他仍是心性孤傲宁为玉碎，一点没变，结局也就可想而知。我没有想到这个长篇竟有这样的吞并能力，生生吃掉了我的一个短篇小说，这在我的写作历史上也是第一次。

　　想想我确实是很喜欢写长篇，虽然很累，而且不时会产生没有尽头之感。记得读过一位美国女作家的访谈，她坐下来写一个长篇，以为两三年就能完成，结果一写就是十七年。她说我要是早知道这么费劲，可能根本就不会开始。长篇之难，可见一斑。我写一个长篇花上一两年是正常的，有时花费的时间更长。只要动了笔，在相当长的日子里，不是在写，就是在改，每天早晨醒来一睁眼就想到有几千字的定额需要完成，因为一旦松劲，再拿起来犹如搬山，关键是很可能泄了气再写不下去，让半成品成了不可救药的烂尾楼。然而，写长篇又很像是慢跑，写作的大部分时间里可以保持一种平稳舒缓的节奏，不需要冲刺，慢慢写，一点点来，简直相当于在疲惫的长途跋涉中还可以欣赏沿途的风景，不能不说是一个隐藏的福利。而且，因为长篇无法一朝一夕完成，作者有时间和小说中的人物相处，相爱相惜，耳鬓厮磨，我感觉因为总在心上，每一天对笔下那些人物的了解都会增加。一天一天，和他们处成了熟人、朋友、亲人甚至是自己，对他们相知到细节，再写自然从容不迫，且游刃有余。

在某次北京SKP的新书发布会上，一位著名的评论家说，以前农耕社会大家的生活大同小异，一个村的人要处理的人生问题可能差不太多，而现在，比如就是楼下这条大街上任意五百个人，他们可能有各不相同的难题要面对。这正是小说所要挖掘和探索的。

我非常赞同。大都市，现代生活，飞速发展的时代，多元复杂的社会，这些都特别考验一个作家。在小说中，一个作家不仅要处理自己的人生经验，还要处理笔下一系列人物的人生经验，这确实是艰巨的，也是困难的，但也正是小说的魅力所在。我自己读小说，人生经验和感悟总是特别吸引和打动我，读小说也拓展了我的阅历。我在一篇文章中写到，除了向生活学习，我更多是从小说中学习生活，并通过小说来熟悉和认识生活。

《盛宴》写的是当下的故事，里面所有的人物都与我们生活在同一个时代，他们跟我们呼吸着同样的空气，他们去的超市、餐馆、咖啡店、学校、医院、电影院说不定也是我们经常去的，他们就在我们中间，他们也跟我们一样恋爱、结婚、生子、养家。因此，实际上他们也是在演绎着我们的故事，他们的所思所感，他们的希望和欲望，他们的喜悦与疼痛，在某种意义说，也正是我们的。

诺贝尔奖得主彼得·汉德克说："表演的目的不是戏剧，而是真实。"小说也一样，它真正想要告诉我们的是故事背后的东西，甚至不光是意义，或许是无意义——不光是"会当凌绝顶，一览众山小"，还有可能是"念天地之悠悠，独怆然而涕下"，以及那些"此情可待成追忆，只是当时已惘然"和"不思量，自难忘"的属于某个人心中隐秘而创痛的情感和感慨。

2020.11.29